πολιτικά

　　我(苏格拉底)跟得上你的道路吗？我说，你说的那门专业似乎指政治专业，而且还许诺把男子教成好的政治人？

　　就是就是，他（普罗塔戈拉）说，苏格拉底哟，这正是我的专职。

　　真漂亮，我说，你搞到的这门专业漂亮，要是你真的搞到了的话——我没法不说出自己的真实想法，尤其对你，——其实，我自己一直以为，普罗塔戈拉噢，这专业没办法教。可你现在却那样子说，我不知道该怎么看你的话。不过，为何我觉得这专业不可传授，没法由一个人递给另一个人，还是说清楚才好。

　　　　　　　　——柏拉图，《普罗塔戈拉》,139a2-319b3

子曰：

可与共学，未可与适道；
可与适道，未可与立；
可与立，未可与权。

——《论语·子罕》

πολιτικά
政治哲学文库

甘阳　刘小枫｜主编

必歌九德

品达第八首皮托凯歌释义

娄林┃著

华东师范大学出版社

华东师范大学出版社六点分社　策划

本稿荣获

古典文明研究工作坊
2012 年"天骅"学术奖

献给我的父亲和母亲

总　序

甘　阳　刘小枫

　　政治哲学在今天是颇为含混的概念,政治哲学作为一种学业在当代大学系科中的位置亦不无尴尬。例如,政治哲学应该属于哲学系还是政治系? 应当设在法学院还是文学院? 对此我们或许只能回答,政治哲学既不可能囿于一个学科,更难以简化为一个专业,因为就其本性而言,政治哲学是一种超学科的学问。

　　在 20 世纪的相当长时期,西方大学体制中的任何院系都没有政治哲学的位置,因为西方学界曾一度相信,所有问题都可以由各门实证科学或行为科学来解决,因此认为"政治哲学已经死了"。但自上世纪七八十年代以来,政治哲学却成了西方大学内的显学,不但哲学系、政治系、法学院,而且历史系、文学系等几乎无不辩论政治哲学问题,各种争相出场的政治哲学流派和学说亦无不具有跨院系、跨学科的活动特性。例如,"自由主义与社群主义之争"在哲学系、政治系和法学院同样激烈地展开,"共和主义政治哲学对自由主义政治哲学的挑战"则首先发端于历史系(共和主义史学),随后延伸至法学院、政治系和哲学系等。以复兴古典政治哲学为己任的施特劳斯政治哲学学派以政治系为大本营,同时向古典学系、哲学系、法学院和历史系等扩展。另一方面,后现代主义和后殖民主义把文学系几乎变成了政治理论系,专事在各种文本中分析种族、性别和族群等当代最敏感的政治问题,尤其福柯和德里达等对"权力－知识"、"法律－暴力"以及"友爱政治"等问题的政治哲学追问,其影响遍及所有人文社会科学领域。最后,女性主义政治哲学如水银泻地,无处不在,论者要么批判西方所谓"个人"其实是"男性家主",要么强烈挑战政治哲学以"正义"为中心无异于男性中心主义,提出政治哲学应以"关爱"为中心,等等。

以上这一光怪陆离的景观实际表明,政治哲学具有不受现代学术分工桎梏的特性。这首先是因为,政治哲学的论题极为广泛,既涉及道德、法律、宗教、习俗以至社群、民族、国家及其经济分配方式,又涉及性别、友谊、婚姻、家庭、养育、教育以至文学艺术等表现方式,因此政治哲学几乎必然具有跨学科的特性。说到底,政治哲学是一个政治共同体之自我认识和自我反思的集中表达。此外,政治哲学的兴起一般都与政治共同体出现重大意见争论有关,这种争论往往涉及政治共同体的基本信念、基本价值、基本生活方式以及基本制度之根据,从而必然成为所有人文社会科学的共同关切。就当代西方政治哲学的再度兴起而言,其基本背景即是西方所谓的"60年代危机",亦即上世纪60年代由民权运动和反战运动引发的社会大变动而导致的西方文化危机。这种危机感促使所有人文社会学科不但反省当代西方社会的问题,而且逐渐走向重新认识和重新检讨西方17世纪以来所形成的基本现代观念,这就是通常所谓的"现代性问题"或"现代性危机"。不妨说,这种重新审视的基本走向,正应了政治哲人施特劳斯多年前的预言:

彻底质疑近三四百年来的西方思想学说是一切智慧追求的起点。

政治哲学的研究在中国虽然才刚刚起步,但我们以为,从一开始就应该明确:中国的政治哲学研究不是要亦步亦趋与当代西方学术"接轨",而是要自觉形成中国学术共同体的独立视野和批判意识。坊间已经翻译过来不少西方政治哲学教科书,虽然对教书匠和应试生不无裨益,但从我们的角度来看,其视野和论述往往过窄。这些教科书有些以点金术的手法,把西方从古到今的政治思想描绘成各种理想化概念的连续统,盲然不顾西方政治哲学中的"古今之争"这一基本问题,亦即无视西方"现代"政治哲学乃起源于对西方"古典"政治哲学的拒斥与否定这一重大转折;还有些教科书则仅仅铺陈晚近以来西方学院内的细琐争论,造成"最新的争论就是最前沿的问题"之假象,实际却恰恰缺乏历史视野,看不出当代的许多争论其实只不过是用新术语争论老问题而已。对中国学界而言,今日最重要的是,在全球化时代戒绝盲目跟风赶时髦,始终坚持自己的学术自主性。

要而言之,中国学人研究政治哲学的基本任务有二:一是批判地考察西方政治哲学的源流,二是深入疏理中国政治哲学的传统。有必要说明,本文库两位主编虽近年来都曾着重论述施特劳斯学派的政治哲学,但我们决无意主张对西方政治哲学的研究应该简单化为遵循施特劳斯派路向。无论对施特劳斯学派,还是对自由主义、社群主义、共和主义或后现代主义等,我们都主张从中国的视野出发深入分析和批判。同样,我们虽强调研究古典思想和古典传统的重要性,却从不主张简单地以古典拒斥现代。就当代西方政治哲学而言,我们以为更值得注意的或许是,各主要流派近年来实际都在以不同方式寻求现代思想与古典思想的调和或互补。

以自由主义学派而言,近年来明显从以往一切讨论立足于"权利"而日益转向突出强调"美德",其具体路向往往表现为寻求康德与亚里士多德的结合。共和主义学派则从早年强调古希腊到马基雅维里的政治传统逐渐转向强调罗马尤其是西塞罗对西方早期现代的影响,其目的实际是缓和古典共和主义与现代社会之张力。最后,施特劳斯学派虽然一向立足于柏拉图路向的古典政治哲学传统而深刻批判西方现代性,但这种批判并非简单地否定现代,而是力图以古典传统来矫正现代思想的偏颇和极端。当然,后现代主义和后殖民主义各派仍然对古典和现代都持激进的否定性批判态势。但我们要强调,当代西方政治哲学的各种流派无不从西方国家自身的问题出发,因而必然具有"狭隘地方主义"(provincialism)的特点,中国学人当然不应该成为任何一派的盲从信徒,而应以中国学术共同体为依托,树立对西方古典、现代、后现代的总体性批判视野。

中国政治哲学的开展,毫无疑问将有赖于深入地重新研究中国的古典文明传统,尤其是儒家这一中国的古典政治哲学传统。历代儒家先贤对理想治道和王道政治的不懈追求,对暴君和专制的强烈批判以及儒家高度强调礼制、仪式、程序和规范的古典法制精神,都有待今人从现代的角度深入探讨、疏理和发展。近百年来粗暴地全盘否定中国古典文明的风气,尤其那种极其轻佻地以封建主义和专制主义标签一笔抹煞中国古典政治传统的习气,实乃现代人的无知狂妄病,必须彻底扭转。另一方面,我们也并不同意晚近出现的矫枉过正,即以过分理想化的方式来看待儒家,似乎儒家或中国古典传统不但与现代世界没有矛盾,还包含了解决一切现代问题的答案,甚至以儒家传统来否定"五四"以来的中国现代传统。深入研究儒家和中国古典文明不应采取理想化的方式,而是要采取问题化的方式,重要的是展开儒家和中国古典传统内部的问题、矛盾、张力和冲突;同时,儒家和中国古典传统在面对现代社会和外部世界时所面临的困难,并不需要回避、掩盖或否认,倒恰恰需要充分展开和分析。中国政治哲学的开展,固然将以儒家为主的中国古典文明为源头,但同时必以日益复杂的中国现代社会发展为动力。政治哲学的研究既要求不断返回问题源头,不断重读古代经典,不断重新展开几百年甚至上千年以前的古老争论,又要求所有对古典思想的开展,以现代的问题意识为归依。古老的文明中国如今已是一个高度复杂的现代国家,处于前所未有的全球化格局之中，我们对中国古典文明的重新认识和重新开展，必须从现代中国和当代世界的复杂性出发才有生命力。

政治哲学的研究在我国尚处于起步阶段，无论是批判考察西方政治哲学的源流，还是深入疏理中国政治哲学传统，都有待学界同仁共同努力，逐渐积累研究成果。但我们相信，置身于21世纪开端的中国学人正在萌发一种新的文明自觉，这必将首先体现为政治哲学的叩问。我们希望，这套文库以平实的学风为我国的政治哲学研究提供一个起点，推动中国政治哲学逐渐成熟。

2005 年夏

目　　录

绪言：品达和他的凯歌

诗歌对于理解和维系人类生活至关重要，或者说诗歌与人类的政治生活之间，其关联更为原初。在副标题为"论正义"的《王制》(旧译《理想国》)中，柏拉图不惜篇幅，两次回应诗歌问题(376c—398b；595a—608b)，声言诗歌必须能够证明自己"不仅甜美，而且有益于城邦治理和人民的生活"(607d)；①这与其说是批评诗歌，不如说，柏拉图在这部哲学戏剧中深究诗的本性与政治的关系。在他最后一部对话《法义》(旧译《法律篇》)中，柏拉图似乎证明了诗歌如何达到这种益处。雅典客人②和克里特人克列尼亚斯(Kleinias)讨论城邦的教育(主要是儿童教育)时，核心论题是合唱歌和合唱歌队："我们说一个人'没有受过教育'，是指一个没有

---

① 参 Halliwell，《〈王制〉对诗歌的两次批评》(The *Republic*'s Two Critiques of Poetry)，载 Otfried Höffe，Klassiker Auslegen：*Politeia*，Berlin：Akademie Verlag，1997，页 313—331。

② 柏拉图《法义》卷二中 655d、665c、672e5 等处，合唱歌队的歌唱是一种模仿和展示行为，是一种教育或者教化(paideia)。雅典客人或许就是苏格拉底，亚里士多德在《政治学》(1265a5—15,1265b20)中将雅典客人完全等同于苏格拉底。《法义》译文参 Thomas Pangle 英译本，并参考林志猛未刊稿，后文不一一标明，只随行文标注斯特凡编码。另参克利里，《〈法义〉中的教化》，见程志敏、方旭主编，《柏拉图的次好政制》，上海：华东师范大学出版社，2013 年，页 46 以下。

受过合唱训练的人。"(654b)这就是说,希腊的合唱歌表演是一种关乎城邦根本的教化,是城邦教育的核心和开端——对受教育的孩子来说,这恰恰是政治生活的开始。进而言之,假如合唱歌队是个比喻(《王制》,487e),那么,合唱歌队的井然有序对应着城邦的秩序,歌声的绵延则是政治秩序的延续,即谓"善歌者使人继其声"。①

但是,哲人柏拉图并不是独自创造了这种说法,他在继承古代诗人的教诲,继承了古代希腊由来已久的传统诗教。其继承诗教的政治做法,则来自于斯巴达立法者吕库古,据说正是吕库古使荷马史诗流传开来(普鲁塔克,《吕库古传》,4.5)。根据普鲁塔克之言,"人们认为,泰勒斯是抒情诗人,他也以这种技艺掩人耳目,实际上,他做着最有成效的立法者从事的志业"。② 无论荷马或赫西俄德,还是早期的诉歌诗人(elegist),几乎所有的希腊诗歌均是为公开表演而作——无论是人数相对较少的会饮场合,还是整个城邦的宗法性节日。诗歌是希腊人爱与死亡的场合中绝不可少的"甜美"(《王制》,607d)载体,前者如各种会饮,后者如各种形式的碑铭诗。会饮场合表演的诗歌,是希腊诗歌与城邦共同体关联的一个缩影,质言之,会饮诗歌不是为了饮酒助兴,而是要在这个半公开性质的场合凸显人与城邦的关系:"会饮是一个教育邦民的场所,使之为参与公共生活做好准备。宴饮聚会之中或之外,人们必须学习善而避免恶";"节制和秩序:即将参与会饮和政治生活的人会被劝告接受中道。宴饮聚会是提醒混乱和过度的危险的理想场所,从中得到的训诫能够应用于日常生活"——这正是著名诉歌诗

---

① 施特劳斯,《柏拉图〈法义〉的论辩与情节》,程志敏、方旭译,北京:华夏出版社,2011年,页33以下。

② 普鲁塔克,《希腊罗马名人传》(上),陆永庭等译,北京:商务印书馆,1990年,页90。

人忒奥格尼斯(Theognis)诗集开篇吟唱的主题。[①] 至于墓碑上铭刻的挽诗，更多是纪念战争中牺牲的勇士，比如抒情诗人阿纳克瑞翁(Anacreon)赞颂为城邦献身的 $ἀνὴρ\ ἀγαϑός$ [高贵之人]：

> 勇猛的阿伽同，为保卫阿布德拉而战死沙场，
> 在葬礼上，整个城邦都为他痛哭。
> 在那布满血腥的战场，战神阿瑞斯
> 何以忍心击杀一位如此优秀的青年？
>
> (Diehl 辑语，100，赵翔译)

　　这个青年所以可被誉为"优秀"，所以值得诗人题写墓碑，是因为他为保家卫国而牺牲自己。他虽死犹存，如荷马所言，这位勇猛的阿伽同在诗人的歌声中延续了自己的生命。诗歌的流传成为政治美德的决定因素，诗歌在城邦中的重要场合受人传唱，这既是过去英雄的颂歌，也是对听者的教化。[②]

　　品达(Pindar)的凯歌便是这种希腊合唱诗歌的巅峰，"完美无暇"，[③]其"推动力和功能出于政治"——当然不是狭义的现实政治。[④] 在古典希腊时代，凯歌的社会性更在一般的诗歌之上，凯歌

① Daniel B. Levine，《会饮与城邦》，陆炎译，载费格拉等主编，《诗歌与城邦》，张芳宁等译，北京：华夏出版社，2014 年。

② 参 Leslie Kurke，《品达和诗歌的社会经济学》(*The Traffic in Praise: Pindar and the Poetics of Social Economy*, Ithaca and London: Cornell University Press, 1991)，导论部分。作者细致考察了希腊诗歌的社会功能，他的着眼点更多放在诗人的经济生活——金钱交换，过于以现代结构主义的"交换"结构看整个古代的社会关系；即便如此，他还是注意到凯歌作为贵族生活方式展现的意义，尤其参第二部分。

③ Hermann Fränkel，《早期希腊的诗歌和哲学》(*Dichtung und Philosophie des frühen Griechentums*, München: Verlag C. H. Beck, 1962)，页 484。

④ 伯内特(Anne Burnett)，《警策的诗歌：品达、政治和诗艺》，见《经典与解释 29：奥林匹亚的荣耀》，刘小枫 陈少明主编，北京：华夏出版社，2009 年。

的表演是城邦特定节庆活动的最高峰,[1]在这个时刻,凯歌对竞技胜利者体现出的美德和卓越的宣扬,将长久地镌刻于城邦民的心中。[2]

但是,我们早已因现代哲学和诗歌的熏染,以为诗歌只关乎一己之性之情,这令我们在面对希腊传统诗歌时障碍重重。尼采曾经感慨,"我们的现代抒情诗在这样的古代抒情诗面前,看起来就像没有头颅的神像"(《肃剧诞生于音乐精神》[其节略译法《悲剧的诞生》更为常见],第五节):

> 我们看到,古代的词汇和概念与我们自己的词汇和概念不无相似,却不知道这只是一个假象,在这些词汇和概念后面,隐藏的全是我们这些现代头脑必然感到不熟悉、无法理解和痛苦的情感。(格言195)[3]

我们"不熟悉、无法理解"并感到"痛苦"的情感,恰恰关涉个人与城邦之间的血肉关联。著名的希腊文学史家默雷(Gilbert Murray)曾冷静而漠然地判断:"一般来说,他[品达]不过是个诗人,仅此而已。他没有用什么词藻,没有哲理,也很少有人生的兴趣,但只有那美丽的奇花异葩。"[4]而"他不过是个诗人,仅此而已"的表达,在书中早已出现(页117),言语中颇多不屑。这恰恰是因为,在默雷这样的现代文史学家和学人的视野中,诗人,或者诗歌,只是自我孤赏的花朵,无论开放还是凋零,只是园圃中的刹那风

---

① 参 Michael John Schmid,《品达诗歌中的言辞和言说者》(*Speech and Speaker in Pindar*),Dissertation,Stanford University,1996,AAT 9630382,页 101。

② 不妨对比《诗纬·含神雾》云:"诗者,持也。以手维持,则承奉之义,谓以手承下而抱负之。"

③ 《悲剧的诞生》,杨恒达译,南京:译林出版社,2008 年,译文据凌曦未刊稿有所修正;《朝霞》,田立年译,上海:华东师范大学出版社,2007 年。

④ 参默雷,《古希腊文学史》,孙席珍等译,上海:上海译文出版社,1988 年,页 121。

景——或者正因如此孤独而永存。悲凉的是，大多数现代诗人面对如此批评，根本无力反驳，只能转向自己过于沉重或过于轻薄的肉身，沉沦颓丧。出于对比的直观，不妨一览希腊现代诗人卡瓦菲斯(Constantine P. Cavafy)。① 对他来说，肉身化的欲望便是他的存在最核心的意义，或者最切实的存在。他的诗中"欲望"和"身体"随处可见，他明言："我给艺术带来欲望和感情"(《我给艺术带来》)，"那些时辰发现并支撑了我欲望的肉体之乐，而我生活的欢乐和本质，便是回忆那些时辰"(《肉体欢乐》)。我们可以粗览卡瓦菲斯一首相对典型的诗歌：

1903 年,12 月

我的爱人,倘若我的语言无法表达你——
倘若我无法谈起你的头发,你的双唇,你的眼睛,
那么,你烙在我心中的脸庞,
你刻在我脑海中的嗓音,
我梦中升起的九月时光,
仍然令我的词语,我的句子形神兼具,
无论我说起什么,无论我想起什么。

　　卡瓦菲斯这首诗美妙的情诗献给"我的爱人"，或者是对爱人的呢喃低语。爱欲恰是古希腊恒久的主题，比如萨福热切的呼吸——"如山间一阵疾风，袭向一棵橡树，爱情摇荡着我的心胸"。但是，古典的爱欲观与卡瓦菲斯并不相同。爱固然与身体相关，但萨福说，一个人所以被人遗忘，不仅是因为没有身体之爱，更是因

---

① 下文所引卡瓦菲斯诗歌多出自《卡瓦菲斯诗歌精选》(喻杨 董继平译，重庆：重庆出版社，2004 年)，略有改动。《1902 年 12 月》一诗则根据英译自行译出。

为他"未曾分享缪斯的玫瑰"。在《会饮》中,对爱的赞颂从人的肉
身欲望开始,但到最后,苏格拉底回忆说,他年轻时接受过女先知
第俄提玛(Diotima)的教诲,她说:"先从那些美的东西开始,为了
美本身,顺着这些美的东西逐渐上升……最终认识美之所是。"①
对卡瓦菲斯而言,美似乎只有身体。诗的题目是"1903 年 12 月",
还有诗中提及的九月,对于永恒的时间而言,便是一个短暂的肉
身。卡瓦菲斯在诗中对爱人的描述是:头发、双唇、眼睛、脸庞和嗓
音,我们可以说,这几乎无一触及"你的"灵魂,甚或,这就是卡瓦菲
斯眼中的灵魂。可是,第俄提玛说过,"一个美的身体实在渺小、微
不足道"(《会饮》,210b)。卡瓦菲斯,或者多数现代诗人,目光聚
集之处,却多是这"渺小、微不足道"的身体:爱人的身体、自己的身
体,即便面向世界,也只是世界的身体——"人们常见的事物:死
亡、笨拙的黎明、平原和迷人的星辰"。② 所以,"直到我们目前这
个时代,爱情故事(Liebesgeschichte)仍然是所有阶层都能同等地
带着一种夸张的热情乐之不疲的唯一事物,这种夸张的热情对古
代人来说是完全不可理解的,在未来的人看来也将是可笑的"(尼
采,《朝霞》,格言 76)。这样的未来我们尚未得见,只能继续身处
于古代和未来之间的"我们目前这个时代"。

品达和第俄提玛一样,认为真正的爱欲在于促使爱者上升到
更高的境地,努力朝向卓越和美德(arete),他在凯歌里颂扬的,从
来不止于具体的事件——而这些短暂的瞬息之美,正是卡瓦菲斯
心思所系。在最著名的第一首奥林匹亚凯歌中,品达开篇赞颂了
那些最美的事物:水、火、太阳和奥林匹亚竞技会(行 1—7)。更重
要的是,他并不停驻于具体之美,换言之,对品达而言,在所有这些

① 《会饮》211c—d,见《柏拉图的〈会饮〉》,刘小枫译,北京:华夏出版社,2003 年,页
92。
② 博尔赫斯,《挽歌》,载《博尔赫斯全集·诗歌卷》(上),杭州:浙江文艺出版社,2006
年,页 309。

美的事物背后，有一种来自于神的"美之所是"。所以，在凯歌的结尾，品达写道："愿你终生继续在高处行走。"（行 115）这个"你"从字面看来，是指凯歌歌颂的对象希耶罗，但在听者耳中，却是一番震耳的砥砺之辞。同样是面向第二人称的呼吁，卡瓦菲斯唤起沉迷于肉体的激情，而品达则力图唤起向上、并且是持续向上的激情，按第俄提玛的说法，是要"最终认识美之所是"——按品达的话，则是"从诸神那儿寻找／与人类心灵相衬的事物"（第三首皮托凯歌，行 59—60）。

尼采后来说：

> "你应总当第一，拔萃同侪：你那嫉妒的灵魂，除了朋友不应再爱他人"——这话使一个希腊人的灵魂颤抖：于是，他走上了他的伟大之路。①

品达的凯歌，或他书写的合唱歌，尤其激发听者鼓舞起这份灵魂的颤抖，要舍身忘我去追求这份独一的荣耀，但是，这份独一的荣耀不是个人的欲望和声名，而是为城邦共同体贡献自己最卓越的才华。从"内容、形式和表现手法"而言，他的凯歌都与现代诗歌迥异，因为它与希腊传统"社会与政治生活密切相关"，具有"欢庆和宗教的功用"，换言之，对传统希腊的城邦生活而言，他的凯歌还是一种教育和政治生活方式。② 按照布克哈特的说法，古代的个

---

① 尼采，《扎拉图斯特拉如是说》（卷一，"论一千零一个目标"），黄明嘉、娄林译，上海：华东师范大学出版社，2009 年。

② Bruno Gentili，《古希腊诗歌及其公众》（*Poetry and Its Public in Ancient Greece, From Homer to the Fifth Century*），The Johns Hopkins University Press，1988，页 3，页 115 以下。关于现代读者对古典诗歌的理解，John Gould 更强调严肃阅读古典与现代读者世界的关联，但某种意义上，他可能过高估计现代读者的严肃了，参《古代诗歌与现代读者》（Ancient Poetry and Modern Readers），载《神话、仪式、记忆和交流》（*Myth, Ritual, Memory and Exchange*），Oxford，2001 年，页 1—22。

人首先是城邦的一部分,"但凡谁脱离城邦,总是一场悲剧",而"今天的个人完全是自我中心,只愿作为个人而活"。① 品达的凯歌试图在神、城邦和人之间维持一种和谐的政治和道德秩序。在第一首奥林匹亚凯歌第47行以下,品达批判与神的特性相违的神话,而且重新拟就,因为,只有坚持神的神性,人才不会僭越,才能获得最卓越的高贵。正如伯纳德特所说,品达的凯歌是一种灵魂引导(psychagogic),②他力图教育城邦贵族,激发他们身上高贵的神性,让他们的灵魂趋向卓越,尤其是贵族青年——合唱歌的歌队成员便是贵族青年。倘若从现代诗歌的视野出发理解品达和他的诗歌,读者注定徒然无功。

所以,试图理解品达之前,我们必须悬隔已经预设的现代观念。虽然这是孕育了我们的时代之母,但是,"我们要能够自我教育以对抗我们的时代"。③ 阅读品达——或者阅读古典,正好可以作为自我教育、对抗我们时代的开始——接受一种真正的教育,换句话说,"让我们直面自身"。

品　达

18世纪的英国诗人格雷(Gray)极其仰慕品达,在其《诗的迈进》(*Progress of Poesy: A Pindaric Ode*)中赞颂这位凯歌诗人:

这只忒拜之鹰,

高贵自在,

---

① 布克哈特,《历史讲稿》,刘北成、刘研译,北京:三联书店,2009年,页6—7。
② 参伯纳德特(Benardete),《论柏拉图式地阅读品达》(On Reading Pindar Platonically),未刊稿。
③ 尼采,《作为教育者的叔本华》,节4,参《不合时宜的沉思》,李秋零译,上海:华东师范大学出版社,页274。

飞翔于广袤无垠的碧蓝深空。

鹰是正义之神宙斯的神圣动物（第二首奥林匹亚凯歌，行88）。品达凯歌歌颂的竞技胜利者中，来自岛屿城邦埃吉纳（Aegina）的人最多，埃吉纳的先祖埃阿科斯（Aeacus）是宙斯之子，恰是希腊世界最正义的人。所以，品达和其同乡先贤赫西俄德一样，对"正义"念念不忘。

关于品达的研究文献虽然汗牛充栋，却没有一本传记行世，仅有几则简单的传说，还有后世学者对每首凯歌所颂事件的时间（尤参维拉莫维茨［Wilamowitz］的《品达》①一书）的考证。这就是说，关于品达的身世经历，人们所知其实不多。

对品达出生年的判断，只有两种文献资料：据拜占庭的语文学家苏伊达（Suïdas）记载，这位诗人生于奥林匹亚纪年 65 纪（公元前 520 年-公元前 517 年），还有品达自己在辑语 193（205）中的描述，后者表明，品达出生于皮托竞技会那年；而在公元前 520 年至公元前 517 年之间，公元前 518 年适逢皮托竞技会，所以多数学者认为品达出生于这一年（如 Farnell、维拉莫维茨、Schröder 和Bowra 等）；不过，古人（莎草文献 Ox.Pap.2438.4－5、Eustathius、Vita Thomana 等）在描述薛西斯入侵时的品达，都说他正当"盛年"——40 岁上下，而那次希波战争的持续时间是公元前 480 年至公元前 479 年，如果品达生于公元前 518 年，那么战争时期他才38－39 岁，所以，品达若生于公元前 522 年，这就更符合盛年的说法；而且，据目前的考证，品达最早的凯歌——第十首皮托凯歌写于公元前 498 年，20 岁的年纪抒写凯歌太过年轻；再次，根据 VitaThomana 中的记载，品达与埃斯库罗斯有交往，埃斯库罗斯生于公元前 524 年，所以两者年纪或当更加接近，这是持品达生于前

① Wilamowitz，《品达》（Pindaros），Berlin：Weidmann，1922 年。

522 年的理由（Christ、Boeckh、Schwenn 和 Gaspar 等），尼采倒也这么认为，虽未给出理由（*Werke: Kritische Gesamtausgabe*，II2，页 152）。但 Bowra 认为这三条理由均过于浮泛，希腊人的盛年之说本不是固定的年限，而以品达的天赋，年轻写诗何足为奇？至于第三条理由，忘年之交的友谊并不鲜见，何必年纪相近？所以，目前学界多接受公元前 518 年的说法。①

公元前 446 年，品达写下自己的最后一首凯歌，留下"人乃虚影之梦"的千古名句。八年后，品达溘然长逝。根据抄件 Vit. Ambr. 的记载，品达逝于阿尔戈斯，而根据抄件 Vita Metrica，品达当时八十高龄，这就是我们推断他逝于公元前 438 年的原因。苏达在他的辞典中说："品达不仅是一位天才的诗人，也是一位为诸神眷顾的人。"多年以后，泡塞尼阿斯（Pausanias）在其《希腊旅行指南》（*Description of Greece*，第十卷第 24 章第 5 节）中写道：

> 据说，品达暮年曾有女神入梦，冥后普洛塞尔皮娜（Proserpine）站在他的旁边说，众神之中，唯独她没有被歌颂过，不管怎样，当他将要走向她的时候，应该为她写一首凯歌。十天过去了，品达终于还清了这个自然之债……②

生死之外，最重要的还是品达家世，他在第八首皮托凯歌中写道："凭着天性，高贵注定自父辈传承。"（行 44；参第三首涅嵋凯歌，行 40—42）贵族的出身虽然重要，但最重要的还是，这种出身赋予的高贵秉性，这正是品达凯歌中一个永恒的主题，或许品达和

---

① 见 C. M. Bowra 所编简洁有力的年谱，参氏著《品达》（*Pindar*），Oxford，1964，页 405—413。参桑迪斯，《品达和他的凯歌》，载《经典与解释 29：奥林匹亚的荣耀》，前揭。

② 转引自桑迪斯，《品达和他的凯歌》，前揭，页 1—2。

他的凯歌，恰是自己主题的一个例证。

　　品达在凯歌中写道："名望吐露了，我们家族清白的荣耀源自斯巴达；从那里，诞生了埃吉达家族（Aegeidae），我的祖先。"（第五首皮托凯歌，行 68）埃吉达家族可以追溯到传说中忒拜的卡德摩斯。对于自己的忒拜血统和贵族教化，品达深以为豪（辑语 198a）。他的父亲是达伊凡图斯（Daïphantus），母亲是克利奥蒂塞（Cleodicê）。他在忒拜学会吹奏长笛，这是一种宗教性的乐器，在德尔菲祭祀阿波罗时，长笛是最重要的乐器——皮托竞技会上首先举行的是长笛比赛。后来，品达来到雅典，学习创作合唱抒情诗，这期间，他很有可能遇到过稍长的埃斯库罗斯。[①] 此后，品达每有新作问世，便会传入雅典，据说，"一如美丽的少女进城"。贵族的血统和教化，自然使品达轻视民主政治，他称民众为"狂暴的大众"（第二首皮托凯歌，行 87），或"心智盲目的民众"（第七首涅嵋凯歌，行 23－24），而这，不过是品达仅有的提及大众的两处地方，事实上，品达根本不曾留意民众，这不是他的凯歌处理的对象（Bowra，前揭，页 100）。品达仅仅关注高贵者、血统（第八首皮托凯歌，行 44；第七首奥林匹亚凯歌，行 92－93；第九首奥林匹亚凯歌，行 100；第十首皮托凯歌，行 11－12）以及卓越的精神。

　　品达的凯歌总是以对神的吁请开篇，诗中言及的诸神几乎涵盖了希腊的传统神谱，除了主神宙斯和司诗歌的缪斯女神，他提到最多的，是来自忒拜的赫拉克勒斯。品达歌颂母邦忒拜的地方很多，现存一首赞美歌（Hymn），四首阿波罗颂歌（Paean1、7、8、9），还有几篇辑语（194[206]，195[207]，198），而献给雅典的，只有一首阿波罗颂歌和两首酒神颂（Dithyrambs）。除此之外，或隐或

---

① 　参桑迪斯，《品达和他的凯歌》，前揭；R. C. Jebb，《品达》（Pindar），节 4，载 *Journal of Hellenic Studies*，1883 年，3 卷。

显,品达一共24次提及忒拜,①除了直接歌颂的竞技胜利者母邦之外,这或许是被提及最多的城邦。② 在品达的一生中,最重大的历史事件是希波战争——希波战争期间,当整个希腊世界共同对抗波斯时,忒拜却与波斯人为伍。③ 这导致整个希腊世界对忒拜的敌意,这种敌意甚至蔓延到品达身上,史家珀律比俄斯(Polybius,约公元前200—前118年)记载道:

> 我们不会赞扬波斯战争期间的忒拜,因为他们冷漠地站在悬于希腊人头顶上的危险之外,由于恐惧,他们站在波斯人一边。我们也不会赞扬品达。④

品达清楚地知道这些情形。但是,品达的凯歌却在整个希腊世界广为流传。他懂得自己的诗歌在希腊世界的意义,那么,某种意义上,他便是在用自己的凯歌为忒拜"申辩",不是为它在希波战争中的立场申辩,而是为希波战争之后,忒拜继续在希腊人中体面地存在而申辩。

品达颂扬那些竞技获胜者的同时,也以自己的凯歌重新为母邦在希腊世界赢得地位。与之颇有交往的埃斯库罗斯曾写下《波斯人》,而品达对希波战争几乎没有一行文字传世。品达知道,整个希腊世界与波斯人战斗时,忒拜所持的立场是忒拜人继续存在

① Johannes Rumpel,《品达辞典》(*Lexicon Pindaricum*),Lipsiae,1883年,页211—212。
② 参 Jonathan Fenno,《诗人、竞技者和英雄:品达的埃吉纳凯歌中的忒拜和埃吉纳身份》(*Poet, Athletes and Heros: Theban and Aeginetan Identity in Pindar's Aeginetan Odes*),1995,University of California,Dieertation,No. 9601401,尤其参第二章,《忒拜诗人品达》(Pindar as Theban poet),页44以下。
③ 参 J. H. Finley, Jr.,《品达和波斯入侵》(Pindar and the Persian Invasion),载 *Harvard Studies in Classical Philology*,vol.63,(1958),页121—132。
④ 转引自 John Hamilton,*Soliciting Darkness*,Harvard University Press,2003年,页40。中文参拙译,《幽暗的诱惑》,北京:华夏出版社,2010年。

的巨大障碍。这是难以消除的污点。所以，他不着一词，但他书写自己的家世，颂扬忒拜的伟大历史，颂扬忒拜的神话，颂扬忒拜的那些英雄。要言之，在古典的希腊世界里，忒拜人不应遭受驱逐，因为他们曾经最能体现希腊的美德。

但是，我们不要粗浅地以为，品达只是出于一种本能的、或狭隘的爱国（或爱城邦）之情。事实上，如果我们理解那时希腊世界的首领雅典陷入了怎样的政制情形，就更能理解品达的心意。克里斯忒尼斯（Clisthenes）公元前 508 年的改革彻底确立了民主政制，雅典随后经济急速发展，取代了传统的合唱抒情歌的肃剧（旧译悲剧）繁荣，令后世仰慕不已。[1] 只是，对追慕古典卓越精神的品达而言，这样的平等民主带来的却是精神的匮乏和萎缩。柏拉图后学普鲁塔克在《梭伦传》中记载肃剧诞生的时候，借梭伦之口说道："可是如果我们对这样的戏剧也捧上高位，我们与神的约定里面，谎言也就为期不远了。"（《梭伦传》，29.5）品达所声扬者，并不仅仅是忒拜层次上的家国之感，而是传统忒拜所代表的贤良政制，[2]是他所追求的希腊传统贵族的美德和伦理："伟大的卓越，总是值得言辞纷纷的叙说。"（第九首皮托凯歌，行 76）他并不仅仅是为忒拜申辩，更是在为希腊传统的贤良

---

[1]　关于希腊民主制开端的探究，参 Martin Ostwald，《希腊民主的礼法和各种开端》（*Nomos and the Beginnings of the Athenian Democracy*），Oxford，1969 年，页 137 以下；另参 Arlene Saxonhouse，《雅典民主：现代的神话制造者和古代理论家》（*Athenian Democracy: Modern Mythmakers and Ancient Theorists*，University of Notre Dame Press，1996 年）开篇分析了现代人对希腊民主的"神化"和曲解，页 1—31。

[2]　贤良政制（aristocracy）一般译为贵族政制，若依其字面，倒不妨直译为最优政制——指依据这种政制原则，理应最优秀的人统治（亚里士多德，《政治学》，1279a35；1293b3—10）。贵族政制的译法更让人错误地理解为财富和等级为基础的政治制度。此处译为贤良政制，依循的其实还是柏拉图的教海，苏格拉底在《王制》中这样定义贤良政制："[城邦]若有多位贤良之士统治，则为贤良政制。"（445d）所以，贤良政制的译法，应该更符合卓越与优秀者统治的意蕴。

政制美德和伦理申辩，他歌颂的是，更多的是忒拜这样的城邦，比如埃吉纳和阿尔戈斯。

品达对自己有着自信得甚至自负的认识，在第一首奥林匹亚凯歌结束处，他说："缪斯凿然用力，为我铸造了迄今最强劲的箭矢……我的诗艺在希腊人中首屈一指。"品达知道自己的诗歌能够在持续的传唱中，最终促成受赞者的不朽声名（第一首皮托凯歌，行14）。历史证明了这一点，品达歌颂的那些竞技胜利者，倘若不是因为品达流传至今的凯歌，大约无人问津，早已湮灭在历史的尘埃之中，除了那些纯粹客观的历史主义者。品达当然不是。他是一位古典诗人，"在诗歌这门艺术上，我是许多诗人的向导"（第四首皮托凯歌，行248，水建馥译文）。这位诗人知道诗歌最伟大的力量来自于神。如前所述，品达诗中出现最多的神是缪斯。从荷马和赫西俄德开始，希腊的诗人们习惯于以吁求缪斯开始自己的诗行。他们知道，仅仅凭借有死之人的力量，无法写下美丽而有力的诗歌。品达自觉承续这一传统（第四首皮托凯歌、第九首奥林匹亚凯歌等等）。与其说，这是一种文学形式的延续，不如说，品达清楚地知道，诗人在城邦政治秩序中应有的位置。在品达看来，诗歌超越了生死，也就是说，克服了人固有的拘囿（第十四首奥林匹亚凯歌，行20—21）。作为诗歌的创造者，诗人是诸神和凡人之间流动的纽带，是生与死、大地与天空之间的传递者，只有借助伟大诗人的诗歌，人才能获得诸神特有的荣耀和力量（参Bowra，页38—39）。

但是，诸神能够赋予诗人神性的力量，诗人并不是就此而产生朴素的认同，更进一步，他必须借助自己的智慧，或者严肃的思索，来思考世界，并向城邦宣扬来自神义的教诲。第二首奥林匹亚凯歌第85行有着无比清晰的表达：诗人是智慧的，他和他的诗歌"只对那些懂得的人言说"。诗人的智慧能够选择并描述神话和各种值得叙说的事件。这或许是其前辈同乡赫西俄德的遗产：缪斯懂得谎言和真理(《神谱》,行27—28)。

这就是说,品达对自己作为诗人和智慧者的意义,有着清楚的认识,他的诗歌虽有特定的(政治)处境,但更有他自己的在世情绪和政治伦理,他信任贤良政制,"'通过继承而统治城邦,是贵族阶层的职责'(第十首皮托凯歌,行71—72),他还相信,礼赞的诗篇能够像凯歌一样规范秩序。最后,他相信这些诗歌本身就会不朽。比赛、凯歌和高贵的统治者,都是无比辉煌的秩序的一部分"。① 面对肃剧和谐剧(旧译喜剧)流行的时代,品达接续伟大的抒情诗传统,却成为最伟大的绝唱——多年以后,亚里士多德的《论诗术》(旧译《诗学》)甚至没有给合唱歌留下余地,仅仅提及酒神颂和阿波罗颂歌(第一章和第五章),却没有丝毫的分析。

凯　歌

品达的凯歌为希腊竞技会上的胜利者而作,有些在胜利之后当场歌唱,但更多是在胜利者返回母邦之后,长期在各种盛大的节日由歌队歌唱表演。一般来说,凯歌对应的西文是ode(英、法、意等诸种语言皆然),所以,以前多译为颂歌(事实上,也只有水建馥先生的两首译诗:第四首奥林匹亚凯歌和第六首皮托凯歌②)。但是,所谓ode,这个译法并不确实。Ode的希腊语原词是ᾠδή,是ἀοιδά的缩写形式,意指希腊传统里的各种诗歌,颂歌(hymns)、诉歌(elegy)、挽歌(laments)等等均属此列,这是一个相当统泛的说法。在荷马那里,这个词的用意便含有这些含义,甚至还包括颂歌的技艺(《伊利亚特》卷二,行595)、神话题材(《奥德赛》卷八,行

---

① 伯内特,《警策的诗歌:品达、政治和诗歌》,载《经典与解释29:奥林匹亚的荣耀》,前揭,页59。

② 水建馥编译,《古希腊抒情诗选》,北京:人民文学出版社,1988年,页193—216。

580)等等。①

可是,品达今天流传下来的诗歌,我们以 ode 或者"颂歌"所对应的希腊原文并不是ᾠδή,而是ἐπινίκιος,它由两个词语合拼而成:ἐπί 和νίκιος,意为"关于胜利的",转为名词则是"胜利之歌"。不过,荷马没有用过这个词语,品达也没有这么称呼过自己的诗歌。事实上,νίκιος是晚期希腊语的写法,早期希腊语写为νίκη,这就说明,品达这些ἐπινίκιος之名,其实出自后世的注疏家或者编辑家之手。但是,无论怎样,翻译务必尊重学术的积累,还是以对应原文为宜,所以,现在的英文大多会译为 victory odes(Nisetich),德文译为 Siegeslieder(Friedrich Mezger),②法文则译为 odes triomphales (Aimé Puech),我们则采用罗念生和水建馥先生的译法:凯歌(见氏编,《古希腊语汉语词典》,北京:商务版,2004 年,页 310),③因为:《周礼·大司乐》上说,"王师大献,则令奏恺乐","恺"同凯,所谓凯歌即为凯旋之歌,意与ἐπινίκιος更近。

按照拜占庭的阿里斯托芬(Aristophones,大约从公元前 195年开始,担任亚历山大里亚图书馆馆长)④的分类,品达共有十七卷诗歌行世,其中四卷为凯歌,大体得到了完整的保留,除此之外,品达还有:一卷赞美歌(humnoi)、一卷太阳神颂歌(paianes)、两卷酒神颂(dithuramboi)、两卷行进合唱歌(prosodia),这六卷属于宗教抒情诗,赞美歌献给诸神或英雄,太阳神颂歌自然是献给太阳

---

① E. E. Seiler,《荷马辞典》(*Vollständiges Griechisch-Deutsches Wörterbuch Über Die Gedichte Des Homeros Und Der Homeriden mit Steter Rücksicht*),Leipzig,1872 年,页 64。

② 更早的 U. H. Laut 译为 Siegshymne,即 *Pindars Sentenzen Eine Sammlung moralischer Gedanken aus Pindars Siegshymnen ausgehoben, mit Anmerkungen beleitet, und mit einem Wortregister versehen*,1797 年。

③ 罗念生、水建馥编,《古希腊语汉语词典》,北京:商务印书馆,2004 年,页 310。

④ 参桑兹(即前译桑迪斯),《西方古典学术史》,张治译,上海:上海人民出版社,2010 年,页 137—142。

神,酒神颂献给酒神,而行进合唱歌则是进入祭坛或者宗庙途中所唱之歌;三卷少女合唱歌(parthenia)、两卷舞歌(huporchemata),这五卷特征略为含混;一卷颂歌(enkomia)、一卷挽歌(threnoi)和四卷凯歌是为具体个人而作的世俗之歌(Nisetich,页17)。如今,只有四卷凯歌得以留存,其他十三卷诗歌只能藉古人零星的提及(柏拉图、普鲁塔克和泡塞尼阿斯等)而辑录,后来又从埃及的莎草文献中识别出不少残篇。历经岁月更迭之后,这便是我们现在能够见到的全部品达诗歌。

所以,很清楚的是,现今品达这些诗歌的分类,其实出自后世学者,就品达本人而言,这些分类要么并不存在,要么只是形式或场合上的自然差异,所以,在理解那些残篇辑语或者完整的凯歌之前,我们应首先理解,"品达的诗歌仍然是一个整体"(Bowra,前言,vii),要从传统诗歌的写作、表演与城邦的整体关系上理解他的诗歌。单就凯歌而论,品达从来没有称呼过自己的这些诗歌为"凯歌",事实上,这在他那里是一个不存在的词汇,或者说,对品达而言,凯歌不是一种诗歌类型。这样,我们必须通过品达对自己诗歌的称谓,由此而判断出他如何看待这些写下的合唱诗行。同时,我们需要注意凯歌的表演性质,也就是说,对诗的种种称呼,一经表演,就出自歌队之口,而非诗人品达,虽然传达出的诗歌观念并无实质差异,但这种角色的差异在阅读过程中仍然需要细致的考究。既然我们是从品达凯歌中搜集品达对凯歌或者诗歌的观念,但是,既然品达没有把凯歌当做一种诗歌类型,那么,重新综合而出的"凯歌观念",在某种意义上更应该契合品达对"诗歌整体"的理解,而不仅仅是凯歌。

品达一共使用过四个词语来表示自己的诗歌[1]:(1)μολπά(第十首奥林匹亚凯歌,行84,第六首奥林匹亚凯歌,行97,辑语132

---

[1]　参 Michael John Schmid,《品达诗歌中的言辞和言说者》,前揭,页16。

[97]）意为歌舞，更多带有嬉戏的性质，四个词中，这是品达使用最少一个，仅有这三处而已；（2）ἀοιδά，前文已有提及，这个词语从荷马开始就广泛使用，而且涵盖广泛；（3）μέλος 使用也较多，品达在传统的意义上使用这个词语：与史诗对应的一种体裁抒情诗；ὕμνος，这是使用最多的的一个词，也是 17 卷品达诗歌中的第一卷赞美诗的希腊原文。很显然，我们应该留意品达使用最多和最少的词，更应该留意他使用时语义有所变更的词。前三个词在历史上没有意义的变更，而 ὕμνος 的含义则有转变，在早期的希腊抒情诗人——比如阿尔克曼（Alcman）或是萨福——那里，它表示伴着舞蹈的合唱歌，可是，到了希腊后期，它则表示直接向诸神言说的诗篇，不再伴有舞蹈（Bowra，页 2—3）。ὕμνος 本是献给神或者英雄的赞美歌，"式歌且舞"（《甫田之什·车辖》），而后期含义的转变，意味着形式上的转变，当相对嬉戏的舞蹈去除之后，至少表明赞美歌变得愈发庄严，那么，亚历山大里亚的注疏家们用 ὕμνος 命名品达的第一卷诗歌，或许表明，他们试图表明品达诗歌中的庄严气度。① 事实上，这与品达自己的描写不谋而合，品达极少使用 μολπά 这更具有嬉戏性质的词语，而是更多使用赞美诸神和英雄的 ὕμνος，很显然，品达要赋予自己的"凯歌"更多神性和庄严。在品达看来，他的凯歌——或者合唱诗歌——最主要的特征是歌颂神或者英雄，在第十四首奥林匹亚凯歌第三行中，他称自己为"缪斯诗中的先知"，并不是为一次节日添加几许快乐，他懂得自己（诗人）在传统的生活和世界中的位置。所以，当我们以"凯歌"翻译品达为这些竞技会写下的诗篇时，得留意品达自己对这些诗歌的定位：它们更是赞美歌，是对某种有神参与的神圣秩序的赞美。当拜占庭的阿里斯托芬以赞美歌和凯歌作为品达诗歌的第一和最后一

① 我们可以对勘灵知派（Gnosticism）文献，灵知派赞颂耶稣的赞美诗，所用的词就是 ὕμνος，参 http://www.sacred-texts.com/chr/gno/hoj.htm。

种分类时，他或有深意。

品达的四卷共四十五首凯歌所以流传至今，按照 Bowra 的说法，原因有三：纯系偶然；由于学校教材的编辑而偶然保存（一如 Franell 和 Wilamowitz 的看法）；凯歌是品达最卓越的诗歌，所以应悉心阅读而保存（Eustathius）。无论如何，这些凯歌是阅读和研究品达的根本。但是，那些散佚的诗歌或许具有更古老的诗歌品性（Finley，页 24），在其他诗歌付诸阙如的情形下，说凯歌就是品达最富代表性的作品，或者说，是最能体现品达伟大所在的诗歌，这多少有些不够严肃。不过，我们不妨看看柏拉图如何引用品达，或可看出一点端倪，在柏拉图的现存对话中，他笔下的人物共 16 次援引品达，但只有四次引用了凯歌中的诗行（Nisetich，页 16，页 75 注 4），只占总数量的四分之一。[①] 这至少可以说明，在同样没有使用过 ἐπινίκιος 一词的柏拉图眼中，品达的凯歌或许只是品达诗中一种，他的色彩要更为丰富。所以，我们必须持有基本的谨慎，无论现存的凯歌如何伟岸，但那只是品达作品中的$\frac{1}{10}$。

亚历山大里亚的注疏家在为品达凯歌分卷时，依据标准不是凯歌内容，而是歌颂的竞技场合；而每卷的编排则以竞赛项目为序。后世对品达凯歌的编纂基本沿袭这一分类，即便不同，也仍旧基于凯歌的外在形式上，兹举两例：

（1）Friedrich Mezger 的《品达凯歌》中的分类方法倒颇有等级遗风：一类是王者凯歌（Fürstenoden），一类是邦民凯歌（Bürgeroden），二者分量大抵相当，不过，他所谓的邦民自然不是今天意义上的现代公民，而仍是具有一定财产和地位的贵族世家，毋宁说，是王者和平民之间的贵族。

---

① 参 Patrick Miller，《柏拉图引品达考》（Pindar in Plato），http：//www.unc.edu/~pl-miller/pp-phs.html.

（2）Bowra 的分类则依照凯歌的表演情形而定：一是在竞赛后立刻表演的凯歌，这些篇幅相对短小：第四、第十一和第十二首奥林匹亚凯歌以及第六和第七首皮托凯歌；二是竞技胜利者回乡之后，在家乡的祭神节庆或宴会上大肆传唱的凯歌，这在时序上晚于第一种，是品达凯歌的最主要部分——品达需要时间精心构思，而不是匆促而就，除去另外三种，品达其余凯歌均属此列；第三种却根本不是凯歌：第十一首涅墨凯歌并非颂扬竞技胜利者，而是类似于就职典礼上的歌谣，第二、第三首皮托凯歌和第二首伊斯特米凯歌则是品达献给私友的作品；最后一种则颇有疑古之心：第五首奥林匹亚凯歌似乎不是品达的诗作。

现在，我们应该看看那些凯歌歌颂的场合，它们颂扬那些在泛希腊竞技会——奥林匹亚、皮托、伊斯特米和涅墨四种——上获胜的人。奥林匹亚竞技会，顾名思义，是在宙斯的圣地奥林匹亚举行的竞技会，据说最早的奥林匹亚竞技会发端于大力士赫拉克勒斯。他漫游到埃利斯（Elis）城邦，完成了一项几乎不可能完成的任务，但国王却拒绝实现先前的诺言，于是赫拉克勒斯推翻国王，并举行奥林匹亚竞技会以资纪念（第十首奥林匹亚凯歌，行 24-77）。我们今天说奥林匹亚竞技会开始于公元前 776 年，是因为根据出土文物，最早的竞技胜利名单开始于公元前 776 年。这是最古老也是参与者最众的竞技会。皮托竞技会则是在德尔菲举行，祭祀的神明是太阳神阿波罗，从公元前 590 年开始举行四年一度的比赛。与奥林匹亚不同的是，皮托竞技会还有音乐与艺术比赛——比如长笛比赛，因为阿波罗还是主管艺术之神。涅墨竞技会与前两者不同，系两年一度，也是为了纪念主神宙斯而举办。据说也是发端于赫拉克勒斯，他在打败涅墨的狮子之后举行竞技以示庆祝。根据品达的抄件注疏家们的说法，涅墨竞技会的比赛时间是在夏天，后来当仰慕希腊文化的哈德良登基为罗马皇帝，曾经在涅墨重办赛马的比赛，此后，涅墨竞技会似乎就悄然衰落。伊斯特米竞技会则举办于科林斯的地峡，也是两年一届，"这个可能是全希腊范围最大、次数最多的盛会。这主要是因为赛场临近大城市，整个希腊世界的人都可以很容易到达此地。从雅典过来，无论水路或者陆路，都只需几个小时的路程。"①

　　有人说，这种竞技比赛可能起源于葬礼，例证是现存最早的竞技记载来自荷马：《伊利亚特》第二十三卷第 262 行以下细致地描绘了竞技过程，这是一场纪念帕特罗克洛斯（Patroclus）的竞技会。第 679 行也写道，"……（欧律阿洛斯）曾在忒拜参加为俄狄浦斯举办的祭祀竞技"，但是，先前，在第十一卷第 698—702 行，荷马说："原来富饶的埃利斯欠他一大笔债，他曾经选派四匹常胜马和一辆战车，为夺得一个三角鼎奖品而参加竞赛。"②在《奥德赛》第八卷第 97—253 行，更列举了各种竞赛的项目：赛跑、摔跤、掷饼、拳击，而奥德修斯甚至亲自参加了掷饼的比赛。所以，至迟到荷马的时代，竞技会就已经在许多希腊城邦成型，并成为城邦公共生活的部分。不过，第二十三卷的纪念竞技比赛，并不能说明祭祀便是竞技会起源的源头，但至少说明死亡和竞技之间的内在关联，这正

---

① 桑迪斯，《品达和他的凯歌》，前揭，页 18。关于四大竞技会的大致情形，亦可参考此文，页 14—19。关于希腊竞技的详细记录，参加德纳（E. Norman Gardiner）20 世纪初的《希腊的竞技体育和节庆》（*Greek Athletic Sports and Festivals*，London：Macmillan，1910 年），迄今仍是关于希腊竞技的典范之作，页 194—207；页 208—226。亦参 H. A. Harris 的《希腊竞技者和竞技》（*Greek Athletes and Athletics*，London，1972），关于奥林匹亚竞技会，参 Ludwig Dreses 的《奥林匹亚：诸神、艺术家和竞技者》（*Olympia: Gods, Artists and Athletes*），Gerald Onn 英译，London：Pall Mall Press，1968 年；Simon Hornblower 的《修昔底德和品达》（*Thucydides and Pindar*，Oxford，1997）页 5—17 有个梗概的介绍。

　　需要强调的是，我舍弃通常的"运动会"译法而取"竞技会"，因为运动一词无力表达希腊人在竞技会上体现出的竞赛和追求卓越的精神，所谓"运动"完全是似是而非的说法——古希腊人锻炼身体的目的，不仅仅是为了活动筋骨，强身健体，更要出于灵魂和政治的目的才有意义。

② 荷马，《伊利亚特》，罗念生、王焕生译，北京：人民文学出版社，1994 年；荷马，《奥德赛》，王焕生译，北京：人民文学出版社，1997 年。随行文标注卷数和行码，不再标明具体中译页数。

是品达凯歌中一个恒常的主题。

　　无论如何,竞技会最终成为希腊人宗教和政治生活最重要的一部分。竞技会成为当时希腊文化的中心,①希腊人以奥林匹亚竞技会作为纪年方式,便是一个极其清晰的表象。当奥德修斯说自己能够进行各种项目的竞赛时,尤其强调自己善于射箭,因为这才可以"第一个把敌人射中"(《奥德赛》,卷八,行 215—218)。竞赛之为竞赛,首先是一种政治能力和政治美德的体现。明乎此,我们才能明白竞技在希腊社会中的地位。每一种竞技会都是对某位奥林波斯神明的敬献,要在圣地举行,故而竞技会伊始,需要举行祭祀之仪(品达辑语 193[205]),需要心怀庄严的激情,竞技和比赛成为"卓越精神的宣扬,唤醒和培育希腊精神的重要手段"(桑迪斯,前揭)。竞赛是一种"激发人类卓越的手段,同时也是对神的有价值的供奉",它最终展现出作为一个"完整的人"的卓越。② 对这种竞技精神的描绘,最伟大的是布克哈特的《希腊人和希腊文明》,③他甚至以"竞技时代(又译'赛会时代')"命名那个时代,以此为最根本的精神特征:"整个希腊生活为竞赛的习俗所占据。"(同上,页 250)而且:

　　　　希腊人中所有的高级生活,不论是身体上的还是精神上的,都拥有了竞赛的特征。在这里,品质和自然的卓

---

①　参 Gordon Kirkwood 的《品达诗选》(*Selections from Pindar: edited with an introduction and commentary*,Chicago,CA: Scholars Press,1982,页 7。

②　参基托(Kitto),《希腊人》,上海:世纪出版集团,2006 年,页 173—174。关于卓越(arete)在希腊竞技中的核心意义,参 Stephen G.. Miller 屡次再版的《卓越:源自古代的希腊竞技》(*Arete: Greek sports from ancient sources*,University of California Press,2004 新版),书中搜集了很多基本的相关古典文献素材,分类陈列,令读者省却查找之烦;尤参页 111—119 中英雄和竞技者的关联,页 126—152 中所言竞技和教育的核心意义。

③　布克哈特,《希腊人和希腊文明》,王大庆译,上海:世纪出版集团,上海人民出版社,2008 年,页 225—284。

越得到展示，在比赛中获得胜利是一种不带任何敌意的
高贵胜利。（同上，页231）

竞赛最终成为一种伟大的教化，但是，从最根本上讲，竞赛和
各种竞技会是传统政制下的生活方式。只有贵族才能有足够的能
力和财力参加这些竞技会，①而在早些年，只有贵族才有进入体育
场的权力（《希腊的遗产》，前揭，页206）。品达颂扬的胜利者，全
部出自希腊城邦贵胄世家——有些甚至是他的亲族和朋友（Kirk-
wood，页9，布克哈特，页236）。那么，当传统制度及其伦理受到
挑战的时候，对竞技的看法就会转变（Bowra，页184以下），梭伦
甚至立法削减对奥林匹亚和伊斯特米竞技会获胜者的城邦奖赏
（拉尔修《名哲言行录》卷1.55）。②另一方面，竞技毕竟是身体的
竞争，倘若不以精神的高度贯穿其中，竞技就会沦为粗陋，所以，埃
利亚哲人克塞诺芬尼（Xenophanes）也对竞技会表示不屑，他认
为，无论竞技者获得怎样的胜利，“城邦都不会因之而获得更良好
的礼法（εὐνομίη）”（辑语2.19）。但对品达而言，竞技所以重要，恰
恰是由于它有益于礼法，礼法当然是最重要的东西：“礼法，王也，
一切有死者和不死者之王。”（辑语169[151]）品达并不会任意赞
扬获胜的人，他也会进行选择，受赞者需要在血统上和精神气度上
具有足够赞扬的基础。此中关键在于，竞技体现了贤良政制的根
本精神：追求卓越。追求个人的美德，并最终让个人的美德倾注于
城邦，它必须伴随着个人美德和城邦美德的熏陶，即如尼采所言：

每一份自然的馈赠都必须通过竞赛而发展自我，这

① 参修昔底德《战争志》卷六，16.“他（阿尔喀比亚德）对赛马的热忱和奢侈生活已经
超出了他的财产所能供给。”
② 中译本参徐开来，溥林译，《名哲言行录》，桂林：广西师范大学出版社，2010年，页
53。

便是希腊人教育的要求……希腊人的野心抱负并非不可
测度和浩瀚无边：当年轻人和其他人竞赛跑步、投掷和歌
唱的时候，他思考着母邦的幸福；他愿在竞赛中擢升荣
誉；他的城邦之神使他的胜利花环尽显神圣，竞赛的裁判
祝贺他的中心位置……受教育的年轻人愿意在相互竞赛
中受教成长。

　　赛场上的胜利会成为城邦和个人双重的荣耀。阿尔喀比亚德
便曾自豪地说："我作为雅典的代表，在奥林匹亚竞技会中，表现得
豪华富丽，他们才开始把我们城邦的伟大，估计得超乎实际情形。"
（《伯罗奔半岛战争志》[旧译《伯罗奔尼撒战争史》]卷六，16）普鲁
塔克说，获胜者回家乡的时候，城邦民们甚至推翻城墙，因为，出现
这么伟大人物的城邦，已不再需要城墙的保护；西塞罗甚至将竞技
会上的获胜者与罗马凯旋的将军相提并论。[①] 就像巴克基里得斯
（Bacchylides）在凯歌里所言，获胜者的荣耀属于整个城邦（11.
74），这是大地上能够成就的荣誉极限（9.41），或许，这便是"赛会
时代"的基本生活体验。对竞技获胜者而言，随后的荣耀便是凯歌
的传唱，而品达相信的是，藉自己的凯歌的传唱，这些获胜者才能
获得真正的荣耀，"倘若谁去往冥府而没有凯歌，那么，就算他行为
得体，工作努力也是徒劳，快乐也很短暂"（第十首奥林匹亚凯歌，
行91—93；另参第三首皮托凯歌，行114；第七首涅嵋凯歌，行12）。
　　竞技既然成就了希腊人生活中最绚烂的色彩，它就必然会从
数年一度的盛大竞技会过渡到日常的竞技生活，这就是体育馆
（Gymnasion）中的体育教育。按照亚里士多德的说法，这是希腊
儿童教育的科目之一（知识、体育、音乐和美术；参《政治学》

---

① 转引自《古希腊风化史》，利奇德著，杜之等译，沈阳：辽宁教育出版社，2000年，页
114。

1337b25)。希腊人的体育教育通常在这里举行。柏拉图在《王制》中说，先通过音乐陶冶其性情，随即便需要体育节律其身体（403d,537b）；巧合的是，廊下派哲人芝诺（Zeno）也写有《王制》一书，在书中谈到，赫尔墨斯和赫拉克勒斯共同在体育馆教育希腊少年，前者负责言辞，后者负责力量。体育的教育不仅仅在于强身健体，更在于竞技精神的培育，更进一步说，则是竞技中所彰显的美德能够熏染受教之人，让其萌发追寻美德的高贵之举。

　　品达凯歌的现场表演，同样是这一层面的教育。某种意义上来说，正是由于在公众场合中的表演，凯歌才最终成为一种政治和宗法生活方式。获胜者在竞技会上获得桂冠之后，会有一首相对较短的凯歌进行颂扬，随后，他开始载歌载舞的还乡旅程。在他返回城邦之后，在某个节宴或者献给诸神的节日上，城邦对他的庆贺和他个人的荣誉达到顶点——品达的凯歌大多歌唱于这个场合（Bowra，页161）。随后几年，每逢节日或宴会，这首凯歌还将在城邦里反复传唱，城邦甚至要为他树立雕像。[1] 竞技胜利者作为城邦的英雄而备享殊荣。正是由于凯歌在城邦中持续的表演，它才最终成为民众和贵族共同参与的城邦政治生活。民众、卓越的胜利者、写下传唱凯歌的诗人，还有诸神，便是传统的政治结构中的四极。凯歌诗人便通过凯歌的内在结构，具备了传统所赋予的力量。[2] 为了永恒的荣耀得以流传，竞技的胜利者将他的名誉托付给凯歌诗人，合唱队员当然会在城邦各处不断重复这些诗句，令荣耀和凯歌众所周知。"尽管胜利或许稍纵即逝，但是，凯歌却重新在城邦传唱其胜利的荣耀，并为未来的世代永久保存这份荣耀。"（Hamilton，2004，页46）于是，凯歌成为一种政治的警策（Anne Burnett，前揭），它能够以颂扬或者告诫进行政治伦理和美德的教

---

[1]　参《古希腊风化史》，前揭，页113—114。
[2]　参 Bruno Gentili，《古希腊诗歌及其公众》，前揭，页115—154。

化。在这个意义上,诗人便是城邦的立法者,至少,是传统礼法的维护者。

不过,千年之后,凯歌现在唯有文本,歌舞音乐早已无可考究。但是,品达的凯歌所以能够在希腊世界里广为传唱,恐怕更是由于他的诗歌本身秉有的内涵。不妨借用一下扬之水对《诗经》的描述:

> 诗、乐、舞,可以结合,而且结合之后达于谐美;诗、乐、舞,又可以分离,而且分离之后依然不失其独立之美善……旋律虽已随风散入史的苍茫,但无论如何它已经有了独立的诗的品质,即文字本身具有的力和美,并由这样的文字而承载的意志和情感……这并没有损失掉很多。①

品达歌颂的竞技胜利者,是在四种泛希腊的竞技会上的获胜者。不过,除了这几种竞技会之外,希腊各座城邦还有自己的竞技会,品达在第四首涅嵋凯歌第 17-22 行便列举了克勒俄纳(Cleona)、雅典和忒拜三种;在第八首皮托凯歌中,也提到本地和麦加拉举行的地方竞技会。梅茨格尔(Friedrich Mezger)列举了品达提到的各种地方竞技会。② 可是,品达从来没有为任何获得地方竞技会胜利的人写诗。也许,地方竞技会的胜利者曾经邀请过品达,但遭到拒绝——虽然我们不知其缘由。

公元前 776 年,第一届奥林匹亚竞技会举行,直到公元 393 年,罗马的基督教皇帝狄奥多西一世(Diocletian)宣布废弃异教的竞技会,古代希腊的竞技会才退出历史,前后持续一千一百多年。

---

① 扬之水,《先秦诗文史》,北京:中华书局,2009 年,页 161。
② Friedrich Mezger,《品达凯歌》(*Pindars Siegeslieder*),Leipzig: B. G. Teubner,1880 年,页 3-6。

可是，歌颂竞技者的凯歌，其历史却出奇地短暂（Kirkwood，页6），史上只有三位凯歌诗人：西蒙尼德斯（Simonides）、巴克基里得斯和品达，品达之后的希腊世界再无凯歌传世。据说，西蒙尼德斯是凯歌这种类型的创始人，但是，真正使凯歌获得高贵秉性的，却是品达。西蒙尼德斯和他的侄子巴克基里得斯虽有一些几乎完整的凯歌流传，但他们与品达实有云泥之别，[①]比如，西蒙尼德斯的凯歌机巧而充满讽刺，这些在品达那里则荡然无存（Fränkel，前揭，页496）。兹举一例为证。巴克基里得斯和品达都为赛马比赛获胜的希耶罗写下凯歌，前者细致描写了竞赛中的赛马：

> 在竞赛中，前面的马匹总不能
> 以尘埃令他受污，
> 他总是向目标疾驰而去；
> 他宛如朔风疾走
> 一意向前
> 随后缰绳紧勒，他为慷慨爱客的希耶罗
> 赢得又一场铮铮有声（νεόκροτον）的胜利。[②]

巴克基里得斯这篇第五首凯歌其实也是典型的凯歌，颂扬诸神和竞技胜利者，尤其是对诸神的颂扬和吁求（行13－15、行33－36、行176－186等等），但是，就像这里引用的几行诗句，巴克基里得斯在描述场景的时候，只描述了场景，在向诸神颂扬的时候，他只颂扬诸神，在各种表面的光影里编写歌谣。就这一点而言，巴克基里得斯也是一位优秀的诗人，他沉溺于精彩的肉身——就像现

---

① 品达自己则骄傲地说，他是雄鹰，而巴克基里得斯则是穴鸟（水建馥，前揭，页9）。

② 巴克基里得斯第五首凯歌，行43－49，参R. C. Jebb，《巴克基里得斯：诗歌和残篇》（*Bacchylides: The Poems and Fragments*），Cambridge University Press，1905年，页269－294。

代诗人们一样。他最终以νεόκϱοτον界定这场胜利。这是一个复合词,νεó(新的)和κϱοτον,后者来自动词κϱοτέων,意为敲打或鼓掌,并发出声音,无论取自哪一个意项,胜利对巴克基里得斯而言,仿佛都是一种炫目但空洞的声音。品达为希耶罗写下的是著名的第一首奥林匹亚凯歌,虽然也写到飞驰的赛马("当他疾驰在阿尔菲斯河旁",行20),但前文已经分析,品达颂扬的不仅仅是赛马,而是竞赛之中对荣誉的追求。巧合的是,第一首奥林匹亚凯歌最后几行也提到了胜利:"愿我站在你这位胜利者的身边,因为我的诗艺在希腊人中首屈一指。"(行116)"你"是怎样的胜利者呢?"愿你在一生中继续在高处行走。"(行115)胜利是向着高处不断的攀越,而不是嗡嗡作响的装饰。所以,品达对竞技的情形毫无兴趣。他的凯歌几乎从不描述比赛和获胜的情形,对他来说,每种竞技会之间、甚至于每种竞技项目之间,并无根本的区别,它们都是对英雄时代的返归,这才是竞技会和竞技的意义所在。

品达现存的凯歌出自拜占庭的阿里斯托芬的编辑。四种凯歌自然对应四种竞技会,但是,每一卷竞技凯歌的排序却令现代读者一头雾水,它既不是按照歌颂事件的时间排列(西蒙尼德斯的凯歌便如此),也没有按照竞技者的某种特征排列(巴克基里得斯的凯歌便按照竞技者来自城邦进行排序,参 Kirkwood,页8),而是依据竞技项目的排序(Nisetich,页17—18)。这种编辑排序上的混乱,更可以说明,竞技的胜利和荣耀才是根本,他们参与的竞赛项目本身或许并不具有根本的意义,而对品达来说,这些事件也并无区别(Kirkwood,页8)。排在第一位的是战车赛(chariot),随后是马拉车赛(mounted horse)、驴车赛(mulecar);各种体操比赛:拳击格斗(pankration)、摔跤(wrestling)、拳击(boxing)、五项全能(pentathlon);各种赛跑:重装赛跑、长跑、双圈跑(double-lap)和单圈跑。排在最后的则是音乐比赛,不过,只有皮托竞技会才有音乐项目的竞争:长笛比赛。品达只颂扬过一次音乐竞技的胜利者,即第十二首皮托凯歌——这正是皮托凯歌中的最后一首。

　　不过，上文所引的第一首奥林匹亚凯歌，歌颂的是获得赛马比赛胜利的希耶罗，并不是品达凯歌集惯常排列第一的战车赛。它何以名排首位呢？据说，拜占庭的阿里斯托芬为这首诗的美丽和庄严所动，于是将它置于奥林匹亚凯歌一卷之首，也就是说，置于所有凯歌之首。某种意义上，这首凯歌便成了拜占庭的阿里斯托芬眼中凯歌的典范，如果把所有凯歌视作一个整体文本的话，这首诗又称为这个整体结构的序言。后世的卢奇安（Lucian）把称这首凯歌为"所有希腊抒情诗中最美的一首"（《梦》7）。前三首皮托凯歌也没有按照顺序排列，这三首凯歌都是为希耶罗而作，和第一首奥林匹亚凯歌相同，或许，这样可以维持与奥林匹亚凯歌的关联。

　　根据四种竞技会的时间顺序（奥林匹亚—公元前 776 年，皮托—公元前 586 年，伊斯特米—公元前 581 年，涅嵋—公元前 573 年；四种竞技会依次举行的顺序），但是品达的凯歌排序却是涅嵋凯歌居前，伊斯特米凯歌居后。其中关键是最后三首涅嵋凯歌，它们与任何的竞技会显然都无关，但拜占庭的阿里斯托芬进行编辑时，会把这三首诗放在最后，不但是最后几篇涅嵋凯歌，也是品达所有诗歌中的最后几篇，类似于现代编辑所做的附录之类。但是，岁月流转，出于某种未明的原因，伊斯特米凯歌居前，而涅嵋则成为最后一卷（Nisetich，页 19）。

　　一般来说，品达的凯歌有着固定的结构和格律。[①] 每首凯歌以竞技会或节日赛会的神灵开始，还会提到胜利者家乡相关的神话。神话故事一般放在凯歌的中间。每首凯歌都有一个起头、中段和结尾，而且还要有从第一部分到第二部分，第二部分到第三部

[①] 　参桑迪斯文，前揭，下文对格律的分析基本沿袭他的看法。关于品达凯歌的具体格律问题，参 Kiichiro Itsumi 的专著《品达的格律》(*Pindaric Metre: The 'Other Half'*，Oxford，2009 年) 分析了扬抑抑兼扬抑扬扬格之外的其他格律方式的诗歌，其中包括第八首皮托凯歌，详参页 244-255。

分的转换。因此,通常的凯歌可以分成五个部分,每个部分都有专有名词:开题(ἀρχά),接着是第一转题(κατατροπά),然后是核心(ὀμφαλός),接着是第二转题(μετακατατροπά),最后是结题(ἐξόδιον)。如果在开头部分之前加一个序曲(προοίμιον),在结尾之前加一个分部(σφραγίς)。所以,凯歌通常有 5 个部分,或者 7 个部分。每一个部分又几乎按照相近的比例分为 3 个诗节:诗节(strophe)、对称诗节(anti-strophe)和末节(epistophe)。这样,多数凯歌都由 15 个诗节构成,加上序曲和分部的 3 个诗节,则是 21 个诗节。

就格律而言,品达一般采用三种传统的格律方式:(1)阿波罗四音节体(the paeonic),由不同的四音节形式组成,即一个长音节和三个短音组成(—∪∪∪,或者∪∪∪—,或者∪∪—∪),以第二首奥林匹亚凯歌和第五首皮托凯歌为代表;(2)扬抑抑兼扬抑扬扬格(the dactylo-epritric),由扬抑抑音节(—∪∪)和它的节奏音步,混合扬抑扬扬音节(—∪——)和它的节奏音步组成,大约半数的凯歌都是这种韵律,这种多里斯节奏的凯歌庄重严肃,深沉感人,品达曾在一首阿波罗颂歌的残篇中说:"多里斯旋律最为庄重"(Δώριον μέλοσ σεμνότατον):第三、第六、第七、第八、第十一和第十二首奥林匹亚凯歌;第一、第三、第四、第九和第十二首皮托凯歌;第一、第五、第八、第九、第十和第十一首涅嵋凯歌;第一至第六首伊斯特米凯歌;(3)混含扬抑抑格和扬抑格(the logaoedic),来自希腊文λόγος和ἀοιδή,即诗文。这种格律是扬抑抑格和扬抑格的结合。这种韵律常在下面的凯歌里用到:第一、第四、第五、第九、第十、第十三和第十四奥林匹亚凯歌;第二、第六至第八、第十和第十一首皮托凯歌;第二至第四首涅嵋凯歌,第六和第七首涅嵋凯歌;第七和第八首伊斯特米凯歌(这一分类主要参桑迪斯,前揭)。

品达是波俄提亚人(Boetian),属于爱奥尼亚(Aeolia)方言区,这对他的凯歌语言有所影响,比如,第一首奥林匹亚凯歌第 82 行中的ἐν带与格,以τά代替τίνα,这便是一种证据(Kirkwood,页 29),

但是，品达的凯歌并没有以家乡的语言写就，而是

> 混合了多里斯（Doris）和爱奥尼亚方言的一种文学
> 性语言，其中主要是多里斯方言。这点证明了古希腊合
> 唱抒情诗最早由多里斯人发展起来，主要是在斯巴达地
> 区，是在阿尔克曼和泰潘得尔（Terpander）的时代。希迈
> 拉的斯泰西科鲁斯也是一个多里斯人，但是他的诗歌主
> 要倾向于叙事诗体。（参桑迪斯，前揭）

品达使用的凯歌语言，是一种在希腊世界流传的传统文学语言，[1]是一种继承了早期诗人和史诗传统的语言（Kirkwood，页30）。荷马和赫西俄德作为希腊文明教化的教师，一直以他们的诗歌作为素材，是他们教化了希腊民族各城邦。后来，柏拉图说得很清楚：语言是"调教工具"，用尼采的话讲，便是教化（Bildung）的工具。品达继承传统诗教的语言，首先在最外在的形式上皈依传统，再者，与传统抒情诗一样，凯歌是一种宗教的、社会的集体事件（Kirkwood，页6）。可是，在品达的时代，希腊的文学语言已经开始转变，民主时代和作为新体裁的戏剧时代已经来临。雅典的肃剧诗人们以阿提卡方言——即雅典的地方方言——写作。品达依旧使用整个希腊世界流传的抒情诗语言，但是，很快，雅典帝国崛起，阿提卡方言扩张至整个希腊世界。在品达之后，希腊没有再产生伟大的抒情诗人，根本言之，这不是一种文学体裁的衰亡，而是一种教化方式的衰亡，一种政制的衰亡。

---

① A. M. Davis 则认为是爱奥尼亚、伊奥尼业和多里斯方言的混合。参《希腊的遗产》，M. I. Finley 主编，张强等译，上海：上海人民出版社，2004 年，页 122。至于品达语言中元音、辅音和变格等具体的分析，参 Buck，《希腊语言》（*The Greek Dialects*，Chicago，1955），页 345—347；Kirkwood，前揭，页 30—32。

第一章 第八首皮托凯歌

一、第八首皮托凯歌[译注]

献给埃吉纳岛的阿里斯托墨涅斯（Ἀριστομένει）

公元前 446 年，皮托竞技会摔跤比赛冠军

开题(ἀρχά)

诗节 1(行 1—7)

善思的安宁女神，①正义女神②

---

① 据李澍译文修改，前 5 行和最后 6 行参考刘小枫译文，《昭告幽微》，前揭。

　　凯歌的希腊语原文采用 C. M. Bowra《品达诗集》(*Pindari Carmina*，*Cum Fragmentis*，Oxford) 的 1964 年版以及 B. Snell 和 Maehler 的 *Pindari Carmina cum Fragmentis*，Leipzig，BSB B. G. Teubner Verlagsgesellschaft，1980。

　　凯歌的详细注疏，主要参考 Friedrich Mezger 的《品达凯歌》(*Pindars Siegeslieder*，前揭)；B. L .Gildersleeve 的《奥林匹亚凯歌和皮托凯歌》(*The Olympian and Pythian Odes*，New York：Harper and Brothers，1885 年)；C. M. Fennell 的《奥林匹亚凯歌和皮托凯歌》(*Pindar: The Olympian and Pythian Odes*，Cambridge，1983 年再版)；Lewis Richard Farnell 的《品达考订注疏集》(*Critical commentary to the works of Pindar*，Adolf M. Hakkert Publisher，

（转下页）

的女儿啊，你令城邑巍巍，[1]

诸多决议（$\beta ov\lambda \tilde{a}v$），或是各种战争，

你都手握最终的（$\dot{v}\pi \varepsilon \varrho \tau \acute{a}\tau a\varsigma$）钥匙，

请接受（$\delta \acute{\varepsilon}\varkappa \varepsilon v$）阿里斯托墨涅斯在皮托竞技胜利的荣耀（$\tau \iota \mu \grave{a}v$）吧！

因为只有你才知道（$\varepsilon \pi \acute{\iota}\sigma \tau a\sigma a\iota$），如何温和（$\mu a\lambda \vartheta a\varkappa \acute{o}v$）劳作（$\check{\varepsilon}\varrho \xi a\iota$），

如何恰当地[2]经受[劳作]。[3]

（接上页注①）Amsterdam 1965, London 1932）。尤其参考了 I. L. Pfeijffer 的《三首埃吉纳凯歌》（*Three Aeginetan Odes of Pindar: A Commentary on Nemean V, Nemean III, & Pythian VIII*, Leiden, 1999），这本注疏检审了先前所有注疏，爬梳极其细致，拙作中许多希腊文法基于 Pfeijffer 的注疏本，同时，注疏本中提及的希腊古典文本之间的相互关联，亦颇有启发。

至于译文参考的西文译本，简列如下：H. T. Wade-Gery, C. M. Bowra,《皮托凯歌》（*Pindar: Pythian Odes*, The Nonesuch Press, 1928）；Richmond Lattimore,《品达凯歌》（*The Odes of Pindar*, Univ. of Chicago, 1976）；Frank Nisetich,《品达凯歌》（*Pindar's Victory Songs*, Baltimore：Johns Hopkins UP, 1980）；Conway,《品达凯歌》（*The Odes of Pindar*, London, 1972）；Anthony Verity,《凯歌全集》（*The Complete Odes*, Oxford University Press, 2007）；Aimé Puech,《品达集》（*Pindar: Oeuvres*, Paris, 1922 — 1923）；F. Dornseiff,《品达译释》（*Pindar: übersetzt und erläutert*, Leipzig, 1920）；Dönt, Eugen,《凯歌集》（*Oden*），Philip Reclam, 1986。

上页注② 善思（$\varphi \iota \lambda \acute{o}\varphi \varrho ov$），通常释义为"友好的"，这个词语有两个部分构成：$\varphi \iota \lambda \acute{o}$ 和 $\varphi \varrho ov$，前者表示喜爱、热爱，后者来自动词 $\varphi \varrho ov\acute{\varepsilon}\omega$，表示"有思想"，"有智慧"，故直译为善思。另参色诺芬，《回忆苏格拉底》3.1.6，苏格拉底在谈到将领的必备素质时，提到了这一点。

安宁女神（$\acute{H}\sigma v\chi \acute{\iota}a$）在希腊文本中非常罕见，品达将"安宁"神化为女神；正义女神是宙斯之女，每当人间有不公之事，正义女神便来到人间（《劳作与时日》，行220）。

① 城邑巍巍（$\mu \varepsilon \gamma \iota \sigma \tau \acute{o}\pi o\lambda \iota$），直译为令城邦最为伟大；可参第四首皮托凯歌，第19、48行。另外，与此对应，一个不好的城邦就可能陷入混乱（$\sigma \tau \acute{a}\sigma \iota \varsigma$），参辑语109。

② 或可译为"在适当的时机"，"依恰当的尺度"，这里强调一种贤良政制伦常的中庸观。

③ []内的内容表示补足文意，非原文所有。

对衬诗节 1（行 8—14 ）

可是，无论谁心（καρδία）生

酷烈的愤怒，①

你便粗暴相向，直面敌人们的

力量（κράτει），将他们的肆心（ὕβριν）

打入船底（ἀντλῳ），普非里翁（Πορφυρίων）②与你对峙，

却不知晓（μάϑεν）自己的命运。所获倘若出自于一位欣然［给

予者］的家园，

它才会最为亲切（φίλτατον）。

末节 1（行 15—20 ）

但暴力（βία）终将令自大的矜夸者受挫。

西利西亚（Κίλιξ）③的百首提丰（Τυφώς）④不能逃脱于它，

---

① 酷烈，ἀμείλιχον，a-μείλιχος原文是"不温和的"意思。

② 巨人首领，该亚与天神乌拉诺斯所生的一个巨人，面孔可怖，须发皆长，并以龙尾代足。他受该亚指派，率领众多巨人兄弟进攻奥林波斯，欲取代宙斯。在与赫拉克勒斯与赫拉的战斗中，宙斯令他产生揭开赫拉面纱的邪念，随后，宙斯赶来，以雷霆将其劈中，又被赫拉克勒斯补中一箭而亡。

③ 西利西亚，小亚细亚南部的古地区。位于托罗斯山脉（Taurus Mountains）南部，濒临地中海。它是从小亚细亚到叙利亚的必经之地，自古便是兵家必争之地——换言之，各国争夺之地。公元前 14 世纪至前 13 世纪为赫梯人的附庸。公元前 8 世纪臣服于亚述。公元前 6 世纪至前 4 世纪归属波斯人，后来相继由马其顿人和塞琉西人统治。公元前 1 世纪成为罗马的一个行省。保罗曾访问该地区，至今仍有早期基督教遗迹。

④ 极其高大的喷火巨人，该亚之子，长着一百个蛇头，所以被称为百首提丰，他浑身覆有羽毛，并生有一对翅膀。与厄喀德那生下了许多可怕的野兽，如地狱恶犬刻耳柏洛斯、啄食普罗米修斯的秃鹫等（《神谱》行 306 以下）。后来，宙斯用雷霆击中提丰，提丰倒在西西里岛上的火山旁。品达对提丰的使用，参第四首奥林匹亚凯歌，行 8；第一首皮托凯歌，行 15。桑迪斯认为，品达在以提丰暗喻前一年在 Coronea 之战中失败的雅典人（前揭，页 258）。

巨人之王亦然。① 他们殒命于雷霆，

或是阿波罗的箭矢，而[阿波罗]，曾以亲和的心智接受

从基尔哈(*Κίρραϑεν*)②归来的克塞纳克斯(*Ξεναρκειον*)之子，

当时，帕纳斯(*Παρνασσϖι*)③的桂冠、多里斯的游行颂歌在他身
边环绕。

第一转题(*κατατροπά*)

诗节 2(行 21—27)

这座岛屿，正义之城，未曾

远落于美惠女神(*Χαρίτων*)之外，

享有埃阿科斯子孙们(*Αἰακιδᾶν*)④盛誉卓著的

各种美德(*ἀρεταῖς*)；而她拥有自始便完美

无瑕的声望，受人传唱，

因为它哺育的英雄们，崇崇高远(*ὑπερτάτους*)

在诸多带来胜利的竞技中，还有那些迅猛的战斗。

对衬诗节 2(行 28—34)

如今，这依旧令她的人民(*ἀνδράσιν*)灼灼生华(*ἐμπρέπει*)。

可我却匆促无暇，

---

① 巨人之王，显然指普菲里翁。

② 德尔菲别名，皮托竞技会比赛所在地。

③ 法国古今之争时代的诗人布瓦洛在其《诗的艺术》开篇，即提到帕纳斯："帕纳斯多
么崇高，精通诗艺谈何容易。"参布瓦洛，《诗的艺术》，任典译，北京：人民文学出版
社，1959 年，页 3。

④ Aiakidai 即 descendants of Aeacus，埃阿科斯的后代们。他是河神 Asopus 的女儿
埃吉纳与宙斯之子，埃吉纳岛的国王，被称为世间最公正和虔诚的人，阿喀琉斯的
祖父，死后成为冥府三法官之一，另外两位是拉达曼提斯和米诺斯。

［不能］将整个漫长的故事

诉诸七弦琴温和的音调，

以免肆漫无度（χάϱος），惹来纷扰。让我脚畔的事物

迅疾前行吧，孩子啊，这是［我］对你的应尽之责，

让你最新（νεώτατον）［展露的］高贵，乘着我的技艺翩翔。

末节 2（行 35—40 ）

因为，你依循母系舅父在摔跤［竞技］中的足迹，

没有辱没忒奥格尼托斯（Θεόγνητον）在奥林匹亚［的胜利］，

或是克莱托马克霍斯（Κλειτομάχοιο）因强健四肢而在伊斯特米的胜利，

你令美蒂里戴（Μειδυλιδᾶν）①的血统显赫，证说（φέϱεις）了

奥伊克勒斯（Ὀϊκλέος）之子②的谜言（αἰνίσσομαι）说辞，当他目睹

七雄的儿子们，在七座城门的忒拜的战役（αἰχμᾷ）中持守疆场，

中间部分（ὀμφαλός）

诗节 3（行 41—47 ）

其时，来自阿尔戈斯的（Ἄϱγεος）后辈勇士③

正踏上第二次征途。④

当他们战斗的时候，他这样说道：

"凭着天性，高贵（γενναῖον）注定自父辈传承，

---

① 美蒂里戴是阿里斯托墨涅斯的家族之名。

② 奥伊克勒斯之子，即安菲阿拉俄斯，详细的谱系和故事脉络，参正文第四章的分析。

③ 后辈勇士（Ἐπίγονοι），专指第一次七雄攻忒拜的远征英雄的后代。

④ 第二次远征是指七雄攻忒拜的失败十年之后，失败的阿尔戈斯英雄们之子已经长大，于是再次攻打忒拜。

在子孙的身上熠熠生辉(ἐπιπρέπει)。我清楚地看见

阿尔克迈翁(Ἀλκμᾶν’)手持烁烁盾牌，

上饰斑斓的长蛇，率身军前，[直向]卡德摩斯①的大门。

对衬诗节 3(行 48—54)

另一位英雄阿德拉斯托斯(Ἄδραστος)，

在前一场溃败中遭历困厄(πάϑᾳ)，②

现在，他却逢遇佳(ἀρείνονος)③鸟的

信兆，而在他自己家中，

他将行为(πράξει)迥异：因为在达那奥斯人(Δαναῶν)④的军阵

之中，惟有他

拣拾(λέξαις)亡子遗骸之后，凭借神佑，

将与未受戕伤的民人返归(ἀφίξεται)[故土]，

末节 3(行 55—60)

来到阿巴斯 (Ἄβαντος)⑤ 宽敞的街道。"安菲阿拉俄斯

(Ἀμφιάρηος)

---

① 哈默尼亚是战神和阿佛洛狄忒之女，卡德摩斯的丈夫。卡德摩斯是欧罗巴的哥哥，当年寻找被宙斯拐走的欧罗巴时，受雅典娜神谕而建立忒拜城，同时，宙斯让哈默尼亚做他的妻子。后来，忒拜人即以卡德摩斯命名忒拜卫城，此处卡德摩斯(Κάδμου)即为此意。

② 阿尔戈斯人所以决定帮助珀吕尼克斯(Polynices)攻打忒拜，就因为三王中的阿德拉斯托斯是他的岳父，阿德拉斯托斯是组织攻打的忒拜的领导者。他也是第一次七雄攻忒拜失败之后的唯一幸存者。

③ 原文是形容词的比较级形式，直译为"更好的鸟儿"。

④ 在荷马史诗《伊利亚特》里，达那奥斯人是阿开奥斯人(Achaeans)和阿尔戈斯人的合称。此处则因达那奥斯是阿尔戈斯人的先祖，便以达那奥斯人借指阿尔戈斯人。

⑤ 阿巴斯是阿尔戈斯最早的王，所以，此处阿巴斯的街道便泛指阿尔戈斯。

如是说(ἐφϑέγξατ')。我自己也欣悦满怀，

向阿尔克迈翁抛撒花冠，并让歌谣(ὕμνῳ)向他洒落。

他是我的比邻，我财富的守护者(φύλαξ)，

当我朝着传唱中的大地(γᾶς)中央①走去，他与我相会(ὑπάντασεν)，

展示他生就的预言技艺(τέχναις)。

第二转题(μετακατατρπά)

诗节 4(行 61—67)

而你，远射之神，

在皮托山谷中，②

你拥有欢迎一切的著名(εὐκλέα)神庙，

在那里，你赋予了最伟大的(μέγιστττον)

喜悦；此前，在家中(ὅικοι)，你自己的节日上，

你曾带来五项全能那梦寐以求的(ἀρπαλέαν)馈赠。

神啊，我祈祷，请以欣悦的心智

对衬诗节 4(行 68—74)

带着某种和谐(ἀρμονίαν)，看顾我

踏出的每一步。

游行颂歌(κώμωι)歌声甜美，正义女神一旁伫立，

克塞纳克斯啊，而我还请求诸神的看顾，

许你好运，不熄不灭(ἄφϑιτον)。

---

① 大地中央就是指阿波罗的德尔菲神庙所在之地。不过，需要注意，这里的"大地"与第93行的"大地"希腊原文不是同一个词语，后者系副词，"在大地之上"的意思。
② 远射之神，就是指阿波罗。皮托山谷则指皮托竞技会举行的场所。

谁若无需漫长的困苦(πόνῳ)，就已高贵卓然，

那么，在多数人看来，他便是愚人中的智慧者，

末节 4(行 75—80)

他工于技艺，作出正确决议(ὀϱθοβούλοισι)，以安排①自己的
生活。

但是，这并不取决于人(ἀνδράσι)；而神灵(δαίμων)的激发，

此时将一人高举，彼时又将另一个覆于掌底。

他心怀尺规(μέτϱῳ)，下到赛场；在麦加拉，你一举夺魁，

马拉松平原，还有本地的赫拉竞技会，

你也曾征取了三次胜利，阿里斯托墨涅斯啊，通过辛劳
(ἔϱγῳ)。

结题(ἐξόδιον)

诗节 5(行 81—87)

你以冷峻的智虑(φϱονέων)②

俯逼四名对手的身躯，③

他们从皮托返乡之际，

注定无法像你一样甜蜜(ἔπαλπνος)，

---

① 安排(κοϱυσσέμεν)原初的意思恰恰是"戴上头盔"，进而引申为"武装、作战"，最后引
申为"安排"。

② "冷酷的智虑"，在荷马史诗里通常意为"冷酷地对待"(《伊利亚特》卷 16，行 783
等)，此处译法为了强调其中思考的特征，另参《伊利亚特》卷 7，行 70；卷 12，行 67；
卷 22，行 264 等处。

③ 身躯(σωμάτεσσι)这个词语在荷马那里专用于死人。后来，耶稣在最后的晚餐时，指
着自己的身体对十二位门徒说，"这是我的身体"(《路加福音》22：19)，用的是同一
个单词。

当他们回到母亲身旁，也不会因笑声愉悦（γλυκύς）

而［心］生快意。他们远避敌人，

蛰行小巷，因不幸而苦涩难当。

对衬诗节 5（行 88—94）

但他，已获取了新的荣耀（καλόν），

正值恢宏璀璨（ἁβρότατος）①的时刻，

因希望（ἐλπίδος）而张开男子气概（ἀνορέαις）的翅膀

飞翔，怀有

超越财富的追求。可是，有死凡人的（βροτῶν）欢愉

在瞬息之间萌生，却也同样坠落大地（χαμαί），

一旦歧（ἀπότροπος）见（γνώμα）摇曳。

末节 5（行 95—100 ）

一日之中的造物啊（ἐπάμεροι），谁是什么？ 谁又不是什么？

人乃虚影（σκιᾶς）之梦（ὄναρ）。然而，一旦宙斯赐予的澄辉
（αἴγλα）拂照，

霭霭（λαμπρόν）扶光（φέγγος）委照于人（ἀνδρῶν），于是生命
（αἰών）和顺（μείλιχος）。

埃吉纳（Αἴγινα），我们的（φίλα）母亲，让这座城邦一直

航于自由的行程（στόλῳ），与宙斯一道，还有王者（κρέοντι）埃
阿科斯，

珀琉斯和高贵的（κἀγαθῷ）忒拉蒙，还有阿喀琉斯。

---

① ἁβρότατος是最高级，"最美好的"，此处译为璀璨。

二、德音犹存

根据抄件的记载,第八首皮托凯歌写于公元前 446 年。一位埃吉纳年轻贵族阿里斯托墨涅斯(Aristomenes)在皮托竞技会上获得摔跤比赛的冠军,品达为他写下这首凯歌在母邦埃吉纳传唱。具体来说,第八首皮托凯歌所赞颂的胜利,是第 35 届皮托竞技会上的摔跤比赛(Drachmann,页 206),转换成后世通行的年代记法,就是公元前 446 年,这是品达的最后一首凯歌。[①] 当然也有人持有疑义,比如,Herman 认为,第 8－18 行中的残暴力量和百首提丰指入侵的波斯人,由此,他断定,这首凯歌的时间当是公元前 478 年。同样,有学者认为,第 98 行的"自由"一词表明,埃吉纳尚未丧失自由,所以时间应该在雅典征服埃吉纳的公元前 457 年之前。[②] 这些过于实证的分析并未得到更多响应,目前,古典学界的学者多支持抄件的看法。所以,第八首皮托凯歌通常被视为品达的天鹅绝唱,是犹存之德音。

写作这首凯歌时,品达已经 72 岁了。如果在此之后,他还继续写作凯歌,那么,阿里斯托芬的编辑中至少还有名称上的保留。根据阿里斯托芬的编辑,品达十七卷诗中有四卷凯歌,而四卷凯歌却全部幸存至今,所以,根据抄件的说法,这作为品达最后一首凯歌是没有太大的疑问。就品达所创作的凯歌而言,这是品达留下的绝笔。但是,一般来说,品达逝世于将近十年之后,希腊的竞技会也一直还在进行,比如,根据修昔底德的记载,阿尔喀比亚德便曾自豪地说:"我作为雅典的代表,在奥林匹亚竞技会中,表现得豪

---

① I. L. Pfeijffer 的《三首埃吉纳凯歌》(*Three Aeginetan Odes of Pindar. A Commentary on Nemean V, Nemean III, & Pythian VIII*),Leiden,1999 年,页 425。

② Bergk,公元前 466 年;O. Müller,公元前 458 年;Krüger,公元前 470 年;Fennell,公元前 462 年。更详细的分析参 Pfeijffer,页 425。

华富丽,他们才开始把我们城邦的伟大,估计得超乎实际情形。"
(《伯罗奔半岛战争志》卷六,16)阿尔喀比亚德出生于公元前 450
年,他参加竞技会至少是公元前 440 年之后,所以,在品达去世之
前(公元前 438 年),竞技会依旧盛行于希腊世界。但是,尽管他曾
为四种泛希腊竞技会写下许多诗篇,在这首凯歌之后,他却不再书
写凯歌。我们无法设想,竟然没有人延请这位在希腊世界享有盛
望的诗人,为自己的胜利写下辉煌凯歌,而只能猜想:品达不再愿
意。即如伯顿所言,在雅典民主的混乱无序之中,品达追慕的贤良
政制的秩序已经无可挽回。① 一般认为,这首凯歌最后"航于自由
的行程"(行 99)极有可能暗喻了对埃吉纳重获独立的希望,但是,
历史无情地碾碎了这个希望。尤为重要的是,雅典作为新兴的政
治势力,其民主制度的力量与日俱增,而最能代表雅典民主文化的
戏剧,同样在希腊大地流行。凯歌作为合唱抒情诗的衰落已无可
避免,尤为重要的是,作为最能彰显卓越精神的竞技运动,如今已
名存实亡,渐趋沦丧,不再是高贵精神的彰显,而成为奢华的攀
比——比如阿尔喀比亚德所言的"豪华富丽"。我们不妨推想,年
老的诗人对此心怀怆然,难以落笔,这也在情理之中。

其次,这首凯歌献给埃吉纳岛上的胜利者,但我们首先需要明
确埃吉纳、忒拜和雅典之间的关系(详参正文第三章)。要言之,埃
吉纳和忒拜是传统的友邦,品达的家族在两个城邦里都有亲人,他
们分享着同一种政治制度。波斯人第一次入侵时,埃吉纳和忒拜
都没有站在希腊人一边。雅典与忒拜由于临近,从来没有断绝过
争端,一直对立;而埃吉纳距离雅典只有 20 英里,占据着雅典的出
海口,向来是雅典人欲除之而后快的"落后小邦"。公元前 455 年,
雅典人控制下的提洛同盟以埃吉纳不交纳赋税为由,与之交战,埃
吉纳人战败,被迫向雅典交纳赋税,每年 30 塔伦特。公元前 430

---

① 参 Burton,《品达的皮托凯歌》(*Pindar's Pythian Odes*),Oxford,1962 年,页 192。

年伯罗奔半岛战争爆发后,雅典人立刻剿灭埃吉纳,将全岛的人都驱离故土。如今,只有一个阿法伊安神庙的遗迹和品达写给埃吉纳岛的诗歌证明,埃吉纳岛曾经高贵地存在过。这首第八首皮托凯歌歌颂的胜利,便发生在这段历史的中段。

品达知道埃吉纳与自己母邦的关系,当然更明白自己与埃吉纳的亲缘,所以,在现存的 45 首凯歌中,其中有 11 首献给这座小岛——是享受品达凯歌殊荣最多的城邦。[①] 当他写下这首凯歌的时候,他心中一定含有现实的政治屈辱和政制伦理的考察。正因为处境极其险困,所以,就更能显示出品达心中最真实和最伟大的思考——这是第八首皮托凯歌的政治位置,真实的政治境遇中,才有更真实的政治伦常的考察。[②] 就这个阶段的历史处境而言,后文在分析雅典和埃吉纳之间关系的时候,除了吸取现代研究的成果,我更把注意焦点集中在希罗多德的《原史》和修昔底德的《伯罗奔半岛战争志》,因为其时去古不远,其记载也更近其时的精神风貌和气质。在这个意义上来说,所谓最后一首凯歌,对于埃吉纳而言,这是埃吉纳作为一座城邦的最后一首凯歌,随着城邦的彻底沦亡,再也没有能够再现这首凯歌所颂扬的精神——覆巢之下,精神溃亡。

再者,在品达的凯歌位置中,第八首皮托凯歌固然是最后一首,但若放到整个凯歌的历史中,则更有深意。历史上只有三位凯

---

① Anne Pippin Burnett 以八十高龄出版了《品达为埃吉纳年轻竞技者所作凯歌》(*Pindar's Songs for Young Athletes of Aigina*,Oxford University Press,2005),关注的焦点就是埃吉纳岛上的获胜者。

② G. E. M. de Ste.Croix 的《雅典民主起源与其他论文集》(*Athenian Democratic Origins and other essays*,David Harvey 和 Robert Parker 编,Oxford University Press,2005)探讨了雅典民主发生过程中的各种问题,与埃吉纳有关的重要内容,参页 20。亦参 Ilja Leonard Pfeijffer 的《品达的第八首皮托凯歌》(*Pindar's Eighth Pythian:The Relevance of the Historical Setting*),载 *Hermes*,Vol.123,No. 2,1995 年,页 156—165。

歌诗人西蒙尼德斯、品达和巴克基里得斯，西蒙尼德斯年长，巴克基里得斯和品达大致年岁相当，而当品达写下第八首皮托凯歌的时候，巴克基里得斯已经逝去四年。在品达之后，竞技会当然继续存在，可是，奇怪的是，歌颂竞技会的凯歌突然消失。Kirkwood 给出三种可能的理由：品达的卓越令后来的诗人望而却步；公元前 5 世纪的诗歌和音乐急剧转变，戏剧开始占据城邦的核心位置，同时又出现新的合唱歌方式；竞技会丧失了它们本来具有的希腊文化中心地位（Kirkwood，页 7）。Finley 则认为，理性的思考方式和书写方式，最终取代了合唱诗的统治地位，衰落的不仅仅是凯歌，而且是整个抒情诗的传统（页 13）。这几种看法都清楚地说明了希腊文化精神的转变。竞技会虽然依旧存在，但竞技精神已经衰落。传统合唱抒情诗不再符合新时代的口味。假如第八首皮托凯歌的确是品达的最后一首凯歌，那么我们同样可以得出另一个重要的结论：这是历史上最后一首凯歌——这是第八首皮托凯歌在凯歌这种诗歌体裁之中的位置。作为最后一首凯歌，作为对古希腊贵族传统竞技精神最后的颂扬，第八首皮托凯歌无比清晰地再现了贤良政制的伦理和思考。尤其重要的是，品达的年代，正是贤良政制日趋消亡，而民主制度日盛的年代。综合 Kirkwood 和 Finley 的看法，凯歌的消亡与其说是一种诗歌体裁的消亡，不如说是一种生活方式的消亡，而这种生活方式消亡的背后，则蕴含着思考方式的变更和政制的变化。某种意义上，这就是埃吉纳岛和雅典之争的本质，它不仅仅是一场争夺权力或生存的政治斗争，更是一种政制方式和生活方式之间的战争（Nisetich，页 11）。第八首皮托凯歌以合唱诗的方式呈现了这种争论，作为最后一首凯歌，它华美丰赡，却终究见证了品位更低的政制的胜利。

但是，即便跨过 2000 多年的历史长河，这首诗的声音依旧回响，尼采称之为"我们极北人"的精神回响，他将一种历史上的政制和文化类型转变为人的精神类型，这一种精神类型的命运"就是力

量的充沛、紧张和高昂。我们渴望闪电和行动;我们尽可能远离弱
者的幸福,远离'逆来顺受'……风暴在我们头顶呼啸;我们的自然
本性变得阴暗——因为我们无路可走"(《敌基督者》,1)。① 大约
正因无路可走,更真实的路方才呈现。

第八首皮托凯歌是一首典型的凯歌,②共分五节,严格按照凯
歌的结构:开题(ἀρχά)、第一转题(κατατροπά)、核心(ὀμφαλός)、第二
转题(μετακαταтροπά)和结题(ἐξόδιον)。诗节和诗节之间的过渡极其
流畅,几乎不留痕迹。比如从第一转题过渡到核心部分的神话,无
论文辞还是诗歌结构,都近乎天成。与此相反,在每一个大的诗节
内部,却屡有诗行似乎与上下无关,比如第 13—15 行的格言,就颇
为突兀,所以,在西方的诗歌史上,品达一直戴着"晦涩诗人"的名
号,伏尔泰如是挖苦:

> 你啊,娴熟地谴词弄句
> 却无人能解,
> 于是它们总是备受钦慕。③

可是,倘若我们细读品达流传后世的诗作,就会发现,这些凯
歌其实自有内在的脉络,纵有后人难解之处,但终非天书;倒不如
说,阅读品达的关键在于,是否愿意通过品达的眼睛阅读品达。

所以,本书虽然借鉴了近世学者的诸多注疏和文本考证,但在
这首凯歌的解读上,基本的立足点在于:品达与荷马和赫西俄德的
传统诗歌之间的关系——即品达在内在品质上如何接续传统诗

---

① 尼采,《敌基督者》,吴增定、李猛译,未刊稿。
② 关于其他学者对这首凯歌的结构分析,可以参 Mary R. Lefkowitz 分析这首凯歌时
列出的结构,见《第八首皮托凯歌》(前揭,页 219—221);还有桑迪斯的结构分析(前
揭,页 258—259)。
③ 颂诗 17,《献给叶卡捷琳娜二世》(To Catherine the Great);转引自 Hamilton,前
揭,页 2。

歌,以及品达眼中的政治秩序。① 为防止各种先入之见,我们不妨
从这首凯歌的最表面的诗歌分节开始阅读。巧合的是,或者说,品
达的伟大之处在于,在这些诗歌形式的分节背后,他的思考却直抵
希腊传统贤良政制的精神和政治思考的核心。凯歌前后关联甚
紧,但在每一节,品达都有一个相对集中的思考。不过,诗歌毕竟
不是文论,其中出现后世学者所谓"离题"(digression)或"脱节"
(break-off)之处,亦不在少数。但这些都与凯歌或前或后触及的
思考有关。

　　开题部分,以向安宁女神的吁请开篇(行1),继而歌颂安宁女
神的政治品质(行2—4),并请求她接受阿里斯托墨涅斯的胜利
(行5),随后进一步描述安宁女神的智慧(行6—7);歌颂她面对暴
力时的力量(行8—12),并以一句格言结束开题诗节中的对称诗
节(行13—14);末节延续神力对暴力的惩罚(行15—17),进而请
求皮托竞技会的保护神阿波罗,请他接受阿里斯托墨涅斯的胜利
(行18—20)。表面上,这只是凯歌习常的呼吁之辞,但是,前三行
的"城邦"、"决议"、"战争"等词语已经足以表明,品达吁请的安宁
女神,是一位掌管"政治"生活的有力女神;末节中言及的提丰之所
以遭受覆灭之灾,正是由于它不满于宙斯正义而神圣的秩序,所
以,这一部分实际上触及的是,在品达眼中,一座最好的城邦应该
具有怎样的品质,这与其说是对现实的埃吉纳岛屿的描绘,不如说
是一种政治观念的清晰呈现:安宁女神虽名为安宁,但她既有和谐
内政的能力,也有惩罚异端与敌人的力量。

　　第一转题转入对胜利者阿里斯托墨涅斯母邦埃吉纳的颂扬,
还有对阿里斯托墨涅斯家族血统的赞扬,其中对称诗节则夹杂了

---

① 　参John Scott的《赫西俄德和品达》(*Hesiod and Pindar*,Chicago,1898),关于品达
　　对荷马和赫西俄德词汇的借用,参页42—44。随着论文的进展,品达对传统资源的
　　吸取和调用就会显得更为清晰,此处只举词汇使用为例。另参Schmid,前揭,页
　　113。

诗中角色"我"的诗歌技艺(行29—34),但是,很显然,这仍然是在衬说这座岛屿城邦的伟大。而且,品达没有提到"埃吉纳"这座岛屿的名字,这种隐匿暗示了埃吉纳此刻的"不存在",在与雅典的斗争中,此时的埃吉纳虽然还持有自己的土地,但每年必须定期向雅典缴纳贡赋,主权近乎易手。所以,品达强调埃吉纳城邦的"正义"、高贵和力量,其实暗含了一种期许。我们可以设想,埃吉纳的年轻人听到这样的诗歌时会产生怎样的心绪。从安宁女神治下的理想城邦到现实的埃吉纳,凯歌开始进入真实的政治世界。

凯歌的中间部分是安菲阿拉俄斯的神话,尤其是,这则神话的大部分内容都借安菲阿拉俄斯之口说出——即所谓"谜言"(αἰνίσσομαι)。品达所有为埃吉纳所作的11首凯歌中,唯有这一首没有采取埃吉纳本岛的神话。所以,这个谜言就有超出一般凯歌的某种特征。从最表面的意思来看,这暗示了埃吉纳已经与自己的精神血脉有所疏离。所以,如何延续城邦的精神血脉,就成了一个极为严峻的政治现实。在品达看来,除了政治人应该担负的职责,诗人更要自负其责。首先,品达借这个神话表明,诗人要成为一个真正的城邦诗人,必须接受来自神的启示,其次则是如何传达神意。要理解这一节,揭开这个谜言和例外之中隐含的更深意蕴就是关键所在。

第二转题的主要内容有二:对阿里斯托墨涅斯的赞扬、凯歌中"我"对自己所作的祈祷。前者占据了大部分的篇幅,并且将"我"包裹其中。正是这隐而不显的秘密之处,才彰显出诗人(或者合唱歌)在城邦政治生活中占据的位置。这一部分诗行以三个层次的"我"和"你"再现了诗人在城邦中的政治位置,笔法极为高妙。对太阳神的吁求、城邦中诗歌应该具有的"和谐"品性、城邦中贵族父子应该接受的诗歌教诲,由神、诗歌而及人,建立起一个有序的政治结构,而形成这个政治结构的核心,便是诗人和他因循神意正义而创造出的凯歌。

结题部分首先呈现了失败者的苦涩（行82—87），与此相对，则是胜利者的"荣耀"。但凯歌随后转入对人类生存境遇的冷眼描绘：瞬息之间的升腾与坠落。第三个末节是品达最著名的诗节，对人做了一个近乎定义的直陈式表达：人乃虚影之梦。所谓"虚影"，正是奥德修斯在冥府中所见的幽暗之物。凯歌最后4行终于出现了埃吉纳的名字，但这次祈祷却隐藏了更多阴影笼罩的未来。胜利与失败、人和神、光和阴影、埃吉纳和雅典，这些构成了政治生活和政治生活中的"虚影"。

要言之，这首凯歌从神的安宁和正义（所谓神义）出发，转向真实的政治境遇，从而迫使诗人接受来自神义的教诲，以图洞悉政治生活，诗人于是懂得自己在政治生活中的位置，由此，诗人传达教化，肯定神义生活的秩序，最终洞察人类"魂影"般的生活面目。

第二章　安宁女神的城邦神义论

　　品达笔下的政治秩序具有神义的支撑，虽然诸神并不一定允诺人的幸福生活（"我们无从知晓命数划定的结局"，第六首涅嵋凯歌，行6），但是，幸福一定来自于神（"因为神的恩宠"，第二首奥林匹亚凯歌，行8），尤其是，人最伟大的美德一定来自于神（"从神那里，我们获得了人类最优秀的东西"，第一首皮托凯歌，行41），这就意味着，品达眼中的政治秩序本身不是正义的根源，而必须追溯至神义。在第八首皮托凯歌开篇祷歌中，品达在城邦的层面上表达了这种神义论：对城邦的政治秩序而言，安宁女神（Ἡσυχία）是极其关键的神义论基础。换成当今习常的说法便是：政治共同体的最高标准是安宁（ἡσυχία）。

　　希腊语ἡσυχία［安宁］，并不意味着单纯的安静，通常表示某种动荡与混乱之后的宁静。在很大程度上，这暗示了埃吉纳岛受到雅典奴役的动荡局面，还有结束动荡的渴望。在现存的古希腊文本中，ἡσυχία［安宁］最早出现于《奥德赛》："我明天便可饱享安宁（ἡσυχίη）"（《奥德赛》，卷十八，行22）。在这一卷中，奥德修斯已经回到家乡伊塔卡，正是"饱享安宁"的前夜。表面上，奥德修斯对乞丐阿尔耐奥斯（Arnaios）怒不可遏，只有越过这个障碍，他才能得到安宁，但是，更进一步说，这是奥德修斯归乡途中种种艰难的一个关节点。在自己的土地上，当奥德修斯父子相认之后，在自己的大厅门前，奥德修斯与这个无赖发生了争执："请不要用拳头向我挑战，不要惹恼我"（《奥德赛》卷十八，行20）。这是奥德修斯回乡之后的第一场正面冲突，也预示着随后将要终结的种种冲突，所以，预示着未来的"安宁"一词表明：奥德修斯即将荡涤不安，在自己的城邦重新为王，整顿城邦内部混乱的秩序——安宁将出现于秩序恢复之后。

荷马的安宁表面上是奥德修斯个人的安宁，品达的安宁则直接意指城邦的安宁；当然，奥德修斯作城邦的王者，他获得个人安宁的前提是伊塔卡城邦的安宁，但品达则更为直接地指向这一核心意蕴，在第四首奥林匹亚凯歌中，品达这样说及安宁女神：

> 我颂扬他，这位最热诚的养马者，
> 他殷勤好客，中心愉悦，
> 向热爱城邦的（φιλόπολιν）安宁女神献上一颗诚挚的
> 心智（γνώμα）。（行14—16）

第四首奥林匹亚凯歌写于公元前452年，与第八首皮托凯歌的写作时间间隔不远，这意味着品达这时已经开始确切思考城邦和安宁之间的关系，其后安宁女神的出现并不是偶然，而是他对城邦政治长期思考的结果。此处安宁女神的修饰语是热爱城邦，这直接凸显了安宁女神与城邦之间的关系，她的存在是与城邦为一体。而且，这里向安宁女神献上的是一颗"诚挚的心智"，它必然要与安宁女神一样热爱城邦，巧合的是，这种心智，恰好对应了第八首皮托凯歌的开篇词语：善思。心智的诚挚是由于分享了安宁女神对城邦的热爱，而安宁女神则因自己的神性智慧，在她与城邦之间，形成了一种本质的关联。第八首皮托凯歌开题部分的核心即系于"安宁"一词。

一、安宁女神的神谱

在品达笔下,安宁不再仅仅是一种状态,而成为一个最为关键的品质,并进而以"安宁女神"将其神化。威拉莫维茨认为,就像第十二首奥林匹亚凯歌中的提刻女神(机运女神,Tyche)一样,在品达的时代并不真实存在这样的女神,这只是出于品达纯粹的诗兴(ganze Gedicht)。[①] 比品达早一代的厄庇卡姆斯(Epicharmus,约公元前550—前460),就已将安宁人格化为女神:"Ησυχία 这位迷人的女子,是明智女神(Σωφροσύνας)的近邻。"[②]事实上,对于希腊早期的传统而言,将某种品质神化是一种常见的做法。不过,将"安宁"神化的做法则极为罕见,一般的希腊神话词典中均无收录,倘有收录,其文献来源也多是品达的凯歌,所以,诺伍德认为,品达在这里设置了一种超越了神的力量,或者说,将某种品格、某种力量当作神(Norwood,页55)。但问题的关键不在于将"安宁"这种品质神化的做法,而在于,品达这样做的原因:他为什么神化"安宁"这种品质? 这显然不是一句纯粹的诗兴就可打发的。很多学者从安宁的意蕴出发,认为这表达出品达对某种安宁气质或者精神的传达,但是,联系到下面几行关于战争和惩罚的描述,我们很难仅仅将安宁女神视为一种精神气质,她更与城邦的政治密切相关,按照 Pfeijffer 的说法,这更是一种政治"理念"。[③]

---

① Wilamowitz, *Pindaros*, 前揭, 页306。

② 见 Kaibel, 残篇101;亚里士多德的《论诗术》在1448a和1449b5处,称 Epimachus 是谐剧有布局的开始;同时,拉尔修在《名哲言行录》卷八第78节将他描述为哲人, "智慧卓越",所以以家乡叙拉古拥他为王。

③ 比如,M. W. Dickie,《品达论安宁与肆心》(Hêsychia and Hybris in Pindar),收入 D. E. Gerber 主编,《希腊诗歌与哲学——Woodbury 纪念文集》(*Greek Poetry and Philosophy, Studies in Honor of L. Woodbury*, Chicago, 1984),页95,转引自 Pfeijffer, 前揭, 页426。

不过,安宁女神虽然是品达的诗歌神化安宁一词的做法,但依然其来有自,如果我们仔细勘察品达与赫西俄德之间的关联,就可以建立一个安宁女神的微型"神谱"。这首凯歌第一行将安宁女神称为正义女神的女儿。品达的前辈赫西俄德没有提到过安宁女神,但《神谱》中记述了正义女神狄刻:

> 第二个,宙斯娶了容光照人的忒弥斯为妻子,生下荷赖(时序三女神),
> 欧诺弥亚[秩序女神]、狄刻[正义女神]和如花的厄瑞涅[和平女神],
> 这些女神关心凡人的劳作。(行 901—903)①

和平女神似乎对应品达的安宁女神。但在赫西俄德笔下,二者是姐妹而非母女。不过,品达也提到她们的母亲忒弥斯(残篇30,"宙斯的第一个新娘";残篇52a5—6 中也描述了荷赖与忒弥斯之间的母女关系),二者的描述有所差异,品达更强调的是:忒弥斯是宙斯的第一个新娘,赫西俄德则认为是第二个妻子。品达也曾在另一首凯歌中有着与赫西俄德极其类似的写法:

> 因为,那儿住着秩序女神和她的姐妹正义女神,诸座城邦坚实的根基,
> 而和平女神(Εἰρήνα),看管着人类的财富,她们一起被抚养长大——
> 决议优良的(εὐβούλου)忒弥斯金发的女儿们。
> （第十三首奥林匹亚凯歌,行 6—8）

---

① 吴雅凌,《神谱笺释》,北京:华夏出版社,2010 年,页 152,页 361。

忒弥斯的三个女儿看护人类,是城邦的根基所在:秩序、正义、和平和优良决议。由此可以看出,品达所以将忒弥斯写为宙斯的第一个妻子,显然是更为看重人类与宙斯(正义)之间的关系,或者说,由于忒弥斯的三个女儿与人类生活中之间的深刻关联,需要得到更为突出的强调。现在,我们首先仔细分析赫西俄德诗行。荷赖女神(Ὧραs)关心人类的"劳作"(ἔργα),《神谱》还表明,人类的生活品质取决于社会的秩序、政制的公正和政治的和平。因此,三个荷赖女神就对应三种政制要素:欧诺弥亚——秩序;狄刻——正义;厄瑞涅——和平。在《劳作与时日》第 225—229 行中,赫西俄德更为清晰地表达了正义与和平之间的关系:

> 相反,人们如果对任何外邦人和本城邦人都予以公正的审判,丝毫不背离正义,他们的城邦就会繁荣,人们就会富庶,他们的城邦就会呈现一派爱护儿童、安居乐业的和平景象。(行 225—229)

在此之前的诗节里,赫西俄德劝说自己的兄弟佩尔塞斯要践行正义,并以正义女神的惩罚进行劝诫。上引"相反"一词,便是针对是否正义的两种相反情形。依据《神谱》的说法,三位荷赖女神中,和平位列正义之后,同样,在《劳作与时日》里,也必须在正义之后,和平才能实现。在《神谱》中,秩序——正义——和平的序列表明,正义是实现和平的前提,所以,《劳作与时日》则是更为清晰地显示出正义与和平的前后关联。

我们再转向品达在第十三首奥林匹亚凯歌中的描述:秩序和正义是城邦坚实的"根基",随后才是和平女神。品达沿袭了自荷马和赫西俄德而来的城邦秩序、正义和和平之间关系的传统意蕴。而且,第八首皮托凯歌中对"正义"的表面编排却颇值深究。正义女神是宙斯的女儿,负责察看人间的不公,随后由宙斯进行判决

(《劳作与时日》,行 256-263),也就是说,正义女神本身还不能施行正义,最后的正义之神是宙斯。凯歌以安宁女神和正义女神母女开篇,结尾呼颂的神则是宙斯,某种意义上,这符合正义女神在人间(城邦)察看的过程。"正义"一词在这首凯歌中出现三次(在其他凯歌中也时常出现):"善思的安宁女神啊,正义女神的女儿"(行 1),"这座岛屿,正义之城"(行 21),"歌唱甜美,正义女神一旁伫立"(行 70)。这在整首凯歌的位置分布上非常匀称,开篇、接近¼处,接近¾的地方,结尾部分,则是向主持正义的主神宙斯祈祷。两次以女神之名出场,一次作为复合词的前缀出现。尤其是正义女神,明确出现过两次,就连皮托竞技会纪念的阿波罗和主神宙斯也只明确出现一次,所以,品达这首凯歌极其强调的是便是正义,这是贯穿全诗的隐形线索,虽然开篇吁请安宁女神,但是,在隐秘的深处,正义才是这首凯歌最为核心的关键——也就说,城邦政治的核心是正义。①

　　然而,奇怪的是,事实上,"正义"作为一个实词,作为一个表示实际含义的词语,却根本没有出现。在凯歌的表演过程中,听众耳中听到三次"正义"的发音,但是,"正义"作为一个实词,却没有出现。同样,"正义女神"两次出现,这或许正意味着,真实的"正义"其实缺席——正义女神的职责在于探察人间的不正义,她的出现恰恰表明了"不正义"事实的存在。同时,表演这首凯歌的埃吉纳岛,在希腊世界里,恰恰以正义闻名,埃吉纳岛人的先祖,埃吉纳与宙斯之子埃阿科斯,是希腊人中最正义的一位,死后成为冥府三判官之首。那么,在他的子孙听来,"正义"的如此存在或者缺席,也许是一个极为刺痛的问题:正义为何不在?

　　在品达笔下,同样缺席的还有秩序女神。所谓秩序女神,原文

---

①　亚里士多德在《尼各马可伦理学》中称,正义(dikaios)是各种美德之首,是最完整、最完美的美德(1134a)。

则是Εὐνομία，直译便是良好的礼法之意。所谓优良政制，可以说其实就是良好礼法的政制。Εὐνομία是希腊传统政治思考中的核心词语，尤其牵涉到贤良政制的理想秩序。最早提到Εὐνομία的依旧是全希腊人的教师荷马，奥德修斯曾告诉安提诺奥斯（Antinous）说，神明的眼睛环绕着城邦，"探查哪些人狂妄，哪些人遵守法度"（《奥德赛》，卷十七，行486）。后来的雅典立法者梭伦同样以良好礼法为城邦政治的皈依。[①] 史称第一位埃利亚哲人的克塞诺芬尼曾经讽刺竞技体育，但是，他事实上和品达一样，品达通过对竞技比赛胜利的歌颂，鼓励胜利者追求卓越的传统美德，而克塞诺芬尼的讽刺，则针对沉迷体育而不追求美德者。克塞诺芬尼写道，竞技的胜利者固然获得了各种殊荣，但是，

> 即便如此，城邦并不会活得更有良好法度（εὐνομίη）。
> 城邦没什么值得为此而欣喜，
> 倘若有谁在皮萨岸边的比赛中赢了的话：
> 因为这丝毫不会丰裕城邦的根基（μυχούς）。（残篇2，行19—24，刘小枫译文，略有改动。）

竞技比赛本来是为了追求美德，追求美德的目的更不是为了展现个人的某种才华，而是为了更有益于城邦的共同福祉。也就

---

① 我遵从内心的命令，提醒雅典人：
　　多数由混乱所带给我们的灾祸
　　都可以在良好的秩序下重归和谐：
　　　　它会给邪恶的人以约束，
　　会驯服粗暴，消除肆心，惩戒残忍
　　　　铲除刚刚萌芽的愚蠢行为，
　　它能朴绝欺诈，让自大者变得文雅，
　　　　还能制止可恶的派系之争
　　与势不两立的冲突。一切事物
　　　　都将在人们当中得到智慧与有序的安排。（辑语3，行30—38，赵翔译文）

是说,通过竞技比赛呈现出的个人美德,令胜利者可以为城邦的
"法度"尽自己的卓越之能。这就是克塞诺芬尼使用良好法度
(εὐνομίη)一词的含义所在。质言之,传统的贤良政制所追求的,几
乎可以以εὐνομίη一词而道尽。

　　但是,品达并没有提及表示良好法度的秩序女神,这或许意味
着,在他创作这首凯歌的时候,似乎认为这种好的礼法处于缺席之
中。比较一下,《劳作与时日》第 225—229 行中秩序女神同样缺
席,细读上文,我们就会发现,在赫西俄德的笔下,秩序女神所以缺
席,可能正是由于,从第 174 行开始,人类就进入一种无序的生活
状况之中。所以,这里的沉默可能表明,赫西俄德给出的建议是:
假如秩序失衡,那么,惟有力行正义——"丝毫不背离正义",才能
带来和平。由此来看,品达对秩序女神的沉默,至少暗示了他对当
时礼法状况混乱的不满。我们必须考虑品达创作这首凯歌的年
代:公元前 446 年。雅典内部民主制度的情形,以及雅典对希腊世
界的骚扰,导致了整个希腊世界的混乱和暴力(Burton,页 192)。
与此同时,阿里斯托墨涅斯的母邦埃吉纳对雅典俯首称臣,缴纳贡
赋,丧失了自己的传统宗法,更无政治秩序可言。与此对应的是凯
歌开篇吁请的安宁女神(Ἡσυχία),如前所述,"安宁"这个词语本身
以某种混乱的存在作为前提。据卡特(L. B. Carter)考察,在公元
前 5 世纪晚期,人们通常用"安宁"这个词语表达与雅典帝国相对
立的情形。[①] 而与对秩序的沉默相应的是,品达必然强调正义,所
以,他在这里将正义提升为母亲,安宁的城邦政治生活不再是简单
地处于正义的位序之后,而在于:城邦生活的安宁来自于正义。只
有正义得到了实现,这才有安宁生活的可能。

　　品达提到和平女神,却又神化安宁,这就表明,和平女神不足
以表达"政治安宁"所具有的深意。品达认为,和平女神看管人类

----

① 　L. B. Carter,《安宁的雅典人》(*The Quiet Athenian*),Oxford,1986 年,页 47。

的财富（πλοῦτος，第十三首奥林匹亚凯歌，行 7），这就在某种程度上限制了传统的和平女神的范围，将赫西俄德笔下"如花"的和平女神仅仅限定在财富一隅，但在品达诗中，财富远远不够，比如这首凯歌第 92 行："怀有远胜于财富的追求。"（对比第一首奥林匹亚凯歌的著名开篇："最美的是水，而黄金，宛如火焰，在黑夜闪耀，令财富的矜夸黯然失色。"[行 1-2]）在这首皮托凯歌第 2 行里，品达以一个词语集中体现了安宁女神：μεγιστόπολι。Μεγιστόπολις 由两个词语组成：μέγιστος 和 πόλις，这并不是通常希腊语字典上给出简单解释："使城邦变得强大"。在第二首皮托凯歌开篇第 1 行，品达使用了 μεγα-πόλις 修饰叙拉古城。Μέγιστος 是 μέγας［大］的最高级，这就说明，城邦强大或伟大是一回事，而城邦最强大、最伟大，又是另外一回事。安宁女神不仅是城邦在政治秩序与和平之后的生活状况，更关系到一个城邦是否"最为伟大"。最高级所显示的等级差序表明，这里蕴含了一种内在的政治秩序。所以，安宁女神除了具有和平女神所表示的政治生活状况，还分有了秩序女神的某种特征。这样，品达就不能再使用原先的和平女神一词，而应该在强调正义女神的基础上更进一步。这或许就是品达所谓"创造新神"的缘由。

所以，从内涵上讲，安宁女神的谱系其实出自于传统的政制构想和诗人赫西俄德的《神谱》，即她与秩序女神、正义女神、和平女神以及主神宙斯之间的关系。她与正义女神和宙斯之间的关系在于，由于她具有正义的根基，所以由她践行正义，而由于秩序女神的缺席，这种践行对城邦的政治生活来说，就尤为重要，因为安宁女神本身暗含了某种正义的秩序。所以，她就不同于位居秩序和正义女神之后的和平女神，和平女神只意味着城邦生活的安宁表象，而非内在本质。

开题的祷歌除了向安宁女神祈祷之外，还求祷于太阳神阿波罗。皮托竞技会是献给阿波罗的，所以提到他也属常情。需要注意的是,品达提到了阿波罗哪几个方面。其一,射杀提丰;其二,接受阿里斯托墨涅斯的胜利,赋予其荣耀与歌声。阿波罗同时也是音乐之神,所以,他以自己的方式接受阿里斯托墨涅斯。在第二转题中,凯歌再度提到阿波罗,强调他对诗歌技艺的看顾(行 67 –69),而看顾的同时,"正义女神一旁伫立"(行 70),正是这一行,表明了阿波罗与正义女神之间的关联。阿波罗的诗艺,牵涉到的并不是一场欢声笑语的歌舞表演,而是合唱歌内含的"和谐",这恰恰关乎城邦的秩序和正义,简言之,凯歌通过表演,传达出正义的意蕴。这就是说,阿波罗在这首凯歌中的形象,在某种程度上近似于安宁女神:他既能够摧毁破坏秩序的不义力量,也让城邦在内部形成"和谐"的秩序。所以,安宁女神的神谱中,还有一个与她近似的奥林波斯神明——太阳神阿波罗,共同护佑城邦。所以,伯顿认为,安宁女神所具有的力量,或者展现力量的方式,其实是宙斯或者阿波罗惯常的方式(Burton,页 179)。可是,我们仍需注意品达使用的最高级:手握最终的($\dot{\upsilon}\pi\varepsilon\varrho\tau\acute{\alpha}\tau\alpha\varsigma$)钥匙。品达当然不会让安宁女神僭越宙斯的地位,但最高级的使用表明,就城邦本身而言,安宁女神至为攸关,或者说,宙斯和阿波罗以安宁女神的方式而与城邦发生了最为密切的关联。神并不一定要给城邦带来幸福,但是,倘若城邦要追求幸福,必须具有神义的支撑。安宁女神的神谱便就此显明了她是城邦神义论的关键所在。

　　品达在凯歌开篇构建的理想城邦,虽然采取一种颇为创新的方式——创造一位新神,但是将某种品质神化的做法依旧来自传统,尤其是其实质内涵依旧是对传统的继承。不过,联想到当时危急的历史情境,以及对具体政治现实的某种隐喻表达,[1]对安宁女神的吁请,可以被视为是为了引入一种"心智的平衡"(Bowra,页

---

[1]　Ilja Leonard Pfeijffer,《品达的第八首皮托凯歌》(Pindar's Eighth Pythian: The Relevance of the Historical Setting),前揭。

234），为躁动的时代注入一剂"安宁"。这种表达方式本身就彰显了古典的美德。对人类的政治生活来说，生存的困境几乎永无可免。品达不会鼓励所谓的"民主革命"，不会鼓励利用新的政制动摇人的生活根基，相反，品达依旧把在世生活的根基立足于神和神的正义，只是这一次，这位神明名曰"安宁"。现在，让我们转入品达对安宁女神的具体叙述。

二、城邦最终的钥匙

凯歌进入第三行，开始确切描绘安宁女神如何使城邦最为伟大：

> 诸多决议（βουλᾶν），或是（καί）各种战争（πλέμων），
> 你都手握最终的（ὑπερτάτας）钥匙，（行 3—4）①

决议和战争均是复数，质而言之，一是城邦内部的事务，一是内部离乱和外部战争。对于任何一个政治共同体来说，这都是最基本的、也是最重要的政治行为。复数表明，安宁女神并不是看护一时一事，而是关乎城邦的每一次内政外交决定；无论实施何种内外政策，都要出自安宁女神的护佑。诗中"最终的"直译即是"最高的"，是形容词"高"（ὑπέρ）最高级形式。这正好与第二行的"令城邦最为伟大"这一最高级一致。品达开篇便拟就了一种最高的标准。对于竞技精神所体现的卓越精神和贤良政制伦理来说，这是非常自然的事情。一座城邦所需要的，并不仅仅是维持自己的生存，成为诸城邦之一，而是要成为各座城邦之中最伟大的一座。伟大依靠的不是强力，而是安宁，也就是内政外交上显示出最高的力

---

① 这种双面的特征，也可参第八首涅嵋凯歌开篇对荷赖女神的描绘。

量和美德。前文提到的第十三首奥林匹亚凯歌第 6—8 行,品达尤
其强调城邦内部的决议:忒弥斯的三个女儿秩序女神、正义女神与
和平女神,能够产生优良的决议($\varepsilon\dot{v}\beta o\dot{v}\lambda ov$)。而在这里,品达则以
"最高"替换优良,并以安宁女神替换三位荷赖女神。一个差别在
于,由于秩序女神的缺席,安宁女神必须担负起最终的决定之责。
但更重要的是,品达将城邦内部的"优良决议"延伸到城邦的对外
行为(战争),也就是说,安宁女神还要看护城邦在诸座城邦之间的
位置。就希腊语本意而言,手握钥匙($\varkappa\lambda\tilde{\eta}\delta as\ \ddot{\varepsilon}\chi\varepsilon\iota\nu$)是一个固定的
短语,意为看护。最高级"最终的"表明,安宁女神是看护城邦决议
和战争的最高力量。所以,她就不能如和平女神一般温和绵软,而
应该具有足够的力度和强度。"最终的钥匙"表明,城邦意欲成就
伟大,安宁女神即是最为高远的标准,但同时也意味着,除此之外,
尚有其他不同层次的"钥匙"。但就这首凯歌而言,品达极其坚决,
思虑所向,唯有这个最高远的地方:令城邦巍巍(最伟大)。

品达开篇吁求安宁女神时的修饰之语,显露了诗中屡屡出现
的对举方式,执其两端,而致中和——这或许便是所谓"安宁"所
在。对一个力求伟大的城邦而言,安宁女神可以护佑其内政决议,
也有足够的强力,面对"敌人"进行战争。决议和战争之间的连接
词"和"($\varkappa a\acute{\iota}$),表明了二者之间的关联。简单地说,唯有日常政务
中的优良政治,才能够维持战争的力量,同样,唯有足够的战争力
量为基础,才能保持城邦内部的各项决议可行。将二者统而为一
者,便是安宁女神。

随后,全诗的第一个谓语动词接受($\delta\acute{\varepsilon}\varkappa\varepsilon\upsilon$,行 5)引导的词句,
表明安宁女神之于城邦内部政务的温和($\mu a\lambda\vartheta a\varkappa\grave{o}\nu$)。安宁女神所
以能够以女神身份,接受城邦中获得竞技胜利的佼佼者阿里斯托
墨涅斯的荣耀,因为唯有她才知道($\varepsilon\pi\acute{\iota}\sigma\tau a\sigma a\iota$):"如何温和
($\mu a\lambda\vartheta a\varkappa\grave{o}\nu$)劳作,如何经受[劳作]——在适当的时机。""知道"一
词与开篇的第一个词"善思"($\varphi\iota\lambda\acute{o}\varphi\varrho o\nu$)恰成映照。通常,$\varphi\iota\lambda\acute{o}\varphi\varrho o\nu$ 的

释义为"友好的",或是"和善的",但是,这个词语明显有两个部分构成:φιλό-φρον,前者表示喜爱、热爱,后者来自动词φρονέω,表示"有思想","有智慧",以此为词根的词语,大多含有"审慎思考"的含义。这个词与我们熟悉的"哲学"(φιλοσοφία)颇为接近。单单这个词语或许只是"和善"之意,但是此处的"知道",则明显提醒有心的听者回溯到最初的词义:喜爱审慎的思考。安宁女神正是由于热爱审慎的思考,才能够"知道"。"善思"与第 18 行形容阿波罗的 εὐμενεῖ νόῳ[亲切的心智]彼此呼应(还有第 67 行)。

在荷马那里,φιλόφρων 只出现过一次(《伊利亚特》,卷十一,行 256):奥德修斯劝诫愤怒的阿喀琉斯,并且引用了阿喀琉斯的父亲珀琉斯当初的劝告:"但你要控制你胸膛里的傲气,温和友善(φιλόφρων)要好得多。你要停止那种酿成灾祸的争吵,老老少少的阿尔戈斯人会更敬重你。"这个词在品达那里也只出现过两次,[①]那么,如此罕见的一个词语,品达用来作为这首凯歌的开篇之词,自然是经过慎重的考虑。奥德修斯劝诫的重点在于,善思(温和)才不会酿成灾祸,才会在城邦(阿尔戈斯)内形成良好的政治秩序。

类似的用法见之于色诺芬的《回忆苏格拉底》。在《回忆苏格拉底》第三卷第一章第六节,苏格拉底在谈到"一个将领必备的品质"时,提到这位将领必须"和蔼"。[②] 将领的首要任务是取得战争的胜利,我们很难想象,"和蔼"的确是将军必备的品质。如施特劳斯所言,"将军的特征必定模棱两可;他必须对自己的士兵好,对敌人坏,他必然既非全然友善亦非完全凶残;他必须根据情势变化而友善或凶残"。这正是色诺芬列举了许多看似矛盾的品质的关键:"和蔼而又严峻;坦率而又狡诈……慷慨大方而又锱铢必较……审

---

① 另一次是在第一首皮托凯歌,行 94,修饰富裕的吕底亚国王克洛伊索斯。
② 色诺芬,《回忆苏格拉底》,吴永泉译,北京:商务印书馆,1984,页 84—85。另参施特劳斯,《色诺芬的苏格拉底》,高诺英译,上海:华东师范大学出版社,2011 年,页 52—54。

慎周详而又大胆进取。"和蔼(φιλόφρων)恰是这一系列对比的首个品质,也正对应于苏格拉底一开始所言的品质:足智多谋(μηχανικόν)。所谓φιλόφρων,就不仅是气质之温和,而定然和政治决断有关。所以,当品达用这个词语形容安宁女神时,尤其是安宁女神又关涉到城邦的最高标准时,奥德修斯强调的温和,正对应了安宁女神的善思两方面的能力,一是抑制肆心带来的政治混乱,一是如何令城邦内部和谐有序。

那么,具体来说,善思的安宁女神所知内容为何呢?其一是温和劳作,其二是经受劳作。"劳作"一词,是赫西俄德《劳作与时日》中"劳作"的动词形式,在赫西俄德教化下的希腊人,对这个词或许会有相当的敏感。劳作从来是艰辛的,但人恰恰需要终生劳作,即所谓"有死的人类的劳作"(《神谱》,行 903),人唯有经过劳作,"才能获得财富和牧群,备受永生[神]们的眷爱"(《劳作与时日》,行308—309)。劳作并不是生存的同义词,它还蕴含了幸福的根源:唯有劳作方能得到神的眷爱。可劳作终归艰辛,所以,赫西俄德在诗中并不仅仅是道德训诫,还有甜蜜的说辞,他在《神谱》第879行说道:"生于大地的人类的美好劳作。"为劳作加上一个甜美的形容词:"美好"。这里的劳作不是指人的辛劳,而是人通过辛劳而得到的收获。荷赖女神本是人类劳作(《神谱》,行903)的庇护神,前文分析过安宁女神与三位荷赖女神之间的关联,而这首凯歌在此处提及劳作,安宁女神恰又深悟其中三昧,这就再次彰显出安宁女神与城邦政治生活之间的关联。

品达对劳作的描绘[①]集中于两点:温和与经受。所谓温和,或许和赫西俄德一般,用甜蜜的言辞遮掩劳作的艰辛。不同之处在于,温和是一种内在的品质,是一种性情。随后才是经受[劳作]。

① 品达对赫西俄德"劳作"观的继承,一是对财富本身的看法,一是劳作伦理在凯歌中的展现;详参 Mace,页 33—58。

不过,品达清楚地表达出"温和劳作",而经受的"劳作"则在句法上被省略,需要借助上下语脉加以理解,才能明白人既需要温和劳作,也要经受劳作。温和与经受之间,是一个连词ὁμῶς[尽管,但是],表示轻微的转折。这就意味着二者之间有一个细微的差距:尽管懂得了温和地劳作,仍然需要承受,或者经受劳作的艰辛本质。这种转折毋宁说是一种递进:有死之人首先需要具备温和的品性,由此方能经受劳作的艰辛。安宁女神所谓的"知道",当然不是女神自己如何劳作,而是如何以此教导人类进行劳作,也就是以此衡量人类的劳作。诗人则是人和神之间的中介,通过诗歌传达神的智慧:人类应该依据何种尺度劳作。

所以,品达对安宁女神所知道的内容还附加一个限定语:在适当的时机,直译意为"恰当地"。但是,适当的时机,这本身就是一种正义(Burton,页178),即在恰当的时刻,依循恰当的尺度行事,这是希腊语中"正义"的基本含义。[①] 安宁女神所知道的,不仅仅是温和劳作并承受劳作,而且,还要依循恰当的尺度和时机。品达在第二首太阳神颂歌第31-34行(大约作于公元前480年)写道:"如果谁为帮助友人而勇猛向敌,那么,他的辛劳就会带来安宁,倘若他以恰当的尺度参与。"这正是古典美德中极为重要的中庸明智——我们应该记得,安宁女神是正义女神的女儿。品达之强调人的劳作,是在继承赫西俄德关于劳作与正义的教诲:"根据命运的安排,你还是劳作为宜。"(《劳作与时日》,行314)人的劳作,是一种属人的命运,是人之为人的命运,这就是神赋予人的正义所在。所以,在凯歌第80行,品达写道:"你曾征取了三次胜利,阿里斯托墨涅斯啊,通过辛劳(ἔργῳ)。"人要获得神赋予的命运和荣耀,就必须通过自己的劳作。

---

① 可参柏拉图《王制》432d-433b:"每个人必须履行城邦中的一项任务,这是最适合他天性的任务"……履行"并在意自己的分内之事,而不是一个劳碌者……如果这能以某种方式实现的话,这可能就是正义"。

在安宁女神的"知道"和她对阿里斯托墨涅斯的接受之间,是一个表示因果的连接词:因为(γάϱ)。这就是说,安宁女神接受阿里斯托墨涅斯,是由于她所知道的内容的缘故。阿里斯托墨涅斯的荣耀在于,他通过与其他人的竞赛,展示了自己的优秀与卓越,这既是个人的荣耀,也是家族的荣耀,但更表明,他的卓越将保证他在城邦的政治生活中发挥更大的作用。所以,对一个贵族青年来说,他的荣耀关乎自己和城邦的紧密关联。巧合的是,我们可以把阿里斯托墨涅斯(Αϱιστομένει)的名字分解成两个单词:ἄϱιστος 和 μένος,[1]就是说具有"最好的""精神"。这与品达前面用的两个最高级形成呼应,或是借助阿里斯托墨涅斯的名字提醒听者注意另外两个最高级的含义,或是借助另外两个最高级彰显阿里斯托墨涅斯的胜利荣耀:最伟大、最高、最好的精神。品达的精妙笔法凸显了阿里斯托墨涅斯获取的荣耀。但是,对荣耀的渴求并不一定会导向伟大和正义。渴求荣誉的血气如果不加节制,不以理性加以引导,就会成为通向不可控制的肆心和僭主之途(《王制》580d-581c),[2]品达之前的贵族诗人忒奥格尼斯和阿尔凯奥斯早已说过:"如今,个个都得烂醉,拿起权力狂饮,在密尔梭罗斯丧命之后。"(《凯若斯——古希腊文读本(上册)》,页 219)这样我们就能理解开篇中安宁女神的两个关键词语:善思和温和。善思意味着安宁女神要求阿里斯托墨涅斯要学会运用思考,温和则直接表明,要以温和的性情调节对荣誉的贵族之爱。再者,γάϱ本身带有的因果意味,更在整体结构上突出了"思"的重要。安宁女神所知道的,是关乎劳作的智慧,所以,她凭借这种智慧接受阿里斯托墨涅斯,实际上是在教导阿里斯托墨涅斯,他虽然赢取了这次皮托竞技会的高尚荣誉,但是,他仍需要劳作:温和劳作、经受劳作并懂得恰当

---

① 何谓精神(μένος),可参第八首奥林匹亚凯歌,行 70;第三首皮托凯歌,行 33。

② 关于希腊僭主的统治情形,参安德鲁斯,《希腊僭主》,钟嵩译,北京:商务印书馆,1997 年,页 96 以下。

的限度和时机。这首凯歌主要是一首在城邦表演的凯歌（Bowra，页 161—162），这就等于教导阿里斯托墨涅斯、教导演唱这首凯歌的歌队中的贵族青年，以及有心的听众：如何在城邦之中学会属人的劳作。

但是，倘若安宁女神只是温和而已，那她与和平女神就只有毫厘之别，前者胜于后者的地方在于，她还具有足够的力量抑制甚至毁灭那些无益于城邦的敌对力量。根据抄件上的说法（Drachmann，页 206），安宁是正义之女，就等于是说，骚乱（Θόρυβον）是不义之女。这些不正义的力量就是不安守自己的界限。所以，安宁女神就必须要有足够的力量，能够抑制类似的混乱和这些混乱的制造者。在凯歌第 11—12 行和第 16—18 行，品达提到了两种这样的"敌人"（行 10）：

> 普非里翁（Πορφυρίων）与你对峙，
> 却不知晓（μάϑεν）自己的命运。……（行 11—12）

> 西利西亚（Κίλιξ）的百首提丰（Τυφὼς）不能逃脱于它，
> 巨人之王亦然。他们殒命于雷霆，
> 或是阿波罗的箭矢，……（行 15—18）

就凯歌表演的具体场合而言，普非里翁和提丰[①]可能有意指雅典的倾向，根据博拉的说法，二者的暴烈和残酷，其实直接指向雅典针对埃吉纳所施行的各项政治决策（Bowra，页 157）。无论是否如此明确，至少对埃吉纳城邦的许多听众而言，联想到雅典施加于本邦的种种残酷，这也是人之常情。不过，假如仅限于此，品达的隐晦未免过于简单，或者说，过于浅薄。品达在第一首皮托凯歌

———————

① 根据抄件的说法，提丰盗走了赫拉克勒斯的牛，参 Drachmann，页 208。

第 16—17 行,第四首奥林匹亚凯歌第 8 行中,几乎以同样的方式描述了提丰。所以,品达显然不止于仅仅产生某种现实的暗示和联想——虽然也具有现实隐喻的层面。普非里翁和安宁女神相反,"不知晓"自己的命运,对自己缺乏清醒的认知,对提丰则只是描绘了结局,"不能逃脱于它"。可以看出,品达一方面强调这种"不知晓"的特征,另一方面也强调不能逃脱的结局。关于这个"逃脱于它"的"它"(μιν),通常有两种说法,一种认为这个自然是安宁女神,[1]因为这符合上文的内容。Pfeijffer 反对这种看法,认为这与下文宙斯的霹雳不能吻合,而且,之前第十二行的τάν已经指代了安宁女神,此处再次指代,似乎与句法不合(Pfeijffer,页 495)。但是,如果我们将凯歌的开题部分视为一个相对独立的整体,从整体意义上进行理解,这两种看法之间的矛盾便可释然。

我们首先分析其中的结构。第 8—18 行,品达以 10 行半的篇幅描写安宁女神所要面对的"战争"情形,而对普非里翁和提丰的叙述却只有三行半。从结构上分析:8—12 行描述敌人的某种总体特征,随后以普非里翁的为例(行 12 和行 13,各半行),第 13 行后半行至 15 行再度描述敌人的另一种总体特征,随后以提丰和普非里翁为例(行 16—17,以及第 18 行的前半行)。这实际上是一种互文修辞,我们必须将这两次总的特征描绘联系在一起思考,而普非里翁和提丰均是这种整体特征的某个层面的例证。我们首先分析第一段特征描述:

> 可是(δε),无论谁心(καρδία)生
> 酷烈的(ἀμείλιχον)愤怒,
> 你便粗暴(τραχεῖα)相向,直面敌人们的
> 力量(κράτει),将他们的肆心(ὕβριν)

---

[1] Burton,页 180;Gildsleeve,页 329;Farnell,页 193。

打入船底($\dot{\alpha}\nu\tau\lambda\varphi$)，(行 8—12)

"可是"一词，是全诗中第一次出现的意义明确的转折。这里意味着对第一个诗节中内容的反转。第 9 行的酷烈一词使这种反转更鲜明。酷烈的($\dot{\alpha}\mu\varepsilon\dot{\iota}\lambda\iota\chi o\nu$)，从构词法来看，分开来写便是：$\dot{\alpha}$-$\mu\varepsilon\dot{\iota}\lambda\iota\chi o\varsigma$，希腊文原意即为不温和。$\mu\varepsilon\dot{\iota}\lambda\iota\chi o\varsigma$ 与第 6 行的温和($\mu\alpha\lambda\vartheta\alpha\kappa\dot{o}\nu$)含义相近，通常都用于描述人的性情。关于这颗生出愤怒的心，是属于安宁女神，还是她的敌人，学者们颇有争议。[①]不过，联系上文，安宁女神知道何为温和，这也意味着，她同时懂得，什么是不温和。但这并不是说，安宁女神自己心中要生出酷烈(不温和)的愤怒，才能直面敌人，毋宁说，正是由于她懂得什么是温和，懂得什么是不温和，她才具有将敌人"打入船底"的力量。进一步说，正是由于心中生起"不温和的愤怒"，这样的人(或者城邦)才开始成为本城邦的内部或者外部敌人，否则安宁女神的粗暴便没有理由。这样看来，"心"不温和，正是安宁女神的"敌人"的第一个特征。安宁女神手握"最终钥匙"的能力就在于能够识别人的类型——这恰恰是政治生活中极其重要的问题。

"敌人们"($\delta\upsilon\sigma\mu\varepsilon\nu\dot{\varepsilon}\omega\nu$)系复数属格，随后列举普非里翁和提丰，但他们只是敌人中的两位，纵然是极有代表性的两位，换言之，对于安宁女神而言，她所面对的"政治敌人"并不是一种可以一次性清除的力量。相反，"无论谁心生酷烈的愤怒"(行 8—9)，便是她要直面相向的敌人，这才是以复数表示的敌人的本真含义。其次，所谓"力量"($\kappa\rho\dot{\alpha}\tau\varepsilon\iota$)，在品达笔下，通常意指一种处于优势地位的力量(Fränkel，页 497)。不过，就这里的语脉分析，倒不能说"敌人"的力量更为强大，因为它们终究要被"打入船底"，毋宁说，这种

① 比如 Mezger，页 402；Gildersleeve，页 328；Fennell 也将其直接看做安宁女神，页 194；Bowra，页 157；参 Pfeijffer，页 480，尤其是注释 14。此处从 Lattimore 的翻译，页 81。

强大是为了衬托安宁女神更为强大的力量。所以,从根本上讲,这是一种强大力量与另一种强大力量之间的争斗。这意味着,维持安宁的政治秩序,实际上是一种极其残酷的斗争。所以,安宁与"和平"不同,并不是一种温馨的政治生活状态,而是一种维持政治秩序需要的强大力量。

第三个特征就是"肆心"(ὕβριν),或者说,是第一个特征的深化,正是由于心不再温和,进而试图肆虐。"肆心"和"安宁"相对,是非常明显的政治词汇,更多指向政治生活的混乱和无序。① 我们首先需要注意,品达没有明确提到的一点是:普非里翁和提丰均是地神该亚所生。该亚往往生出一些肆意狂乱的可怕怪物,它们通常会导致世界的混乱无序,这暗示了政治生活不可能从根本上消除掉这些混乱。与此相反,宙斯则代表了秩序的力量,如果宙斯不对他们加以干涉,则世界必将乱离不堪。所以,品达以普非里翁和提丰为例,首先暗示的是:他们是对政治秩序的肆意破坏者,即如《神谱》第 306 行所言:"无法无天的放肆者(ὑβριστήν)提丰。"② "放肆者"恰好与"肆心"(ὕβριν)同源。在《劳作与时日》中,赫西俄德清晰地描绘过肆心:

> 佩耳塞斯啊,你要倾听正义(δίκης),不要滋生肆心(ὕβριν)。
>
> 肆心(ὕβρις)有害于卑微之人(δειλῷ βροτῷ);就连显贵

---

① 参 Kurke,页 218;Bowra,页 80-82;另参第十三首奥林匹亚凯歌,行 10;第一首皮托凯歌,行 72;第四首皮托凯歌,行 112。

② 有意思的是,在《斐德若》230a 处,苏格拉底对斐德若说,"我连我自己都还不认识,就忙着去探究那些与我不相干的东西,在我看来实在可笑……我才不去探究这些个东西……而是探究我自己,看看自己是不是个比提丰还要曲里拐弯、还要胀鼓鼓的怪物,抑或是个天性较柔和、单纯、带几分神性且平平实实的人……"(刘小枫译文,未刊稿)。此处是探究哲学和政治之间关系的一个重要文本。显然,在哲学泛滥之前,古希腊人对提丰这样的怪物充满了警惕。

者($\grave{\varepsilon}\sigma\vartheta\lambda\grave{o}\varsigma$)

> 也难承受它的重负，一遇惑乱
> 便被压垮。绕开它去追求正义（$\tau\grave{\alpha}\ \delta\acute{\iota}\varkappa\alpha\iota\alpha$）
> 才是明智之途。正义战胜肆心，
> 世事终究如此。（行 213—218）

> 不过，若有谁沉溺肆心与为恶，
> 克洛诺斯之子，远见的宙斯必要强行分派正义。
> 一个坏人常常为害整座城邦。（行 238—240）

"正义与肆心"（行 213—285），属于"劳作与正义"这个大的诗歌框架（行 213—382），而且是直接触及的第一个问题。此处选录的两节中，赫西俄德鲜明地强调了肆心带来的危害，《劳作与时日》关注的核心是人的正义，所以，"肆心"只用于描述人，全诗张举正义与肆心的对立，指明人类政治生存境遇的两端。"正义……无度"（$\delta\acute{\iota}\varkappa\eta\varsigma...\ \mathring{\upsilon}\beta\rho\iota\nu$）：这一对立经常在《劳作与时日》之中出现（行 190以下、217、225—238），同样，荷马在《奥德赛》第六卷第 120 行也如此对举："这里的居民肆心无度，不明正义。"凡此种种，均表明了一种古老的政治看法。

赫西俄德劝诫佩尔塞斯时明言，肆心不容于正义。随后陈述了极其重要的一点：无论卑微之人（$\delta\varepsilon\iota\lambda\tilde{\omega}\ \beta\rho\sigma\tau\tilde{\omega}$）还是显贵者（$\grave{\varepsilon}\sigma\vartheta\lambda\grave{o}\varsigma$），都难以承担肆心带来的危害。赫西俄德首先区分了两类人：卑微之人和显贵者。这首先是财富和地位的差距，即政治地位的差距，但即便是后者，一旦肆心生起，还是"被压垮"，无力承受。不过，且注意赫西俄德的笔法，他在谈到地位卑微的人时，用的不是"难以承受重负"或者"被压垮"之类表示严重后果的词句，而只是相对简单的形容词："有害于"（$\varkappa\alpha\varkappa\acute{\eta}$），就是希腊语中表示"不好"或"糟糕"之类的常用词，一如英文中的 bad。表面上，赫西俄德是在劝诫自己的兄弟佩尔塞斯，不要受到肆心的侵扰，这对他有害无益，但是诗人更严酷的词汇却指向显贵者，那么，诗人的用意就一定不止于自己的兄弟。现在，我们转向第二个诗节，谁若沉溺肆心，就会"危害整座城邦"。赫西俄德听过缪斯的声音（"从前，她们教给赫西俄德一首美妙的歌"[《神谱》，行 22]），缪斯们是要他教化希腊人和他们的城邦政治，让他们懂得"过去和未来"。在这里，很清楚的是，无论政治地位的高低，都要在心中严守正义，不受肆心的侵害。但是，哪怕一个坏人，也会危害整座城邦，这个人倘若身居高位，危害肯定就更为可怖。所以，所谓显贵，就不是确指某些实际的统治贵族，毋宁说，是一种有"统治心"的人，或者将要统治的人，因为这样的人倘若"沉溺肆心与为恶"，其危害可能是整座城邦的毁灭。赫西俄德在人的心性教化和城邦政治的层次上思考"肆心"问题时，非常清楚人的区别，懂得所谓教化的不同指向，针对不同层次的人传达不同层次的教诲。

但是，教化并非必然成功，终归有些"肆心"难以驯化，并酿成灾祸——"为害整座城邦"，这才是政治生活的本来面目。联系到《神谱》中的提丰，就可以更进一步看到肆心如何直接危及了神义秩序和政治生活（行 840－850）。《神谱》第 820－880 行是对"无法无天的放肆者提丰"与宙斯之间战斗的详细描述，文学史上通常称为"提丰之战"。这时，肆心不再只是需要提防的对象，而是完全激发了肆心者的行为。所以，正义和秩序之神宙斯拿起武器，使用"雷霆、闪电和燃烧的霹雳（κεραυνόν）"（行 854），焚烧提丰"所有怪异的脑袋"，直到最终将他打入幽暗的塔耳塔罗斯。这里至少有两层意蕴：其一，在任何政治共同体中，肆心的行为都难免会出现（提丰是地神该亚之子，意味着肆心来自于大地）；其二，正义要想克服肆心，就必须有力量作为一种前提。

这些，正是品达所要继承的教诲。安宁女神不仅要求人不要有肆心（温和、经受劳作，或谓人心的安宁），而且对有肆心者进行严苛的打击。这就是凯歌第 10—12 行:"你便粗暴相向,直面敌人们的力量,将他们的肆心打入船底"的真实意蕴。所以,最后提丰殒命于"雷霆",而普非里翁则死于阿波罗的箭矢(行 17—18)。不过,品达这里的描述比较含混:"他们殒命于雷霆,或是阿波罗的箭矢",将普非里翁和提丰并列,而不是描述他们各自的结局,甚至突出了阿波罗原本不明确的角色(参 Pfeijffer,页 497)。但从诗歌策略上讲,这恰好也应和了前文的互文修辞,强调将二者从整体上进行思考。尤其需要注意的是,凯歌到目前为止没有提到宙斯,但是使用霹雳是宙斯的特征之一(《神谱》,行 72、504、707 等处),这是希腊神话中极其常见的描述,所以,击溃提丰和普非里翁的,并不是安宁女神自己,而是宙斯和阿波罗,尤其是宙斯。表面看来,最终打击敌人的并不是安宁女神,或者说,安宁女神并不具备最终的力量。但实际上,这还是要回到品达使用的互文策略,回到安宁女神的谱系。安宁女神是正义女神之女,在她的神族谱系里,她代表了城邦正义,就像宙斯显示了神明的正义一样。安宁女神、正义女神、阿波罗,还有宙斯(以及其他类似的神明),是正义和秩序力量的神圣来源。这就是品达笔下"神是一族"(第一首涅嵋凯歌,行1)的含义所在。正义或者安宁作为一种政治品性,本身并不具有某种本体论的决然特征,而唯有其神圣的来源,这才让"正义"赋予城邦政治一种来自神义的支撑。

在描述提丰和普非里翁结局之前,品达插入了一句格言:

　　……所获倘若出自于一位欣然[给予者]的家园(δόμων),

　　　　它才会最为亲切。

　　　　但暴力终将令自大的矜夸者受挫。(行 13—15)

品达在凯歌中时常插入格言,后世的学者常常觉得费解,这也是品达被冠以"晦涩"之名的一个原因。① 不过,这不是本文考察的重点,此处不予详论。这里的问题是:品达插入这几行诗,用意何在? Bowra 认为,这或许意味着对雅典的暗讽(页 157),这种看法虽无不当之处,但还是过于实证,我们不妨首先联系凯歌上下文的内容进行理解。从结构上来讲,这则格言之前,是对普非里翁的描绘,之后,则是对提丰和他们结局的描绘。也许,这就意味着这则格言的内涵与这前后两者均有关联。格言分两句。第一句无异于说,所获得的,倘若不是来自愿意给予之人,就不会亲切,依据这句话所处的位置,也就是说,倘若凭借暴力而有所得,这就难说亲切(参 Pfeijffer,页 490)。这里的关键在于两个词语:家园(δόμων)和最为亲切(φίλτατον)。所获得的东西应该来自愿意给予者的家园,这样,才会最为亲切,家园是人的最初之地;但是,亲切(φίλος)的更原初的含义并不是友善待人,而是一个很具乡土意味的词语,表示相互熟悉,出自于同一个家族,甚至同一个家庭,具有一种个体归属于一个共同体的天然情感,在这个意义上讲,所谓亲切,即是共同体中一员的意思(参 Pfeijffer,页 491),而最高级无疑表明这种归属感尤为强烈。尤其需要注意的是,这里的"亲切"一词是最高级(这首凯歌中出现的第三个最高级,假如算上阿里斯托墨涅斯的名字,则是第四次),在这首凯歌的第 2 和第 4 行中,已经出现过两个最高级:"最伟大的城邦"和"最终的钥匙",这里的最高级也一样,仍然是对一种最好状态的描述,或者最高的标准。这样看来,前半句格言区分了两种获得:一种是来自共同体内部的"欣然"给予——这是最高的标准,另一种则隐含在"倘若"(εἴ)背后的另

---

① 格言的意义在于,在颂扬的神话和社会现实之间,确立某种关联,参 Bruno Gentili,《古希腊诗歌及其公众》,前揭,页 117。品达的诸种格言,既被用于希腊古典智慧的研究,也被后世基督教用于传播自己的宗教教诲,比如劳特(U. H. Laut)的《品达格言》(Pindar's Sententiae,1797 年);所谓隐晦:"事实上,品达的凯歌,似乎有太多的话语渺然无终,它们诱惑着诸多的解释者。时至今日,任何一位希腊抒情诗的研究者,都立刻会被诗歌的艰涩刺穿"(Hamilton,前揭,页 3)。

一种可能：共同体之外的索获——这或许是当时所见的政治现状。格言的后半部分则将这层隐含的意味表露无疑。"自大的矜夸者"显然就是这种情形。所谓矜夸，便是越过了原本的界限，就是有了"肆心"。所以，矜夸者终将受挫。"终将"（ἐν χρόνωι），意味着时间的终点，或者某件事情最终的结局，这里表示生出肆心的矜夸者最终的结局（参 Pfeijffer，页 493）。对比一下第 6 行的"恰当的时机"，矜夸者显然与安宁女神相反，他不知尺度，所以最终受挫。"暴力"（βία）在古典文本中，有时用来表示诸神施行惩罚时的力量，①但不止这一种用法。此处，暴力有意指下两行中提到的雷霆和箭矢的含义，即宙斯和阿波罗的惩罚力量。但是，它或许还意味着矜夸者本身具有的暴力力量，只是，这种力量最终被正义的神的暴力终结。这两句格言放在一起，不但表明了肆心的发端与结局，在这个文本语脉中，更表明肆心者外在于城邦的性质。品达借用提丰和普非里翁，不仅仅是以它们作为政治秩序内部的某种不安力量，而且意味着城邦之外的敌人对城邦的觊觎。所以，品达在第三首涅嵋凯歌中写道："不要渴望他人拥有的东西。而应搜寻家中，因你已获得适当的荣耀，幸福地吟唱。"（行 31－32，唐敏译文）城邦中人和城邦都应该谨守界限，不要受到"肆心"的蛊惑而为城邦带来混乱与不安。这也正是开篇中的"战争"一词的意蕴。从这个角度说，Bowra 的看法自有其道理。

这样，提丰和普非里翁这样的"敌人"，就从城邦之内转向城邦之外。品达首先展示出敌人的品质特征（行 8－11），一行之后，又以格言的方式展示出敌人可能来自于城邦之外。多数时候，我们甚至可以说，城邦内外的敌人通常狼狈为奸。我们必须重新回到他的互文笔法，才能理解政治敌人的诸种特征，而不局限于其中一

———————

① 《神谱》行 495－496、649－650；埃斯库罗斯，《阿伽门农》，行 182－183；在《被缚的普罗米修斯》里，"暴力"则是展现宙斯力量的一个神明。

隅。在品达另外一处提到安宁女神的地方,①他直接展示了城邦之内的肆心。

> 风和日丽时,那些城邦民们($\dot{\alpha}\sigma\tau\tilde{\omega}\nu$)才会考虑公共的
> 利益,
> 还是让他们去寻找大气的($\mu\varepsilon\gamma\alpha\lambda\dot{\alpha}\nu o\varrho o\varsigma$)安宁女神的
> 光芒吧,
> 涤除他们心中愤怒($\dot{\varepsilon}\pi\dot{\iota}\chi o\tau o\nu$)的分歧,
> [这样的分歧]足以导致穷困,对孩子来说,更是可憎
> 的照料者。

(残篇 109)

这里的安宁女神直接面向城邦内部。在第八首皮托凯歌中,安宁女神使城邦最为伟大,此处则是具有伟大的勇敢,即大气($\mu\varepsilon\gamma\alpha\lambda\dot{\alpha}\nu o\varrho o\varsigma$),这是多里斯方言的写法,直译为汉语,近乎"巨大的勇气"之意。品达使用这个词语作为安宁女神的修饰语,意图或许在于,城邦的内政所需要的勇气甚至要强于面对外敌时的勇气,需要更为坚韧强大的力量方能成就。安宁女神的光芒应该照向城邦民们,把他们引向城邦的共同福祉。其中,她最需要做的一条是:"涤除他们心中愤怒($\dot{\varepsilon}\pi\dot{\iota}\chi o\tau o\nu$)的分歧。"因为城邦民心中的愤怒分歧会导致人心的疏离和政治的动荡,这令城邦必然身处困境。尤其悲哀的是,未来的城邦民(孩子)得不到恰当的教化。可以想象,城邦会因此而陷入纷争难复的境地,而且,这种纷争将一直持续。注意这里的形容词"愤怒"($\dot{\varepsilon}\pi\dot{\iota}\chi o\tau o\nu$):$\dot{\varepsilon}\pi\iota$和$\chi o\tau o\nu$,前缀$\dot{\varepsilon}\pi\iota$是对愤怒($\chi o\tau o\nu$)的强调,即非常愤怒。$\chi o\tau o\nu$就是这首凯歌中第 9 行中的"愤怒":"无论谁心生酷烈的愤怒($\chi o\tau o\nu$)。"这里,品达就明确将第八首

---

① 在品达现存的所有凯歌和残篇中,明确提到安宁女神的地方,只有这三处。

皮托凯歌中的敌人转为城邦内部种种纷争,而产生这些愤怒分歧的心,就是一颗颗"肆心",它们将导致城邦内部当前和未来的失序。这就需要安宁女神大度的力量,勇敢地涤除那些愤怒的分歧,从而维持城邦的内部秩序。

这样,提丰和普非里翁所代表的敌人,就能够得到更为清晰的理解。不过,提丰和普非里翁虽然是反抗宙斯秩序的领袖,但显然不是所有的反抗力量。我们可以按照某种比喻来分析,对于他们掀起的无序力量而言,他们就是其中的"肆心"。这样,我们现在回过头再看那句"将他们的肆心打入船底",就会有更深的领悟。政治力量之间的对立和较量,并不必然意味着一个阶层(或团体)与另一个阶层(或团体)的生死搏斗,更多的情形是为数甚少的几支敌对领导力量对普通民众的争夺。对一个政治秩序的维持者而言,不能通过消灭所有"肆心"的民众,以维持自己的城邦存在,相反,其主要目标应该是削除其中具有"心脏"一般作用的力量。更进一步说,防患于未然才是消除肆心最好的方式,那么,城邦通过教化和"各种决议"(借助安宁女神的护佑),在肆心生起之前,就能够让它们隐隐散去。所以,品达才会说"将他们的肆心打入船底",而不是"将他们打入船底"。这实际上暗含了这种深刻而冷静的政治处理方式。这样,所谓诸多决议,或是各种战争,就都能在安宁女神这里获得"最终的钥匙"。

随后,在开题部分的结尾,凯歌转向另一位神明阿波罗。前文已经分析,阿波罗以安宁女神的方式而与城邦发生了最为密切的关联。此处更以两个词语的重复再度显明这种关联:"以亲和的心智($\varepsilon\upsilon\mu\varepsilon\nu\varepsilon\tilde{\iota}\ \nu\acute{o}\varphi$)接受($\check{\varepsilon}\delta\varepsilon\kappa\tau o$)。"心智无疑对应凯歌开篇第一个词语:善思。思虑周全是神的特性,同样,胜利者的胜利倘若只是单纯身体的胜利,就不会被善思之神的接受。不过,这里有一个过渡。阿波罗是皮托竞技会之神,又是音乐之神,所以,以阿波罗作为开题部分的收尾,暗示了阿里斯托墨涅斯已经从竞技场的胜利转向对他歌颂的场景。一般认为,歌队演唱到这里的时候,会有舞蹈节奏上的变化。事实上,"亲和的"(εὐμενεῖ)一词可以分割为ευ-μενεῖ,几乎可以当成"阿里斯托墨涅斯"的另一种读法(不过不是最好,而只是优良)。这是一种颇有技巧的现场赞颂。另一个重复的词语是"接受",这表明,安宁女神承续了阿波罗的神圣使命。阿波罗先是暴力,又温情接受胜利者,正和安宁女神类似(Burton,页180)。

　　但是,两处"接受"依然有别,安宁女神的接受是命令式,是"我"对安宁女神的吁求,也就是希望安宁女神接受阿里斯托墨涅斯。阿波罗的"接受"则是不定过去时,意味着阿波罗已经接受了他的胜利。这就表明,就"城邦巍巍"的神义论而言,安宁女神居于更为核心的位置。所以,此处的"接受"虽为词语的重复,但时态的差异却表明一种下降。随后,还有两个词语证实了这种下降:游行颂歌和克塞纳克斯之子。"游行颂歌"在品达笔下,通常表示大量民众参与的表演(Heath,页180),是关涉整个城邦的大型活动。这事实上表明,阿波罗所给予阿里斯托墨涅斯的欢庆之歌,是一场整个城邦参与的游行活动,也就是说,凯歌从巍峨的安宁女神的高处,来到城邦的现实之中。同样,以阿里斯托墨涅斯的父名指代阿里斯托墨涅斯,则是强调阿里斯托墨涅斯与其家族的关联,也就是返归城邦。所以,参与游行的民众、合唱歌队中的城邦青年,藉凯歌的传唱而与城邦形成一个鲜活的整体。

　　既然曾经的游行颂歌是以过去时态表达,那么,品达自己写下的这首凯歌——此刻正上演的凯歌,就不是曾经表演过的游行颂歌,毋宁说,正是由于安宁女神答应了他的请求,他才获得了书写凯歌的灵感。那么,安宁女神让诗人传达城邦的神义论,就是一次正在宣扬的神圣教诲。而且,安宁女神令城邦巍巍,这一现在时的表达,则借每一次表演而于当下在场,成为一种近乎永恒的贤良政制伦理教诲:并不存在什么温软的安宁生活,政治共同体的生存,尤其是追求崇高的共同体,必须基于德性,基于强大的力量——决议的力量和战争的力量。所以,开篇诗行的吁请,是请求某种最为卓越的城邦共同体特性,以友善地欢迎竞技胜利者,[①]但是,凯歌并未直呼城邦之名,而是吁请令城邦卓越的女神(Fränkel,页498),换言之,在凯歌开篇,埃吉纳作为一个实际的城邦并不存在,而代之以一个理想形象,一个能够掌握城邦力量的女神治下的理想城邦。但到了最后两行,"游行颂歌"和"克塞纳克斯之子"这样的细节暗示出凯歌转向了现实城邦。那么,凯歌的第二部分(第一转题)自然就应进入阿里斯托墨涅斯的母邦埃吉纳。

---

① 同样的表达参见第五首奥林匹亚凯歌和第四首涅嵋凯歌的开篇,并参第九首皮托凯歌,行73以下。

第三章　埃吉纳：历史与现实

在开题部分,品达以一个命令式的"接受"(δέκευ),透显凯歌现场表演的特征,换言之,这是言辞与表演的时刻。正是在这种言辞之中,品达构建了以安宁女神为核心的城邦神义论,借助凯歌的表演,某种程度上形成了一座"言辞中的城邦"。由于完全受到("手握最高[终]的钥匙")安宁女神的护佑,这座城邦可以称之为一座"理想城邦",可以说,这体现了品达对政治生活的构想。在凯歌第20行,合唱队这样歌唱自身:"当帕纳斯的桂冠、多里斯的游行颂歌在他身边环绕。"阿里斯托墨涅斯戴着象征胜利的桂冠,身边是多里斯曲调的颂歌。关键在于,多里斯的曲调,恰恰是古希腊极为庄重的音乐曲调,在柏拉图看来,只有 50 岁以上的城邦民才懂得辨别:

> 年逾 50 岁而有义务唱歌的人,应该接受一种比合唱队音乐标准更高的教育。当然,他们必须很会欣赏旋律与和声并能理解它们。否则,一个人怎么确定曲调是否正确?怎么能够辨别出多里斯的调式在一定情况下是否合适?或者判断,作者所用的曲调是不是配上了正确的旋律?(《法义》,670b)

虽然历史沧桑，多里斯的曲调早已不可得而闻之，但品达至少还有留下了一个最表面的例证：凯歌中不少词语采用多里斯方言的写法。① 不过，品达构建的理想城邦，与后来柏拉图《王制》中构造的言辞城邦②有一个根本的区别：品达并没有以哲学的智慧去构造，而只是继承了赫西俄德和荷马的传统城邦礼法（尤其是赫西俄德），他以这种曲调暗示了自己作为继承者的角色。

随后，"这座岛屿"（行 21）一词，将听众和观者从歌中的理想城邦拉回现实中的这座岛屿。无论诗人、歌队还是观众，自然都知道这座岛屿城邦名为埃吉纳。但是，品达写下的是：这座岛屿（ἁ νᾶσος）。他没有列出岛屿的名字。最直接的解释是，这或许是因为听众完全明白这个岛屿的所指，但更可能因为，埃吉纳这个名称所指代的岛屿城邦处于一种隐暗未明的状态——其时，雅典通过武力，已经将埃吉纳置于自己的统治之下，这座岛屿丧失独立已不止 10 年，③早就不再是一座享有独立政治权利的城邦。所以，隐去岛屿之名，毋宁说，是品达所用的一种深沉而悲凉写法。当凯歌从安宁女神治下的城邦转向现实时，首先便笼罩上一层真实的

① 本首凯歌出现多里斯方言的语词很多，举例如下："决议"（βουλᾶν），行 2；"埃阿科斯子孙们"（Aἰακιδᾶν），行 23；"诉诸"（ἀναϑέμεν），行 29；"前行"（τρᾶχον），行 32；"美蒂里戴"（Μειδυλιδᾶν），行 38；"鸟儿"（ὄρνιχος），行 50；"拣拾"（λέξαις），行 53；"你"（τύ），行 6、9、61；"歌声甜美"（ἀδυμελεῖ）；"中"（πεδ'），行 72；"男子气概"（ἀνορέαις），行 91 等等。这种方言写法的部分原因或许在于，埃吉纳岛上的居民本是多里斯人（希罗多德，《原史》卷八，46）。

② 施特劳斯，《柏拉图〈法义〉的论辩与情节》，前揭，页 1。"在《王制》中，苏格拉底建立了一个言辞中、而非行动中的城邦。"另参施特劳斯，《柏拉图》，见施特劳斯、克罗波西主编，《政治哲学史》，李天然等译，石家庄：河北人民出版社，1993 年，页 76。

③ 埃吉纳岛于公元前 455 年被雅典征服（修昔底德，《伯罗奔半岛战争志》，1.105.2–4；参 1.108.4。另参 Diodorus，11.70.2；11.78.）。参 A. J. Podlecki，《雅典与埃吉纳》（Athens and Aegina），载于 Historia: Zeitschrift für Alte Geschichte，Vol. 25，No. 4（4th Qtr.，1976），页 411–412。

残酷与忧伤。只是,品达隐晦的写法保证了这层忧伤不致弥漫。同时,这一次岛屿名称的隐匿,还对应着一个凯歌笔法上的事实:在品达所有献给埃吉纳岛胜利者的十一首凯歌中,唯有这首凯歌写于埃吉纳岛被雅典征服之后(之前的第八首奥林匹亚凯歌写于公元前 460 年),也唯有这首凯歌没有采用凯歌惯用的本地神话,而以七雄攻忒拜城的传说取而代之(参凯歌的中间部分),这在凯歌的写作中是极不寻常的例外——但凡例外,总是我们需要留心之处。至少,对城邦名称的隐匿和对城邦神话的隐匿,这在颂扬竞技胜利者的场合,在歌者和听者心中引起的,极难称之为胜利的喜悦。

在开题部分,主导的谓语是动词"接受"(δέκευ),命令式隐去了时间的背景,而"知道"(επίστασαι)的直陈式现在时,或许意味着安宁女神的神性一直在场。凯歌这一部分(第一转题)则通过不定过去时(及其分词)与现在时的对比,描述这座岛屿过去的荣光以及今天在人们口耳相传中依然具有的声望;现在与光荣的过去作为一种对比,与其说是强调现在可能具有的光芒,不如说,旨在强调往昔的"美德"和"声望"。历史依稀存在,政治现实则隐匿在现场表演华丽的歌舞背后。

一、往昔荣光

和开题吁请的安宁女神一样,第一转题部分的主词岛屿,也有一个同位语,而且,两处均与正义相关:前者是正义女神的女儿,后者是正义之城(δικαιόπολις)。随后第 23 行"埃阿科斯子孙们"(Αιακιδᾶν)的提法,则再次暗示了正义。埃阿科斯是埃吉纳岛的先祖,根据希腊传说,这是世间最公正、最虔诚的人,也是凯歌最后两行中提到的珀琉斯和忒拉蒙的父亲,阿喀琉斯的祖父。这座岛屿在希腊人之中最重要的声望就是正义——在希腊本土,第一个建造正义之神宙斯的神庙的，就是埃吉纳。[1] 所以，品达描绘了埃吉纳岛久远的正义声名。这座曾经独立存在的城邦，曾经的正义之城。随后，品达首先强调了这座城邦与美惠女神的关系。埃吉纳与美惠女神，在品达的笔下时常同时出现。在第八首伊斯特米凯歌第 15—17 行，品达也强调过埃吉纳与美惠女神之间的关联。这首凯歌同样献给埃吉纳岛上的胜利者，而且写作时间颇为接近，[2]品达写道：

> 七座城门的忒拜所抚育的孩子，
>
> 应向埃吉纳献上美惠女神的荣耀；
>
> 因为这双女儿[忒拜和埃吉纳]，有着同一个父亲埃
> 索普斯(Asopos)。

　　某种意义上，品达就是这位"忒拜所抚育的孩子"，他以自己写就的凯歌献给埃吉纳。这里清楚地表明了埃吉纳和忒拜之间的关联：由于有着同一个父亲，所以，她们的后代城邦就有着同一种血缘。根据希罗多德的记载，当忒拜人遭遇雅典的威胁而需要求助的时候，神谕说，他们要向最近的邻人埃吉纳求助，祭司便这么解释邻人之意："忒拜和埃吉纳据说是埃索普斯的女儿，既然她们是姊妹，神的回答的意思，我以为，是应该请求埃吉纳人来为我们报仇。"(《原史》卷五，80.1)自荷马以来，讲究血缘本来就是希腊传统的一个特征，所以，"同一个父亲"的说法，实际上呈现出城邦忒拜和埃吉纳在这一点上具有某种内在的本质关联，而品达描绘埃吉纳的关键词（"卓越"、"声望"、"最优秀"）也清楚地显露出其中的特

---

[1]　约公元前 625—公元前 600 年左右，参《希腊僭主》，前揭，页 125。希罗多德《原史》中，第一次提到埃吉纳，就记述了他们"修建了他们专有的宙斯神殿"（卷二，页176）。

[2]　大约写于公元前 475 年。参 Burnett，页 107。

质：血缘的继承固然令人骄傲，但更令人骄傲的是世代的卓越。不过，我们首先需要明白，美惠女神是怎样的女神，然后才能明白，品达为何并言美惠女神和埃吉纳岛。根据赫西俄德《神谱》的记载：

> 欧律诺墨（Εὐρυνομη），美貌动人的大洋神女，
>
> 为他［宙斯］生下了容颜秀美的美惠女神（Χάριτές）：
>
> 阿格莱娅（Ἀγλαΐην）、欧佛洛绪涅（Εὐφροσύνην）和可
>
> 爱的塔利亚（Θαλίην）；（《神谱》，行 907—909）

美惠女神和正义女神一样，也是宙斯之女，也和荷赖女神一样，由三位女神共同组成（赫西俄德喜欢用三个一组的表达方法，或许，"三"意味着某种稳定的秩序）："阿格莱娅"的意思是华美（她后来嫁给了赫淮斯托斯，行 945）；"欧佛洛绪涅"，字面意为"欢乐"（参见《劳作与时日》，行 560、775）；"塔利亚"则是"节庆"之意。"华美"、"欢乐"和"节庆"显然意味着生活的稳定和快乐，三位美惠女神展示了一种甜美幸福的生活。

此外，美惠女神时常和其他女神同时出现，比如和时序三女神（《劳作与时日》，行 73—75），美惠女神和愿望之神（Ἵμερος）一起，是缪斯的邻居（《神谱》，行 66，萨福残篇 128；忒奥格尼斯，行 15）。[①] 前文已经分析过时序三女神与城邦政治之间的关系，美惠女神与她们一起，表明她们共同赋予城邦某种和谐有序的政治生活。而缪斯，无论在荷马还是赫西俄德那里，都是诗人吁请的对象："愤怒呵，女神哦，歌咏佩琉斯之子阿基琉斯的愤怒罢"（《伊利亚特》卷一，行 1—2，参卷二，行 484—492），"这人游历多方，缪斯哦，请为我叙说"（《奥德赛》，卷一，行 1），或者"从前，她们教给赫

---

① 荷马提到美惠女神的地方不少，比如，美惠女神也陪伴过阿佛洛狄忒（《奥德赛》，卷八，行 364,）但只有一次是专门的提及：赫卡允诺睡神，把帕西特娅许给他做妻子（《伊利亚特》，卷十四，行 269）。

西俄德一支美妙的歌"(《神谱》,行22),诗人代缪斯发出声音,从而表明了诗人的虔敬身份。[1] 同时,缪斯教诗人歌艺,这就是说,女神有需要诗人代向人类传达的教诲。所以,美惠女神与缪斯的关联就导向诗人与城邦之间关系的问题。就埃吉纳而言,或许意义在于,在城邦的过去,诗人在这个既定的政治秩序中具有一个重要的位置,所以,美惠女神才与缪斯同在。

但只有当这些与正义的宙斯联系在一起,才能看得更为清晰。在开题部分,安宁女神所具有的神义论实际上是宙斯神义的展现,安宁女神在治理城邦和整饬敌对力量两个方面均依循了宙斯的正义原则。在《神谱》中,宙斯在确立了自己的神权秩序之后,还要进一步巩固神权秩序(行886−923)。宙斯和忒弥斯生下荷赖女神(901−913)、命运女神(行904−906),与欧律诺墨生下美惠女神(行907−911),在某种程度上,这些女神就意味着宙斯神权秩序治下人类有序、稳定的生活。这三组女神前后相续,荷赖女神"关注有死的人类的劳作",命运女神则"为有死的人类安排种种幸与不幸",再加上美惠女神,恰恰表明宙斯在自己的统治秩序下,如何安排人类的生存。这就是说,凯歌开篇吁求的安宁女神背后的神义论,在埃吉纳这座岛屿的过往,同样存在,而连接开题部分和第一转题部分的,连接美好城邦和过去城邦(埃吉纳)的,便是美惠女神。美惠女神显示了埃吉纳曾经具有的统治秩序,更进一步说,便是这种统治秩序下的"美惠"生活。

品达在其他凯歌中也时常提到美惠女神,其意蕴可与此处对勘。"美惠女神成就人类一切快乐之事"(第一首奥林匹亚凯歌,行30),"倾听我,你们美惠女神,当我祈祷时! 由于你的帮助,所有的事情对有死之人变得欢乐与甜美,不管智慧、美貌或者名望被给予

---

[1] 刘小枫,《奥德修斯的名相》,见《古典诗文绎读·西学卷·古代编》(上卷),刘小枫编,北京:华夏出版社,2009年,页20。

何人"(第十四首奥林匹亚凯歌,行 3—7,郭亮译文),这里清楚地说明美惠女神与人类生活的根本关联:她们关涉到人类生活的幸福。在第五首伊斯特米凯歌第 2 行(这首凯歌也献给一位来自埃吉纳的胜利者),品达则更进一步说明这种幸福的前提:他称埃吉纳为"礼法优良的城邦":"我随着美惠女神……来到这座礼法优良的(εὐνομία)城邦。"这一行诗显露出美惠女神和埃吉纳之间的关系:美惠女神展示出这座城邦政治生活的优良秩序。那么,埃吉纳未曾"远落"(行 22)于美惠女神之外,就是说,这座岛屿过去一直处于这样的政治生活状态之中。如上一章所述,在希腊的传统政治思考里,"礼法优良"正是贤良政制最为显著的特征,品达便是如此形容一直采取这种政制的古老城邦埃吉纳(Thummer,页120)。①

那么,具体而言,这种"礼法优良"的秩序如何未曾"远落于"埃吉纳之外呢? 品达在凯歌第 23—27 行写道:

> [埃吉纳]享有埃阿科斯子孙们(Αἰακιδᾶν)盛誉卓著的
> 各种美德(ἀρεταῖς);而她拥有的声望(δόξαν)
> 自始完美无瑕。它受人传唱(ἀείδεται),
> 因为它哺育的英雄们,最为优秀(ὑπερτάτους)
> 在诸多带来胜利的竞技中,还有那些迅猛的战斗(μάχαις)。

品达形容埃吉纳岛的第一个关键词是复数名词:"各种美德"(ἀρεταῖς)。在第二首奥林匹亚凯歌里,品达称这种美德为"本邦的

① 参亚里士多德的《政治学》1294a3;另参 V. Ehrenberg,《古代世界面面观》(Aspects of the Ancient World),第 6 章,Oxford:Blackwell,1946,可以对比梭伦所谓的"纲纪松弛"(δυσνομίη,3.31—32 D);参 Bowra 的分析,页 103。

各种美德"(行 10—11)，而此处"埃阿科斯子孙们"这一限定说法，更加强调了美德与城邦之间的关系，这自然会让我们想起凯歌开题部分的最高级："最为亲切"(行 14)——作为共同体一员的强烈情感。复数则表明，城邦所需要的美德不止一种，虽然具体形式多种多样，但我们可以设想，它们一定关涉到安宁女神所掌管的两个重要方面：诸多决议或各种战争。印证这一点的是这一行："诸多带来胜利的竞技中，还有那些迅猛的战斗。"前文分析过，参加竞技比赛的贵族，通过竞赛，展示了自己的优秀与卓越，以此表明，他的卓越将保证他在城邦的政治生活中发挥更大的作用，这一点尤其体现于"决议"的层面；此处"迅猛的战斗"正对应开篇的"战争"，不同之处在于，战争是总体的概括性词语，而战斗则多意味着许多具体的战斗，甚至是两军阵前一对一的对决。品达对美德的陈述基本承自荷马：

> 在荷马史诗里，美德(arete)的含义是：勇气、体力、地位和名誉。它实际上可以用来表示和称赞所有这些品质的总和；因为荷马时代社会的总体需要决定了，所有这些品质作为美德都应在某些个体身上统一起来。①

这就是说，荷马的美德主要指人全面意义上的"出类拔萃或卓越"。② 同样，品达笔下的"美德"(ἀρετή)，尽管是一个富有弹性的词汇，但总体而言，同荷马一样，它也涵盖了人所有的优秀之处：身体上的、道德上的以及精神上的"卓越"(prowess)(Jebb，节 8)。此处，品达以竞技和战斗作为"多种美德"的两个代表，沿袭了开题

---

① 参阿德金斯(A.W.H.Adkins)，《荷马史诗中的伦理观》，赵蓉译，载《经典与解释 33：荷马笔下的伦理》，刘小枫，陈少明主编，北京：华夏出版社，2010 年。

② 陈戎女，《荷马的世界》，北京：中华书局，2009 年，页 59。

中对城邦政治秩序和力量的两种描述。但是,两相对比,二者具有一种明显差异:开题部分的"荣耀"被置换为"带来胜利","战争"则成为具体的"战斗"。"带来胜利"是为了争取"荣耀",而"战斗"则来自总的"战争"情势,这意味着一种与从理想城邦到现实城邦(埃吉纳)的下降。这种写法,正出自一种古典的高贵:美德之为美德,不是来自于现实的观照,而是来自于神的正义——后来苏格拉底称其为美德本身。不幸的是,现代政治近乎永恒地丧失了这一点,既丧失了理想城邦的神性,更丧失了从理想城邦到现实政治的观照或下降。

与此同时,城邦的政治美德又会秉有向着神性的上升——在第六首伊斯特米凯歌里,品达说:"我们多少还能接近诸神,凭着超迈的心智,或者伟岸的体魄。"(行 5—6)在这里,则表现为美德带来的声望。声望本意是指史诗里传唱的名声,比如:"全体阿开奥斯人当中的卓越战士[狄奥墨德斯]赢得光荣的声誉",[①]《伊利亚特》里所有的英雄,都渴望自己的名字在死后被歌者传唱(陈戎女,前揭,页 62)。品达则以自己的凯歌表明,他正在歌唱那些古代的英雄:埃吉纳所哺育的英雄们——他的歌声让他们的不朽得到延续。"哺育"一词是不动过去时分词,相当程度上意味着英雄们生活在过去的岁月。但是,他们的英雄行为让埃吉纳拥有声望,"拥有"(ἔχει)是第三人称单数现在时,那么,英雄们虽已逝去,他们的行为、美德却在歌声中传唱千古,所以城邦迄今依旧因此而拥有声望,现在时便表明了这种声望近乎永恒的特征。但是,倘若与前面的不定过去时一比,我们就会发现,声望所以能够流传,恰恰是由于带来声望的行为从现实进入了歌声之中。这正是自荷马以来的

---

① 《伊利亚特》卷五,行 3—4;参《伊利亚特》卷十二,行 310—328,萨尔佩冬对格劳科思的教诲,最为集中地表明了荷马的荣誉与"声望"观。

传统贵族荣誉观。[①]

我们还可以更进一步考察细节。"自始完美无瑕"的希腊文是 $\dot{\alpha}\pi'$ $\dot{\alpha}\varrho\chi\tilde{\alpha}\varsigma$ $\tau\varepsilon\lambda\acute{\varepsilon}\alpha\nu$，词组 $\dot{\alpha}\pi'$ $\dot{\alpha}\varrho\chi\tilde{\alpha}$[自始]表示开端，$\dot{\alpha}\varrho\chi\tilde{\alpha}$就是希腊思想史中极为重要的核心词语之一：既有开端之意，又有统治之意——后来的海德格尔一直对此念念不忘；[②]而 $\tau\varepsilon\lambda\acute{\varepsilon}\alpha\nu$[完美无瑕]的词根则是 $\tau\acute{\varepsilon}\lambda o\varsigma$，表示完满和终点，这就是说，诗人的歌唱，使得城邦的声望具有一种从开端到终点的属性，也就是摆脱了终有一死的凡人属性。诗人之言来自缪斯，这就意味着，城邦经英雄行为的传唱而来的声望，来自于神，是向神的靠近。这里有一个共在的政治结构：英雄、城邦、诗人和诸神。城邦的声望来自于英雄，由于英雄们在竞技中的胜利，在战斗中展示的卓越，品达用一个最高级形容英雄：崇崇高远（$\dot{\upsilon}\pi\varepsilon\varrho\tau\acute{\alpha}\tau ο\upsilon\varsigma$）。在古代社会，最崇高，或者说最好几乎与最古老同义，开端处即意味着最崇高。这种相当保守的观念恰恰有益于维系社会。崇崇高远（$\dot{\upsilon}\pi\varepsilon\varrho\tau\acute{\alpha}\tau ο\upsilon\varsigma$）与前节第 4 行的'最关键的'是同一个形容词（高）的最高级，仅有名词性属的区别。而且，在全诗中，这是第一个重复的实词，这必定是在提醒我们注意两处的关联。安宁女神手握城邦"最高的"钥匙，英雄们则在城邦之中"最高"，这样，英雄便是女神在城邦中的某种体现，也只有因英雄们的"崇崇高远"，安宁女神才能最终掌握城邦秩序和幸福的钥匙，一个表示因果的关联词语 $\gamma\acute{\alpha}\varrho$[因为]透显了这层关联。而传递这种关联、荣誉和声望的，则是诗人。但是，倘若稍加留心，我们

---

① 参皮埃尔·格里马尔，《西塞罗》，董茂永译，北京：商务印书馆，1998 年，页 6："对荣誉的渴望，是古代人最深厚、最持久的动力之一——荣誉可以使你的名字世代相传，名声不朽。"另参海德格尔在《形而上学导论》中对希腊人声望的分析，并以赫拉克利特的箴言为例，《形而上学导论》，熊伟、王庆节译，北京：商务印书馆，1996 年，页 104。

② 参拙作，《开端之思，思之开端——解读海德格尔〈阿那克西曼德之箴言〉》，载《经典与解释 23：政治生活的限度与满足》，刘小枫、陈少明主编，北京：华夏出版社，2007 年。

却会发现，在诗人的凯歌里，城邦民似乎没有位置。不过，我们不妨把目光投往下一行："如今，这依旧(δὲ)令她的人民(ἀνδράσιν)灼灼生华(ἐμπρέπει)。"(行28)

"依旧"(δὲ)和第25行的μὲν正成对比，形成句法关联，表示一种对举，这通常意味着含义的转折，或者分析转向另外一个层面。这里转向了城邦中另一个重要部分：人民，按照古希腊的习惯，这是指男性城邦民，甚至可以译为男人。这句话的含义便是，她[埃吉纳]令她的人民灼灼生华。这座岛屿哺育的英雄成就了她的声望，而这种声望令其民众享有了光辉的荣耀，这就是将属格解读为一种补充说明。① 最重要的转变在于，英雄们使城邦获得名望，而这(城邦、英雄或是名望)则使人民倍觉荣光。这里显明了一个基本的统治秩序：英雄们由于美德而带来城邦的名望，城邦的名望则使城邦中的普通民众卓然于一般民众(或其他城邦的民众)。μὲν和δὲ显明了其中的秩序：一是德性出众的英雄们，一是愿意接受英雄们统治的人民。② 我们尤其需要注意，"灼灼生华"(ἐμπρέπει)是现在时，这一时态至少有两层意味：现在时与过去时分词哺育相对；与"拥有名望"中的现在时对应。就前者而言，无疑强调了英雄与民众之间的差异，而后者，则更加意味深长。埃吉纳岛的声望至今犹存，而现在时的"灼灼生华"说明，过去的荣光、英雄的伟业，如今依然令民人为之骄傲。但是，这更意味着埃吉纳岛的声望一如往昔，还在激励着岛上的民众。同时，英雄行为的过去时表明，作为一座城邦，埃吉纳现在的所有之物有二：一是声望，一是民众。英雄，或者作为城邦治理的贵族已不再存在——质言之，应该治理城邦的英雄已经不再。这就是品达写下这首凯歌时埃吉纳岛的现

① 另一种解读认为人民(ἀνδράσιν)的属格表达，是一种来源意义，即所谓来源属格，就是说，人民也令这座岛屿声望有加；参 Pfeijffer，页 507。
② 参亚里士多德《政治学》1288a10："贵族制……其民众自然而言造就这样的人，他们作为自由民能够接受德性出众、适合政治统治的统治者。"

状,据修昔底德的记载,埃吉纳这时已经丧失独立将近十年,在公元前 455 年:

> 雅典和埃吉纳之间的战争爆发……不久,埃吉纳向雅典投降,条件是:拆毁城墙,交出舰船,答应以后缴纳贡金。(卷一,105—108)

对于一个独立的城邦来说,防卫的军事设施(城墙)的拆除、军队(舰船)的解散、财政权(缴纳贡金)的丧失,意味着城邦统治权的彻底旁落。现在,我们借助希罗多德和修昔底德的记载,考察一下埃吉纳那段沦亡的"历史"。

二、"历史"中的埃吉纳与雅典

在某种意义上,埃吉纳的历史存在的中心就是与雅典的关系,当雅典因民主制而日渐强盛,埃吉纳便日渐丧失自己的卓越地位,并最终被雅典吞并,城邦沦丧。第八首皮托凯歌对埃吉纳的吟唱,就是埃吉纳岛在历史上留下的最后声音。在希腊的古典文本中,希罗多德的《原史》和修昔底德的《伯罗奔半岛战争志》有着最切近当时历史的文字记述,所谓"去古未远",或谓"去圣贤最近",[①]所以,这一部分通过阅读两部史书的相关记载,大致梳理埃吉纳与雅典之间的历史纠葛。

埃吉纳曾在希腊诸邦中强盛一时。[②] 古希腊最早的金属钱币

① 《国朝汉学师承记》,阮元序,北京:中华书局,1983 年,页 1。
② 关于埃吉纳的经济贸易和具体情形,参 James Edward Jennings 的博士论文《公元前 650 年至公元前 457 年间埃吉纳的贸易状况新考》(*Aeginetan Trade, 650 – 457 B.C.: A re-examination*),University of Illinois at Chicago,1988 年。亚里士多德《政治学》1291b24 提到了岛上的渔民。

出现于公元前 7 世纪晚期,约公元前 625—前 600 年左右,而铸造地就是埃吉纳(《希腊僭主》,页 85);公元前 490 年,埃吉纳在 10 年前焚毁的 Aphaia 神庙基础上再建新庙,其中两个庙楣流传至今,是希腊建筑艺术的典范之一。[①] 埃吉纳仿佛那片海域中一座孤独的岛屿,却恰恰正对着雅典和他们最重要的港口比埃雷夫斯港。

埃吉纳是这片海域的中心岛屿,控制着从伯罗奔半岛到阿提卡地区的海上通道。根据修昔底德的记载,埃吉纳是最早修建船只和军舰的希腊人(《战争志》卷五,83)。所以,一方面,它与各邦从容贸易,成为最富庶的城邦——"载运谷物的船只从彭托斯出发,驶经海列斯朋特,航行到埃吉纳和伯罗奔半岛"(《原史》卷七,146);另一方面,这样的贸易必然要求埃吉纳必须具备足够的海军力量——"雅典人没有足够的船只和埃吉纳抗衡"(《原史》卷六,89),保障自己的贸易。所以,品达曾经在第六首太阳神颂中如此称颂埃吉纳:"这座岛屿诚负盛名,生于多里斯海洋,并统治[这片领域]。"(行 124—125)统治这片海域,就必然意味着在实力和军事两个方面都足够强大。这一点在在第二次希波战争(公元前 480—公元前 478 年)期间表现尤为明显,尤其是公元前 480 年的萨拉米斯海战。

从城邦的礼法习俗来看,埃吉纳极为传统,与波斯、斯巴达、忒拜诸邦政制形式雷同,这是由于贤良政制或者君王制在品性上的接近(亚里士多德,《政治学》1288b),埃吉纳、忒拜与波斯之间有一种品格上的相似(《原史》卷六,59,提到斯巴达人和波斯人的相似)。所以,在第一次希波战争前(公元前 491 年),波斯王大流士试探希腊人对自己的态度,要求各邦以土和水作为礼物献给波斯。这时,埃吉纳人很乐意奉上岛上的土和水(《原史》卷六,48—49),

----

① 参 Burnett,页 29—45;Fenno,页 195。

这与其说是对波斯的臣服，毋宁说是一种倾向上的接近。但是，当波斯人超越了应有的节制，敞露出力图征服整个希腊世界的野心时，包括埃吉纳在内的希腊人都必须为自己的生存而战。这时，埃吉纳岛发挥了极大的作用，尤其是在他们"统治"的海面上。

希罗多德从《原史》第七卷第 203 节开始，详细记述了埃吉纳在希波战争中的作用。概括而言，其要有三：一是守卫，当波斯人从海路侵入时，"雅典人和埃吉纳人一起担任海上的守卫"（卷七，203），由此可见，埃吉纳人和雅典人一起，是当时海面上最主要的守卫力量，毕竟，希罗多德甚至没有提及其他城邦的名字。二是提供作战的船只，首先提供了 18 艘（卷八，1），随后，在萨拉米斯大战之际，又配备了 30 艘"航行最好的船只"，同时，还留有部分船只保护本岛（卷八，46），参战的船只数量仅次于雅典（180 艘，卷八，44）。三是战斗，这是最为直接的军事打击。在海战中，波斯人有"大量的船在萨拉米斯沉没了，其中有的是给雅典人击毁的，有的是给埃吉纳人击毁的"（卷八，84；86）；具体来说，"埃吉纳人便在海峡地带埋伏下来伏击他们［波斯人］，并立下赫赫战功。原来，雅典人在混乱中击沉了所有试图抵抗或试图逃窜的船只，而埃吉纳人对付的目标则是离开海峡想逃出战场的那些船只。那些逃出雅典人之手的船只，结果很快就进入埃吉纳人的伏击范围"（卷八，92）；根据这些记载，和当时海上的守卫一样，埃吉纳和雅典是萨拉米斯海战的主要力量。所以，希罗多德最后总结道："在这次海战里，在希腊人当中得到最大荣誉的是埃吉纳人，其次是雅典人。"①

此外，埃吉纳在陆战中同样有所建树，只是没有海战这么辉煌：埃吉纳参加陆战的士兵只有 500 人，远不及雅典的 8000 人，斯巴达人更有数万军士（卷九，28）。综而言之，我们或许只能说，埃吉纳和其他希腊诸邦一起，共同参加了对波斯人的陆上战斗，发挥

---

① 另参普鲁塔克，《忒米斯托克勒斯传》，17.1。

了自己应有的作用。

但是,纵观希罗多德的叙述,却不由让人生疑:既然埃吉纳人在萨拉米斯海战中发挥了极其巨大的作用,甚至"得到最大的荣誉",那么,为什么在他的笔下,埃吉纳人屡屡以雅典的敌人面目出现?更有甚者,除了这次"最大的荣誉",他笔下的埃吉纳人实际上更多时候的形容可谓丑陋:谄媚者(卷六,87)、不耻之徒(卷六,93)、不敬神明(卷八,120)、极不公正(卷九,78)、汲汲于一己私利(卷九,80)。这可以称得上一座无耻城邦了,怎么会突然在战争中获取了最大的荣誉呢?原因或许很简单,当整个希腊世界反抗波斯的时候,埃吉纳所以获取了巨大的荣耀,是因为她作为一个希腊城邦而对抗波斯。可是,当埃吉纳与雅典为敌的时候,也就是说,当埃吉纳与波斯靠得更近的时候,这就像一个异邦城市一样令人不齿。不是么?希罗多德明确说,"在[希腊]其他人之间固然也有战争,但是其中最大的却是雅典人和埃吉纳人之间的战争"(卷七,145)。而希罗多德倾慕雅典和雅典的民主政体,①他自然对埃吉纳怀有另一种眼光。所谓"最大的战争",根本上是因为这是一场政制之争。正是由于雅典与埃吉纳之间的争斗,埃吉纳最终沦亡。

埃吉纳是这片海域的统治者,但是,一旦出现另外一种力量,其强盛的程度甚至要打破这种统治时,这片海域上必将失去平衡。埃吉纳正对着雅典的出海口比埃雷夫斯(Piraeus,就是《王制》中对话的场景所在地),一旦雅典开始强大,从而具有更高的政治诉求,或者"肆心"生起,二者难免发生争端,或者战争。所以,希罗多德对埃吉纳的描述,除了在对波斯战争中的作用之外,其他笔墨几

---

① 莫瑞诺(Paul D. Moreno),《希罗多德与帝国哲学》(*Herodotus and the Philosophy of Empire*)书评,载 *Interpretation*,Vol 37/1(Fall 2009)。

乎尽用于描述埃吉纳和雅典之间的争斗。① 这主要集中于《原史》
第五卷和第六卷的部分内容,其要如下:

最早发动进攻的是雅典人,这次进攻以雅典的惨败而告
终:只有一人生还雅典(卷五,84—86);随后,埃吉纳人出于报
复,开始伏击雅典人(卷六,87);埃吉纳援助忒拜反击雅典,
"蹂躏"了沿岸的许多地方(卷五,81);当埃吉纳人将土和水送
给大流士的时候,雅典人便认为埃吉纳人的做法是出于对雅典
的仇视,希罗多德也认为这是雅典人挑衅的一个"借口";于是
雅典人怂恿斯巴达人借此处罚埃吉纳(卷六,49);雅典人策动
埃吉纳平民暴动,试图建立民主政体(88—89);埃吉纳人制服
暴动,与雅典人开战(91—93);埃吉纳与雅典就此陷入"相互作
战的状态"(94)。当希罗多德下一次提到埃吉纳的时候,他做
了一个总结:雅典人与埃吉纳人之间的战争是所有希腊人间最
大的争斗。

普鲁塔克在《忒米斯托克勒斯传》(4.1)②中也提及雅典和埃吉
纳之间的斗争,但他的写法是:忒米斯托克勒斯建议雅典人"不要
把钱分掉,而是用来建造三层桨战舰,以备于同埃吉纳之间的战

① 关于雅典和埃吉纳之间的冲突,《原史》几是唯一的古典文献来源,后世研究惟有从
此出发:A. Andrewes,《雅典和埃吉纳》(Athens and Aegina),510—480 B.C,载 *The Annual of the British School at Athens*,Vol. 37 (1936/1937),页 1—7,列出的年表。L. H. Jeffery,《萨拉米斯海战前雅典与埃吉纳之争》(The Campaign between Athens and Aegina in the Years before Salamis, *Herodotus*, VI, 87—93),载 *The American Journal of Philology*,Vol. 83, No. 1(Jan.,1962),页 44—54。Thomas Figueira 有两篇相关论文:《希罗多德论埃吉纳与雅典的早年敌意》(Herodotus on the Early Hostilities between Aegina and Athens),载 *The American Journal of Philology*,Vol. 106, No. 1(Spring,1985),页 49—74;《〈原史〉第六卷雅典与埃吉纳的冲突年表》(The Chronology of the Conflict between Athens and Aegina in Herodotus Bk. 6),载 *Quaderni Urbinati di Cultura Classica*,New Series,Vol. 28, No. 1(1988),页 49—89。
② 普鲁塔克,《希腊罗马名人传》(上),黄宏煦等译,北京:商务印书馆,1990 年;另参席代岳译本,吉林:吉林出版集团,2009 年。

争。这是当时困扰着希腊的最激烈的战争,岛上居民仗着他们船只的数量而控制了海洋。"所以,雅典人对埃吉纳"怀有强烈的猜忌"。在普鲁塔克笔下,埃吉纳明显是实力更为强大的一方。综合希罗多德和普鲁塔克的叙述,我们可以清楚地看出,雅典是新生的力量,所以,对旧有的统治力量心怀不满,或意欲取而代之。作为一个优秀的政治家,忒米斯托克勒斯正是利用了雅典民众的这种情绪,发展海军,提高自己的权势和雅典的力量。随后,波斯人进攻雅典,一方面折损了埃吉纳的部分兵力,另一方面,作为主力参战的雅典士气和战斗能力都因此而提高(《战争志》卷一,7)。外患既除,雅典人遂枪口内转,首先意欲清除海军力量强大的埃吉纳。希罗多德没有记述埃吉纳的覆亡,修昔底德则留下了简单的记录。

雅典人修昔底德生于公元前460年,他刚刚五岁,雅典便吞并了埃吉纳,所以,他笔墨鲜及埃吉纳,这毫不足奇。除了几处零星的提及,修昔底德有两处着墨稍多。一处叙述埃吉纳的覆亡场景:公元前455年,埃吉纳与雅典发生战争,雅典人胜利了,俘虏了70艘埃吉纳船只;雅典人随即登陆埃吉纳,之后,埃吉纳投降,被迫拆毁城墙,交出舰船,答应以后缴纳贡金(卷一,105—108),这就是科林斯人的指控:"你们已经看到雅典人怎么剥夺一些城邦的自由,尤其是埃吉纳……"但是,这并不是结束。

25年后,雅典人又实行了一项近乎残酷的灭绝政策:他们迫使埃吉纳人及其妻室儿女必须离开岛屿,并把引发伯罗奔半岛战争的主要责任归咎于他们。随后,雅典人陆续移民这座岛屿,一些埃吉纳人迁居斯巴达的泰利亚,其余埃吉纳人则散居希腊各地(卷二,27),一座古老的城邦(政治共同体)就此烟消云散。

雅典与埃吉纳之争,表面看来只是政治权力或者政治空间的争夺,最终,雅典凭借更为强大的军事力量压制了埃吉纳。但是,这样简单的比较遗漏了其中的关键:后起的雅典因民主制度而强大,而埃吉纳则属于老旧的传统一方。二者的胜负或有历史的偶然，但它们核心的区别并不仅仅是两个城邦之间力量的转换，更是政治体制之间的差异，即政制类型之间的差异。最能突出这种差异的是雅典人策动的埃吉纳内乱（《原史》卷六，88—89）：在雅典人的鼓动下，平民尼科德罗莫斯兴起叛乱。这不仅是城邦之间的冲突，更是不同性质的城邦之间似乎难以调和的冲突。

　　事实上，雅典所以能够强大，正是由于施行民主制度的缘故。这一点在《原史》的文本位置上也可以得到证明：正是在叙述雅典开始变得强大的这一部分，希罗多德才开始叙述雅典和埃吉纳（还有忒拜）之间的矛盾。很显然，这个新生的政治力量开始在希腊世界掀起波澜。希罗多德关于雅典强盛的原因描述极其著名：

　　　　雅典的实力就这样强大起来。言辞的平等（*ἰσονομίη*），不是在一个例子，而是在许多例子上证明本身是一件重要的事情。如果雅典人是在僭主的统治之下，在战争中他们并不高于邻人，可是一旦他们摆脱了僭主的桎梏，他们就远远超越了邻人。因而这一点便表明，当他们受着压迫的时候，就好像是为主人做工的人们一样，他们是宁肯做个怯懦鬼的，但是，当他们获得自由的时候（*ἐλευθερωθέντων*），每个人就都竭心尽力为自己做事了（*αὐτὸς ἕκαστος ἑωυτῷ προεθυμέετο κατεργάζεσθαι*）。（卷五，78）

　　首先，"僭主"这个词并不是我们今天理解的独夫暴君，回忆一下索福克勒斯《俄狄浦斯王》的名字就知道了：*Οἰδίπους Τύραννος*直译应该是《僭主俄狄浦斯》。而梭伦在为雅典立法之后，由于其名望如日中天，友人劝他不妨作一名"僭主"（普鲁塔克，《梭伦传》4.4）。一般说来，抒情诗人、肃剧作家、希罗多德和修昔底德都是在中性意义上使用僭主这个词。① 希罗多德这里的分析关键在于，雅典人不愿意接受统治，而只愿意统治。此处言论出现的大致背景是，之前记述了雅典如何获得与多里斯人（忒拜和波俄提亚人等）战争的胜利。而在这一段之后，则是忒拜人为扭转败局向神求取告谕，并因之而得到埃吉纳的帮助，于是希罗多德则将笔调转向雅典与埃吉纳之争。这段分析恰恰就在这段雅典人如何与希腊人争斗的叙述中间。概而言之，雅典人取得了对所有这些邻邦的胜利，希罗多德这里所要做的，是去探究雅典为什么能够取得这样的胜利，这恰恰就是他的"历史"的希腊文的原意：

> 这里展示的是哈利卡尔纳索斯人希罗多德的探究，为的是人世间发生的事情不致因年代久远而泯灭，一些由希腊人、一些由异邦人表现出来的值得赞叹的丰功伟绩不致失去光彩，尤其是要探究他们相互敌对的原因。

希罗多德这段关于雅典强盛原因的说法，因雅典在后世享有的强大声名而流传甚广。我们不妨简单分析一下。根据希罗多德的笔法，一言以蔽之，雅典之强盛得益于一种政治制度的缘故，这就是民主政制。希罗多德这里的叙述要害有两点，一是"言辞的平等"，一是"竭尽心力为自己做事"。② 所谓言辞的平等，实际上是对自己权益的主张必须得到申明和保护，其实也就是今日所谓的言论自由。诚如柏拉图所言，"这种城邦难道不充斥着自由和自由言论吗？难道在这种城邦中没有放任自流地做任何自己想做的事的自由？"（《王制》，557b）而平等的根本意义还在于个人的利益，雅典的平权民主制其实是以个人利益最大化为基本的驱动力。希

---

① 颇具代表性且讨论精细的作品，见 Andrew，《希腊僭主》，前揭，页 20—23。

② 参 Seth Benardete，《希罗多德的探究》（*Herodotean Inquiries*），Martinus Nijhoff，1969，页 146。

罗多德此处的笔法倒也颇为细致,前面都是用复数"他们"指代雅典人,唯到此处,开始以第三人称的泛指——"他"（αὐτός）——为主语,也就是每一个独立的雅典人——这恰恰是自由解放之后的雅典人。除此之外,希罗多德还有两个修饰语:一个是形容词性代词"每一个人"（ἕκαστος）;一个是与格ἑωυτῷ,这是"他自己"（ἑαυτοῦ）的伊奥尼亚方言写法。每一个人、他、自己,这三个成分实际指向每一位雅典城邦民,但其重复非常明显地突出雅典人心中自我的重要。这才是民主政制极其根本的"自由"——属于他们每一个个体的自由。

　　雅典与埃吉纳之争的核心也就尽在于此:民主政制与贤良政制之间的差异。但是,如果按照柏拉图城邦与个体灵魂的比拟,如果雅典这个民主城邦成为一个单独的灵魂——而其肉身便是实实在在的雅典城邦,那么,雅典同样要实现其城邦的自由和利益的最大化。如此一来,雅典与其他城邦之间就必然关系紧张。

　　我们再回到希罗多德对埃吉纳的叙述,其中最值得注意的是下面一处。当埃吉纳和雅典并肩为希腊人抗击波斯的时候,在萨拉米斯海战中,雅典人说,是一个雅典人冲向敌船,于是开始了战斗,但埃吉纳人则说:

> 他们看到了一个女人的幻相（φάσμα γυναικός）,她高声向全体希腊水军们讲话,激励他们,而一开始,她这样谴责他们:"卑怯的人啊,你们这是在干什么,你们要把船倒退到什么地步呢?"(卷八,84)

　　而按照雅典人的说法,雅典人在进攻之前,首先听取了政治演讲家忒米斯托克勒斯的鼓动,随后一个雅典人阿美尼亚斯驾船勇敢地冲向敌人,于是拉开战斗之幕。可是,在埃吉纳人看来,激励她们的是一种来自于神的神秘力量,而且,这种力量驱使他们追求一种向前的美德(不要退后)。所谓"幻相",意味着来自于神或上天的预兆——这是希罗多德常用的词语(《原史》卷三 10;卷四 79;卷七 37,38;卷八 37。另参品达第八首奥林匹亚凯歌,行 43)。埃吉纳人的说辞清楚地体现出这座城邦的政治行动的背后根由:一是来自于神的预示和力量,一是美德。这正是传统贤良政制的基本要求:政治的限度以及限度内的卓越追求。与此不同,一个雅典人则径直向敌人的舰船冲去。一个人和全体人,这是一个最基本的政制差异下的人心差别。

修昔底德则借科林斯人之口,清楚地描述了这样两种政制之间的另一种差异:"一个雅典人总是一个革新者,他敏于下定决心,也敏于把这个决心实现;而你们(斯巴达人),则善于保守事务的原况"(《伯罗奔半岛战争志》,卷一,70),"雅典拥有极为丰富的经验,使他们在革新之路上远远超过了你们"(同上,71)。所谓保守与不晓革新,同样是适用于埃吉纳的描述。雅典代表一种革新的力量,埃吉纳的政制则循旧保守。所以,在希罗多德笔下,贤良政制的"良好秩序"与民主制的"平等"(ἰσονομίη)如云如泥(《原史》卷三,80、142;卷五,37)——巧合的是,在品达的笔下,"平等"一词从未出现过。

这样,雅典与埃吉纳之争就不止是两个城邦之争,两种政治力量之争,更是一种政制之争,尤其是放在民主政制勃兴之初的背景下考虑,这一点就尤为突出,修昔底德说雅典导致斯巴达人的"恐惧",但是,这种恐惧与其说是对城邦雅典的恐惧,是对一个新生的政治力量的恐惧,倒不如说,是对一种全然不同的政制和政治生活方式产生的不信任。[①] 对品达来说,他的目光则完全转向传统的贤良政制,几乎完全不提民主,恰恰在埃吉纳身上,品达就看到了传统的"良好秩序",或者,至少是这种政制的"影像"。按 Bowra 的说法,"埃吉纳极大满足了品达对贵族社会的偏爱"(Bowra,页

---

① 不妨对比普鲁塔克的《吕库古传》和《梭伦传》中隐而未言的两种区别。

149)——但这种偏爱不是一种情绪，而是来自于品达对政治生活的根本认知。所以，品达共有 11 首凯歌献给这座岛屿上的胜利者，远甚其余任何一座城邦。除此之外，品达还有几则献给埃吉纳的诗歌残篇：太阳神颂歌 15（残篇 52p）、太阳神颂歌 22h（残篇 52w.h 及 52.w.h?）。在这样一段历史中，品达向后的目光显得极其"不合时宜"，或如尼采所言："之所以不合时宜，乃是因为我把这个时代有理由为之骄傲的某种东西，……试图在这里理解为这个时代的弊端、缺陷和残疾……"[1]

三、埃吉纳的贤良政制：继承与歌声

再回到第八首皮托凯歌，我们就会发现，品达对埃吉纳城邦的颂扬基本着眼点便是这座城邦的贤良政制。在这个第一转题部分的第一个诗节里，品达以过去时描述了埃吉纳的过去的荣光，又在对称诗节中以一个现在时引入岛上的人民，将凯歌和凯歌的表演从过去拉入当下情境。

此前，在凯歌的开题部分，品达更强调贤良政制应该具有的力量，而在第一转题的诗节部分，品达首先强调了贤良政制的优良秩序和过去的声望。到了对称诗节和末节部分，凯歌转入现在时，尤其以"你"直接与胜利者阿里斯托墨涅斯对话，这部分是出于凯歌现场表演的需要，更是出于阿里斯托墨涅斯胜利的当下性质，并以现在时表明，过去的美德如今得到了传承，或许这就是希望，在凯歌结尾部分，品达明确写道了这份希望："因希望而张开男子气概的翅膀飞翔。"（行 90—91）

品达在第 5 行以"荣誉"一词修饰阿里斯托墨涅斯，这里则以"高贵"直接引向贤良政制的核心，从根本上讲，尤论是竞技胜利还

---

[1]　尼采，《历史学对于生活的利与弊》前言，见《不合时宜的沉思》，前揭，页 135—136。

是胜利带来的荣誉,根基都在于"高贵"。品达曾写过:"愿我能受高贵之人垂青,并与之为伍。"(第二首皮托凯歌,行96)本首凯歌里的高贵(χαλῶν)是名词属格,意为某些显示出高贵的举动和行为(Pfeijffer,页517)。同时,高贵还有一个修饰语:最新的。联系前文就会发现,这是凯歌中出现的第四个最高级,也是第一次在现实情境中使用最高级,从顺序来讲,四次最高级的次第如下:城邦——安宁女神——过去的英雄——阿里斯托墨涅斯。这表明,最新其实是最为古老,即过去的高贵重新展现,阿里斯托墨涅斯所承负的,正是古老的高贵,而"最新"一词则显明了高贵的传承。在下一个诗节,品达则借安菲阿拉俄斯之口明确说出:"高贵注定自父辈传承。"(行44)

在品达看来,夫子相承的关系最能显明这种高贵的继承。所以,凯歌以整整4行表明阿里斯托墨涅斯的胜利与其家族胜利的关联。倘若联系到第44—45行的"格言",那么这种描述便有6行:

> 因为,你依循母系舅父在摔跤[竞技]中的足迹,
> 没有辱没忒奥格尼托斯(Θεόγνητον)在奥林匹亚[的胜利],[①]
> 或是克莱托马克霍斯(Κλειτομάχοιο)因强健四肢而在伊斯特米的胜利,
> 你令美蒂里戴(Μειδυλιδᾶν)的血统显赫,(行35—38)

对先辈足迹的依循(ἰχνεύων),不仅是对竞技和胜利的追随,更表明背后贤良政制中传统礼制的沿袭(Bowra,页100—101),即修

---

① 奥格尼托斯在奥林匹亚的胜利可能是在公元前476年,另外一位凯歌诗人西蒙尼德斯也曾提到他的名字(149,Bergk),参Burton,页181。

昔底德所言的"善于保守事务的原况"，现在时分词的用法，虽然意味着阿里斯托墨涅斯当下的胜利，但这胜利不仅仅是个人的胜利，也是家族的荣耀，更体现了传统所追求的卓越的美德。品达提到了两位前辈贵族的姓名，一位在奥林匹亚取得胜利，另一位则在伊斯特米竞技会取得胜利，后文第 78－80 行中，还提到阿里斯托墨涅斯在其他地方竞技中获得的胜利。这些并不是简单的列举，前者是泛希腊竞技会，后者则是地方竞技，二者并置，一方面表明这一贵族世家在获得荣誉方面的范围之广，另一方面则表明了其中的等序：必须获得泛希腊的竞技胜利，才能到达最高的荣誉。全诗的惯常表现方式是从最好的部分开始下降，比如从开题部分到第一转题部分，就是从最高的城邦下降到过去的城邦，这里同样先列出泛希腊的胜利，而在最后再举出阿里斯托墨涅斯获得的地方竞技胜利，换言之，阿里斯托墨涅斯只有获得皮托竞技会这样泛希腊世界的胜利，才能真正做到"依循"，并令血统显赫。这个显赫的血统来自于"美蒂里戴"，即阿里斯托墨涅斯的家族之名；在短短几行里，品达两次提到家族的血脉："你令美蒂里戴的血统显赫"（行37），"先祖的意志在他们血脉中展露"（行 44－45）。但是，这个长句的谓词是"没有辱没"，现在时第二人称单数，这才是这段话的核心所在。品达虽然经常采用否定的表达方式，比如第三首伊斯特米凯歌第 13－14 行"他没有辱没他的家族世代流传的勇猛"（另参伊斯特米凯歌之八，行 65a；奥林匹亚凯歌之八，行 19），但是，从表达的效果来说，这样否定性的说辞自然要弱于直接的肯定表达。某种层面上，这可以视作对阿里斯托墨涅斯胜利的有节制的赞扬，毕竟，阿里斯托墨涅斯仍然年轻。更重要的是，对于这座已经丧失了独立的城邦而言，仅仅获得竞技胜利，这种光荣远远不够，只是一个美好的开端。如是言之，品达的写法便蕴含有更深层的激励。

　　但是，我们不必把这样的"血统传承"视为某种愚蠢的血统论。品达写法的关键在于：胜利令血统显赫，而非血统本身获得荣耀。

所以，在第十一首涅墨凯歌中，品达写道："古代的美德在人类的世代中相隔一段时间（ἀμειβόμεναι）就会重现它们的力量；就像用来耕作的黑色土壤不能连续地长出果实，并且就像树木不能生长出与每个来年同样华美芬芳的花朵"（行37以下，郭亮译文）。这种间隔一方面或许正对应人世的诸种浮沉，但另一方面，间隔的一段时间或是一种隐喻，如果要克服这段沉默的时间，后来的人就必须经过辛苦的劳作与追求，砥砺自身的德性与能力，这才能开出"同样华美芬芳的花朵"，也就是品达所说的"耕作"。

对传统的贤良政制来说，诗人和他的诗歌在政治秩序中的位置极其重要。在神和人共在的世界之中，人需要领悟神义，这样才能获得在世的根基。但是，凡俗之人（即便是贵族亦是有死之人）却没有直接领悟神义的能力，其中介唯有诗人，或者先知。所以，在希罗多德《原史》中的记载里，所有神谕皆以诗行传布。从古希腊文本来看，能够洞悉过去和未来的智慧者，都是能够从神那里得到训诫的诗人。最典型的例子莫过于赫西俄德。在《神谱》开篇，神女缪斯教诲赫西俄德：

> 她们[缪斯]从盛开的月桂摘来一枝耀眼的
>
> 枝条，作为权杖（σκῆπτρον）赠给了我，还把神妙之音吹进，
>
> 我的心扉，让我得以咏赞将来和过去；（行30—31）[1]

权杖在荷马那里尤其是国王权力的象征（参见《伊利亚特》卷一，行279；卷二，行86、100—108、186等）。此处，赫西俄德从缪斯那里接受权杖，无异于说，诗人具有某种王者都不具备的权力，这就是与神的交流。由此，这确认了诗人在政治城邦中的政治身份。

---

[1] 刘小枫译文，参《诗人的权杖》，载《古典诗文绎读·西方卷·古代编》，前揭，页21。

"将来和过去"，这同样是荷马用来描绘先知的说法："卡尔卡斯，一位最高明的鸟卜师，在人丛中站起，他知道当前、将来和过去一切事情，凭借太阳神阿波罗传授给他的预言术。"（《伊利亚特》卷一，行 69—71）诗人由于与神接近，从而能够洞悉过去和未来，也就是说，对当前的政治行动具有神圣的建议权力。《伊利亚特》开篇，当政治决策出现困境的时候，阿喀琉斯首先向先知卡尔卡斯咨询建议。与此相反，在民主制度下的雅典，传统诗歌不再有效，在《战争志》第二卷中，伯里克勒斯在著名的"葬礼演说"中如是宣讲："我们将不需要荷马为我们唱赞歌，也不需要其他诗人的歌颂。"（卷二，41）民主政制下的雅典人认为，仅凭自身便可以把握自己和城邦的命运。

从另一个角度来说，诗人因神的眷顾而知悉未来，正因为这个缘故，诗人的歌声就具有超越人类的永恒属性，也就是说，人类获得的卓越，只有借助诗人的歌声才能分有这种神性。所以，在品达笔下，世俗的竞技美德和政治卓越需要借助他的歌声，才能传之久远，所谓传之久远，便是超脱了有死之人的局限，分享了神性的某种永恒。在第一首奥林匹亚凯歌结尾，"一个王者在竞技赛中赢得了荣誉，还不会得到人们永久的纪念，诗人的叙言才会使得这样的得胜成为值得纪念的事情，似乎王者的荣誉需要得到诗人的加冕"，①所以，诗人的歌才是竞技胜利者更大的荣誉。

献给埃吉纳的凯歌为数最多，这或许表明，在品达看来，这座城邦的贵族拥有更多值得他歌唱的美德。所以，在这首凯歌里，品达明确写道：

> ……让我（μοι）脚畔的事物
> 迅疾前行吧，孩子啊，这是［我］对你的应尽之责，

① 参刘小枫，《炳焉与三代同风》，载《昭告幽微》，前揭，页 141—142。

让你最新[展露的]高贵($\varkappa\alpha\lambda\tilde{\omega}\nu$)，乘着我的($\dot{\varepsilon}\mu\tilde{\alpha}$)技
艺($\mu\alpha\chi\alpha\nu\tilde{\alpha}$)翩翔。（行 32—34）

这是凯歌中第一次明确出现"我"的地方，之前第 29 行"我却
匆促无暇"中的"我"附着于系词之上，第一人称的"我"并未明确出
现。[①] 所以，品达选择在这个时候透显"我"（诗人或者歌队）的在
场，自然有所意味。首先，凯歌的场合要求诗人的颂扬。当品达决
定写下这首凯歌的时候，他已经决定颂扬胜利者的荣耀，这时，
"我"的出现就不是一种唐突，而是一种提高胜利者荣耀的诗艺。
所以，当品达说"让你最新[展露的]高贵乘着我的技艺翩翔"时，便
表明自己的诗艺会为胜利者带来荣耀。当凯歌以"孩子啊"这一呼
格直接面向阿里斯托墨涅斯时，就尤其显示了这种荣耀的传播。
凯歌第 5 行首先出现阿里斯托墨涅斯的名字，第 19 行则唱出他的
父名，而在这里，凯歌中的称呼更近一步，"孩子啊"，明显意味着一
种亲近。这就是说，这位获胜的年轻人得到了诗人的接纳，也得到
了一种超出其胜利的伟大荣耀。其次，凯歌这个部分从理想城邦
下降到现实城邦，在这个时候出现"我"，自然意味着作为诗人的
"我"在这一现实城邦中的位置。品达知道诗人在传统的政治秩序
中所居有的位置，所以，"我"的明确出现同样昭示着凯歌的进程：
到达埃吉纳这座城邦。而从现实的凯歌表演来说，歌队的实际在
场让诗人的位置具象化。

但是，在这个对衬诗节里，诗人的歌唱却有一个明显的比较：
"我"能够歌唱有的内容，但有的内容却无力为之。一方面，他有为
阿里斯托墨涅斯歌唱的职责，所以，他在歌中强调，这是他的"应尽
之责"，这就意味着他的赞扬只能限于这位年轻胜利者新近的胜
利。但是，另一方面，有些东西却难以传达为歌：

---

① 参 Fenno，页 46；Schmind，页 96 以下。

　　可我却匆促无暇，

　　[不能]将整个漫长的故事

　　诉诸七弦琴和温和的（μαλϑακῷ）音调（φϑέγματι），

　　以免肆漫无度（κάρος），惹来纷扰。（行 28—32）

　　什么是诗人不能歌唱的"整个漫长的故事"？联系凯歌上文和历史，我们就会明白，这其实就是埃吉纳岛过去的种种美德和声望；在歌唱者看来，不能歌唱的原因有二：一是"我匆促无暇"；[①]二是歌本身会没有"温和的音调"，所以导致"肆漫无度，惹来纷扰"。我们先看第一点。表面看来，没有闲暇是指诗人由于当下的职责，即歌唱阿里斯托墨涅斯，所以忙碌不堪，而这种反衬手法恰恰表明了埃吉纳岛过去的荣光之丰富（Pfeijffer，页 508—509）。但是，假如原因只是如此，那么第 31—32 行便不再必要，纷扰与无度又来自何方呢？事实上，诗人最担心的不是时间上的不足，而是难以找到诗歌本身的"音调"——或可译为"语言"，既表示声音，也有表示话语，正可以恰当地理解为诗歌表演时的音调。此中关键是"温和"与"肆漫无度"两个词语。"温和"一词是第二次出现，初次出现是在第七行："因为只有你[安宁女神]才知道如何温和（μαλϑακὸν）劳作"；而"肆漫无度"（κάρος）[②]与前面第 12 行中的肆心（ὕβριν）之间，具有对应的关连，表示政治上的某种无序。如此看来，"不温和"的音调会造成政治的混乱，所以，根本的原因是政治原因。诗人由于没有找到"温和"的音调，也就是说，由于没有找到最符合贤良政制品性的表达方式，如果匆促写就，便会导致政治混乱——尤其是人性的混乱。但是，品达不是最善于寻找这样"温和曲调"的诗人么？其实，这里的"我"并不必然指品达，在凯歌表演的现场，

———————

① 对比第十首涅蜎凯歌，行 46："几无闲暇细究"。

② 参 Mackie 称之为品达凯歌"断裂"（break-off）特色的表现之一（页 9—16）。

这是作为一个整体的歌队的自称。歌队来自于现实的生活。倘若歌队自身仍然需要从先知习得和谐的曲调，倘若他们处于其中的政治现实已然混乱，那么，歌队又如何能够在这样的情形下以"温和"有序的节奏歌唱？进而言之，在这种混乱的政治现实下，表演凯歌的合唱歌队，又如何能够懂得凯歌文本中的"秩序"？这些事实都需要歌队的进展，随着凯歌的深入，这些问题就会愈发清晰。

随后，凯歌进入中间部分，即安菲阿拉俄斯的预言，以及阿尔克迈翁与凯歌中"我"的相会。书写凯歌的品达自然相信自己的诗人地位——知道如何"诉诸七弦琴和温和的音调"，但是，当凯歌作为表演而呈现的时候，凯歌中的"我"则未必能有如此深沉的理解。所以，品达这里不能歌唱的东西，针对的恰恰不是表面上的内容，即埃吉纳过往的荣光，相反，是由于歌队和听众无力理解诗人传达的诸多美德与声望，也就是不懂得诗人在城邦中的位置，不懂得贤良政制的传统品格。那么，为了让听众理解，品达就必须让凯歌中的"我"达到传统诗人所能担负的角色。这就是凯歌下一部分的内容：诗人的教育，或者说，合唱歌队的教育。① 所以，凯歌中说，"我没有闲暇"，按亚里士多德的说法，"勇敢和坚韧适用于劳作之时，而哲学的智慧则适用于闲暇时期"（《政治学》1334a15）。闲暇是与劳作相对的生活状态。所谓没有闲暇恰恰说明，"我"处于劳作的状态——需要更深地领悟诗人与城邦之间的关联。懂得其中关联，可以为师的，便是古希腊著名的先知安菲阿拉俄斯。

凯歌由此而转入核心的神话部分。两个诗节的过渡浑然天成，以一个从句，直接转入下一个诗节。这种承接一方面表示两段内容的连续，更体现出城邦与诗人之间尤为密切的关联。阿里斯托墨涅斯的胜利证实了安菲阿拉俄斯的"谜言说辞"，尤为重要的

---

① 根据 Burnett 的看法，这些埃吉纳凯歌的合唱歌队都是由年青贵族组成（页 8 以下），所以这种对诗人的教育就有两个层面，一是对"诗人"的教育，一是对贵族青年的教育。

是,品达在这个部分首先描述安菲阿拉俄斯那段说辞的背景,随后,才在下一个诗节铺陈出说辞的内容。这让整个第一转题部分都具有了某种政治背景的意蕴,这在细心的听众听来或许并不难以想见。

第四章　诗人的教育

　　根据凯歌的写作惯例，品达在每首诗中都会颂扬胜利者所在的城邦，或以城邦祖先的传说或神话为起兴，或在凯歌中途引入神话，深化凯歌的情感和政治意蕴。这首先是因为神话在希腊传统中的地位：

　　　　神话作为一种强大的力量统治着希腊人的生活，像一幅动人的画卷环绕在他们左右，仿佛伸手可得。它照亮了希腊人的整个现实生活，无处不在。（布克哈特，2008，页 69）

　　关于城邦祖先的神话，在城邦民的"整个现实生活"中也是"无处不在"，影响着他们的生活态度和方式，是整座城邦精神维系的根基。在凯歌的形式层面而言，在对神的吁求和对现实场景（时刻、城邦或者个人）的赞颂之后，凯歌引入的神话或者英雄故事，架设了神和人之间切实的桥梁。进而言之，对于品达颂扬的胜利者而言，神话能够进一步加强胜利者和祖先之间的关联——尤其是血缘的关联："血缘造就了他们高贵的秉性，父辈在儿孙中光芒闪耀。"（行 44）对于传统的希腊贵族来说，能够延续父辈或祖先的声

名,便是最大的荣耀;其次,对于城邦中观众而言,他们同样是这些
先祖的后代,英雄的盛名他们也与有荣焉,所以,再现的神话场景,
会让城邦民获得一种深刻的存在感(套用海德格尔的术语,就是在
世界之为世界的存在中的共同存在),这就是布克哈特所言,个人
和城邦之间交融感的形成(2009 年,页 14)。

　　我们不妨以几首品达为埃吉纳人所作的凯歌为例:第六首伊
斯特米凯歌是献给菲拉基达斯(Phylakidas),诗中讲述了埃阿斯
成长的故事;第四首涅嵋凯歌中有忒拉蒙的故事;第三首涅嵋凯歌
则是珀琉斯和阿喀琉斯神话——Burnett 甚至将这首诗命名为
"阿喀琉斯的教育"(前揭,页 136–153);第八首奥林匹亚凯歌虽
然讲述了特洛伊的建城故事,但重要人物是埃吉纳岛的祖先埃阿
科斯。我们并不需要一一列举。事实上除了第八首皮托凯歌,其
他为埃吉纳人所作凯歌,均与本地神话息息相关。[①] 第八首皮托
凯歌的特殊之处就在于,在品达献给埃吉纳胜利者的所有十一首
凯歌中,其余均以埃吉纳岛的传说作为凯歌中的神话,唯有这首凯
歌以阿尔戈斯和忒拜的故事替换。

　　有的学者认为,这或许暗示了埃吉纳城邦独立的丧失(比如
Burton,页 182),或者说,以一种沉默的方式暗示埃吉纳岛悲哀的
政治现实:"我们不难理解,品达为什么不提埃吉纳海军的荣耀和
埃阿科斯神话的荣耀。"(Farnell,页 192)或者,从凯歌的现场表演
来说,这暗示了这首凯歌的表演现场不是埃吉纳岛屿本土(Wil-
amowitz,页 441),因为此时此刻,埃吉纳岛为雅典所役使已经不
止十年。或者,这是由于品达喜爱阿尔戈斯,毕竟,他曾大力颂扬
阿尔戈斯的贵族世界的秩序和美好:"我的一生太短,难以尽述一
切属于阿尔戈斯神界的美好事物。"(第十首涅嵋凯歌,行 19–20)
但是,品达对埃吉纳岂不更青睐有加?

————————

[①]　参看 Nisetich 为各首凯歌和神话所列的对应表,前揭,页 330–332。

其实,这个问题倒不妨换一个问法,不问品达为何没有讲述埃吉纳的神话,而是问:品达想借这个神话表达什么?前文说过,凯歌这个部分的转换,原因在于诗人的教育,或者说,让凯歌的表演歌队接受安菲阿拉俄斯言辞的教海——随着分析的深入,其中意蕴将渐渐清晰。我们首先需要了解这个神话的大致谱系和传说的相关情节。①

在《奥德赛》第十五卷第 243-255 行,荷马大致勾勒了安菲阿拉俄斯的家族谱系。安菲阿拉俄斯是预言者墨兰波斯(Melampus)的后裔,这位先祖在阿尔戈斯定居为王。他生子安提法特斯(Antiphates)和曼提奥斯(Mantius),安提法特斯有子奥伊克勒斯(Oecles);奥伊克勒斯育有安菲阿拉俄斯,安菲阿拉俄斯有两个儿子,阿尔克迈翁和安菲洛克斯(Amphilochus),安菲阿拉俄斯则以预言闻名。品达在这首凯歌中提到了他们的城邦阿尔戈斯,还有其中三代祖孙的姓名:奥伊克勒斯、安菲阿拉俄斯和阿尔克迈翁。

凯歌讲述的神话属于阿尔戈斯英雄两次攻打忒拜的传说。安菲阿拉俄斯是第一次攻打忒拜的七雄之一,当时的阿尔戈斯三王之一。三王还包括凯歌后面诗行中提到的阿德拉斯托斯(Adrastos),同时,他还是厄丽菲勒(Eriphyle)的哥哥。三王中的最后一位则是伊菲斯(Iphis)。阿德拉斯托斯是组织攻打的忒拜的领导者,也是第一次远征忒拜的唯一幸存者。根据埃斯库罗斯《七雄攻忒拜》(约创作于公元前 467 年)的描述,安菲阿拉俄斯知道自己一旦参加攻打忒拜,就会阵亡,可是,他的妻子厄丽菲勒由于接受了忒拜人珀吕涅克斯(Polyniekes)的贿赂——哈摩尼亚(Harmonia)

---

① 可参考《神话辞典》相关词条,M.H.鲍特文尼克,? M.A.科甘等编,黄鸿森、温乃铮译,北京:商务印书馆,1985 年;比较简洁扼要的读本,可参《希腊神话》,库恩编著,朱志顺译,上海:上海译文出版社,2006 年,页 372-385。另参埃斯库洛斯以此为主题的肃剧《七雄攻忒拜》。

的项链,劝说他参加这场战斗。安菲阿拉俄斯在出征前,叮嘱自己
的儿子阿尔克迈翁,待自己死后,要杀死母亲厄丽菲勒,为自己复
仇。第一次七雄攻忒拜最后以失败而告终,安菲阿拉俄斯在逃避
追杀时为大地吞没,因众神之力而得永生,传播神示。十年之后,
阿德拉斯托斯劝说阿尔戈斯人发动了第二次攻打忒拜的远征,以
雪前耻。根据德尔菲神谕,只要阿尔克迈翁参战,就能打败忒拜
人。阿尔克迈翁由此与弟弟安菲洛库斯共同参战。这一次,英雄
之子们获得了胜利,但与第一次截然相反的是,唯有阿德拉斯托斯
之子埃格阿勒乌斯(Aegealeus)殒命沙场。返回阿尔戈斯之后,阿
尔克迈翁遂遵父命弑母,由此遭复仇女神的追逐,虽然逃到一个新
生的岛屿上与河神阿刻罗俄斯的女儿结婚,但最终离岛时身亡。
阿德拉斯托斯则因无力承受丧子之痛去世。品达讲述的传说,就
是在第二次远征战斗之际,安菲阿拉俄斯的所见所言。[①]

一、作为预言的安菲阿拉俄斯谜言

　　根据荷马的描述,安菲阿拉俄斯是宙斯和阿波罗所喜之人,是
凡人中最好的预言者。在这首凯歌里,品达称他的这段说辞为“奥
伊克勒斯之子的谜言($a\iota\nu i\sigma\sigma o\mu a\iota$)说辞($\lambda\acute{o}\gamma o\nu$)”。在传统诗歌里,
“说辞”这个词语一般用来描述年老的智慧者之言,也就是说,在这
首凯歌里,发言的是一位智慧之人(Boeke,页 24);所谓谜言,通常
指带有预兆性质的难解诗句,比如希罗多德《原史》卷五第 56 节的
用法:“在泛雅典娜祭的前夜,他梦见一个身材修长、姿容美好的男
子站在他的面前,向他说出了这些谜一样的诗句”(另参《伊利亚
特》卷 13,行 374)。就品达这里的用法而言,它不仅是一种传说中

----

① 后世的泡塞尼阿斯和阿波多罗多斯都记载了安菲阿拉俄斯的预言,或许,这种说法
　来自于品达,参 Pausanias, ix. 9. § 2, Apollodorus, iii. 7. § 2。

的谜言,而且,对于品达的观众而言,当时也是一种"谜言"(Wout,页9以下),也就是说,这并不是一段可以轻易理解的言辞。谜言(αἰνίξατο)是不定过去时中动态,这种用法极为罕见(参 Pfeijffer,页528),在希腊语的语法中,中动态本身具有一种自身显现的意味,即,此处的谜言既是一种掩藏,但同时还有一种揭示自身的意味。这一时态恰恰对应这一部分结尾的词语"展示"(ἐφάψατο)——"他与我相会,展示他生就的预言技艺",ἐφάψατο同样是不定过去时中动态,那么,这里的"谜言"和后文的"展示"便形成一种结构和内容上的前后呼应。不过,奇怪之处在于,表面上看,安菲阿拉俄斯说出的话语几乎没有什么难解之处(Gildersleeve,页330),不过是说出了第二次忒拜远征的胜利前景,何谜之有呢? 我们暂且先看看安菲阿拉俄斯说话的背景:

> ……当他目睹(ἰδών)
> 七雄的儿子们,在七座城门的忒拜的战役(αἰχμᾷ)中
> 持守疆场,
> 　其时(ὁπότ),来自阿尔戈斯的(Ἄργεος)后辈勇士
> 　正踏上第二次征途。
> 　当他们战斗(μαρναμένων)的时候,他这样说道(εἶπε):
> (行 39—43)

"谜言"和"说道"均是过去时,不过前者是不定过去时,而后者是简单的过去时。在句法上,谜言直接对应阿里斯托墨涅斯当下的胜利,带有一种当时的具体情状意味。εἶπε[说道](这是柏拉图对话中最常见的词语之一)则仅表明,这是安菲阿拉俄斯过去说出的预言,只表明这是过去的言说。这就将下文的预言内容区分成两个不同层次的背景:一是针对阿里斯托墨涅斯的胜利,显明安菲阿拉俄斯的谜言之谜主要针对当下的现实场景;一是就安菲阿拉

俄斯预言的具体场景而言。

品达以一个分词"目睹"（ἰδών）和一个状语从句"其时"（ὁπότ）构造了第一个背景，以一个分词"战斗"（μαρναμένων）构造了第二个背景。第一个背景强调了预言者的"看见"，也就是即刻的在场特征。他看见的是："七雄的儿子们，在七座城门的忐拜的战役中持守疆场。"第二个背景中的"战斗"则将"战役"推进一步，或者更加具象，从一个宏观的战争转向局部的战斗场景。问题的关键就在于"目睹"。这个词语表明了当时在场的情境，而在安菲阿拉俄斯的预言里，他再度表示"看见"，并明确使用了"现在"一词，这就是说，他的预言实际上有两个部分的内容，一是对当下情境的描述，一是对未来的预言。这种混合，便是预言背景的要害所在。就第35—41行整个脉络来讲，凯歌强调儿子与父辈之间的关系，所以，前三行讲父辈，后三行讲子辈，中间则是一行血统为核心的诗句。凯歌没有直接称呼安菲阿拉俄斯之名，而称其为"奥伊克勒斯之子"，那么，看起来，安菲阿拉俄斯以自己的预言令父辈荣耀，这正对应阿里斯托墨涅斯的胜利。进一步说，安菲阿拉俄斯一方面作为儿子而当下在场，但同时又具有对未来的预知能力。谜言之所以成谜，其中一个层面就是这种当下与未来的混合，进一步说，倘若要切实理解安菲阿拉俄斯的预言，就必须对当下进行"观看"。学者们在对这个谜言进行分析的时候，过于强调其关涉未来的部分，没有注意到"观看"与"现在"的明确出现，所以，对安菲阿拉俄斯言说的具体时间都难以断定，比如，Wout 认为，"他们战斗"这一独立二格，是指第一次远征队伍的战斗，[1]因为安菲阿拉俄斯预言必然指向未来，所以，只有是在第一次远征中的话语，才可以称之为预言（页 9）。这明显弃置文脉于不顾。

---

[1] Van't Wout, P. E.，《安菲阿拉俄斯作为阿尔克曼》(Amphiaraos as Alkman: Compositional Strategy and Mythological Innovation in Pindar's Pythian 8. 39—60)，载 *Mnemosyne* 59 (2006)，页 1—18。

综合来讲,安菲阿拉俄斯说辞的基本场景在于:他正目睹阿尔戈斯后辈勇士们的战斗。他在尘世中的生命已经结束,所以,他没有参加战斗,但他作为死后的预言者或者某种神灵(行76),仍与阿尔戈斯的战士们同在。“目睹”意味着,安菲阿拉俄斯既以“目睹”这种行为而在场,同时又游离其外。而他的说辞所指向的,并不仅仅是这次战役——第二次忒拜远征——的胜利,由此出发,我们才能理解何谓谜言。

在安菲阿拉俄斯话语两端,品达使用了两个不同的词语:他这样“说道”(εἶπε);安菲阿拉俄斯如是说(ἐφϑέγξατ᾽,行56)。① 前者经常用于对话,是非常常见的词语,当然也可以用于表示预言,而后者则多用于表示预言说辞,更用于表示神谕(Stoneman,页54—55)。这明显有一种进程的意味,即通过安菲阿拉俄斯的这段说辞的具体内容,这段话从一种普通的话语变成一种神谕。这意味着,歌队通过这一节凯歌的演唱,将安菲阿拉俄斯的预言转变为“真正的”预言,或者说,通过这一段说辞,诗人(或者歌队)懂得了预言。谜言对于诗人来说,成为一种可以理解的预言——换言之,城邦中的诗人或者歌队领会了这层教育。

安菲阿拉俄斯说辞的第一句话便是一种典型的贤良政制的教化之辞,而格言这种形式又显示出说话者首先以智慧的身份开口:“凭着天性,高贵注定自父辈传承,在子孙的身上熠熠生辉。”“高贵”(γενναῖον)是形容词做名词的用法(Pfeijffer,页532),这里首先需要注意的是高贵的词源,其基本含义来自名词家族(γένος),在《伊利亚特》卷五第253行写道,“我的血统不容我在作战时逃跑”,“血统”便是这里的“高贵”。血统通常指的是高贵的血统,就是从

---

① 另参第六首奥林匹亚凯歌第14行,“阿德拉斯托斯呼喊奥伊克勒斯之子,先知安菲阿拉俄斯”,那里强调了安菲阿拉俄斯的先知身份,同时呼喊一词即此处的“说”(φϑέγξατ)。品达另一处使用这个词语的地方,则是“我说道”,直接强调了诗人的身份。

"家族"衍生为这个家族所具有的高贵。当品达说"高贵注定自父辈传承",这时他的意思有两层:其一,高贵这种家族的品性来自于家族本身,这是非常典型的贵族观;其二,品达更深的意味在于,这种高贵是这个家族精神的最高体现,某种意义上,这甚至是衡量一个家族的最高标准。所以,高贵必须承自父辈,换言之,子孙有必须终身辛劳,以显示这种祖先身上最为高贵的品性。这样一来,与格名词"凭着天性"(φυᾷ)则直接触发了后来的经典命题:美德是否可教。① 不过,这里暂时仅就文本本身讨论。品达的天性一词首先自然意指家族和血统的传承,但是,更为重要的是,"天性"指人的天生性情,这是诸神给人类的直接礼物,这才是美德和高贵的根本来源,②这就是说,品达在这里做了一种区分:家族的传承和个人天性上与神的接近。前者是贵族教育中很明显的说辞,而后者才是更为隐秘也更深刻的意蕴:高贵发端于个人的天性。品达借此一词,同时指向贵族世家和追求卓越的个人。但是,品达又在不经意(或是故意)之间,流露出他对古老和开端更为仰慕的传统姿态:高贵在子孙身上"熠熠生辉"(ἐπιπρέπει)。熠熠生辉(ἐπιπρέπει)与第 28 行"令她的人民灼灼生华"中的"灼灼生华"(ἐμπρέπει),词根相同,时态用法相同,只是前缀有别。这就暗中对应了凯歌前一个部分从过去城邦到当下民众之间的下降;祖先的高贵,为后来者设置了几难企及的高度,但也正是后人光辉的源头。

---

① 也许,我们可以把蔑视"教授美德"(διδακταὶ ἀρετή)的品达看作是"美德不可教"(οὐ διδακτὸν ἀρετή)这一伟大观念的先行者——这个悖论式的信条通过柏拉图表达出来:"美德不能加诸于他,而必须是从他身上引导出来。"(Jebb,节 9)Treantafelles 认为,美德是否可教这个问题本身并不是一个渴求答案的问题,毋宁说,它是一个悖论:"考察美德可教的悖论性质,不是为了解决这一悖论,而是要恢复这个问题在其思想中应有的显著地位。"见《美德可教吗:政治哲学的悖论》,载《经典与解释 9:美德可教吗》,刘小枫 陈少明主编,北京:华夏出版社,2005 年,页2。
② 同上,并参第七首涅蛹凯歌,行 40。

继承父辈的血统和卓越,这在古典的贤良政制思考中屡见不鲜。比如,普鲁塔克的《阿拉图斯传》(*Aratus*),这篇传记题献给一位叫做珀吕克拉底(Polycrates)的年轻人,在文章开头,普鲁塔克援引了品达这里的格言,其意图当然是向这位后生宣扬其先祖阿拉图斯的伟业:"我认为最幸福的事情莫过于追忆祖先的德业。"而其中明证之一,便是阿拉图斯曾获得奥林匹亚竞技的胜利。①

格言奠定了安菲阿拉俄斯这段说辞的根基,也就是说,在"我"(安菲阿拉俄斯)观看之前,便已经具有了一种政治智慧,或者说,"我"首先是一个具有政治智慧的先知,我们今天可以将其具体内容称之为贤良政制下的政治智慧。由于这个缘故,他看见了一位显示出父辈卓越的后代英雄:阿尔克迈翁。"看见"(ϑαέομαι)是第一人称现在时,这个时态表明,说话的安菲阿拉俄斯此时正在场。这个在场的状态就是独立二格分词"当他们战斗的时候"(μαρναμένων,行 43),分词的修饰对象无疑是前一句的"阿尔戈斯的后辈勇士",即参加远征的英雄之子。但是,"看见"一方面说明安菲阿拉俄斯看着他们的战斗,而另一方面,则恰恰说明他外在于战斗本身。ϑαέομαι[看见]一词原型的ϑαόμαι[观看,凝视],后世的剧场(ϑέατρον)便由此发端,可是,看戏的观众并不在舞台之中——后来亚里士多德的所谓沉思的智慧,也是由"看见"衍生而出,这就是说,在政治共同体的政治行为中,诗人本身出脱于现实的政治行为之外。诗人既是政治生活的共同参与者,但是,在对政治生活的洞察和指引上,诗人必须要具有超脱的视野——当然,在古典时代,这种超脱在表面上通常以回溯的方式呈现。或许,正是由于诗人能够不受政治现实的拘囿,才能够"看见"现实和未来的情形。安菲阿拉俄斯看见了他的儿子阿尔克迈翁,"手持烁烁盾牌,上饰

① 这在泡塞尼阿斯的《希腊概述》(6.12.5)中也有记载,参《希腊罗马英豪列传》,席代岳译,台北联经版,2009 年,页 1805–1807;参 Fenno,页 205–207。

斑斓的(ποιχίλον)长蛇,率身军前,[直向]卡德摩斯的大门"。

盾牌闪耀着光芒,盾牌上的长蛇,同样光芒闪耀,这对应了格言中的"熠熠生辉"。表面上看,是日光使盾牌光芒四现,但是,在品达看来,无疑是内在的美德才使这份光芒闪耀,因为阿尔克迈翁率身军前(πρῶτον)。这个单词又是一个最高级,是πρό[前面]一词的最高级形式;凯歌中前一个最高级是阿里斯托墨涅斯展现的"最新的"高贵,此处,则正是一种衔接,"最前"也正显示出阿尔克迈翁"最新"的高贵,显示出自己父辈的高贵和勇敢。对阿尔克迈翁的形容集中在两个方面,一是手中的武器,一是他在战场上的位置。武器和位置同时透显出某种杰出。盾牌上的图饰是蛇。这可能是一种预言的象征,表明阿尔克迈翁继承了其父的预言能力;也可能是死亡的象征,暗示了安菲阿拉俄斯已死(Pfeijffer,页533);但是,最重要的是修饰盾牌的词语:斑斓的(ποιχίλον)。比如第九首皮托凯歌,第76—78行:

> 伟大的功绩,总是值得言辞纷纷的叙说,
>
> 可是,智慧的人想听到的是,
>
> 在那些斑斓的(ποιχίλλειν)主题里,如何详述其中
>
> 一二。

在品达的诗艺中,这个词语非常重要,它"使每首诗产生这样的后果:令颂扬的可能性变得不可能,或使颂扬的不可能性变得可能",借助这种技艺,"诗人同时编织颂扬的光芒和损抑颂扬的黑暗"(Hamilton,2005,页78—79),一言以蔽之,这是一种晦涩的诗歌技艺。光总是对应着阴影。蛇的纹路和线条更是曲折蜿蜒,这恰恰对应了安菲阿拉俄斯的"谜言"。安菲阿拉俄斯看见自己的儿子站在忒拜城门之前,但是,这位预言者却没有预言自己儿子的未来。阿尔克迈翁弑母之后,遭到复仇女神的追逐,最终身亡。在希

腊神话里,复仇女神的形象是头间布满毒蛇,而且手执蝮蛇扭成的鞭子。安菲阿拉俄斯唯独看见盾牌上的蛇,这难免会让人想起复仇女神对他儿子的追赶。那么,他看见的,或许还有残酷的未来。但是,安菲阿拉俄斯对此隐微其辞。

同时,在说辞中,还有一个明确提示时间的副词:"现在"。这是描述阿德拉斯托斯状况的副词,在这个时刻,他收到一只"更好的鸟儿"带来的信兆。从这个时态来看,阿德拉斯托斯收到信兆的同时,安菲阿拉俄斯正在看着阿尔克迈翁,或者说,安菲阿拉俄斯在看见阿尔克迈翁的同时,也看见了阿德拉斯托斯——无论如何,观看与收到信兆是同时的行为。但在此之前,安菲阿拉俄斯首先陈述了阿德拉斯托斯先前的苦难:"那位英雄阿德拉斯托斯,在前一场溃败(καμὼν)遭历困厄(πάϑα)。"

"遭历困厄"(πάϑα),即人所经历的苦难,希罗多德在《原史》里用这个词形容"人所经历的一切不幸"(卷五,4)。表面上看,这便是第一次远征的失利。阿德拉斯托斯是第一次忒拜远征的领袖,他极力劝说安菲阿拉俄斯参加远征,但是,他率领的英雄们全部命丧他乡,无一幸免。那么,当安菲阿拉俄斯用"英雄"来称呼阿德拉斯托斯时,语调中未尝没有苦涩。[①] 但更为重要的是,阿德拉斯托斯经历了属人的在世痛苦。其一,是战事的失利,作为战士,失败是荣誉的丧失,所以,阿德拉斯托斯要竭力发动第二次远征,夺回失去的荣誉;其二,阿德拉斯托斯是阿尔戈斯王,作为王者,眼见城邦中伟大的英雄们一一死去,或许没有比这更为痛苦的际遇了。一般来说,在品达笔下,πάϑη是一个用语强烈的词,表示人由于未来无望而必须承受的某种苦难(参 Pfeijffer,页 536;参第六首奥林匹亚凯歌,行 37—38;对比《奥德赛》中奥德修斯的种种苦难),换

---

① "英雄"在品达笔下所具有的宗教意味,参 Bruno Carrie,《品达和英雄崇拜》(*Pindar and Cult of Heros*),Oxford:Oxford University Press,2005 年,页 60—70。

成赫西俄德的话,就是"生来便是痛苦的凡人"(《劳作与时日》,行418)。在亚里士多德《论诗术》里,同根词受苦($\pi\acute{\alpha}\vartheta o\varsigma$)则成为肃剧情节的第三个部分,也是最后一个部分(1452b10),根本而言,肃剧的根本底色就在于人生必须承受的际遇,而苦难直接关涉到人类生活本身:

> 如果肃剧神话是借助受苦的肃剧英雄的图像来演示现象世界,那么,它美化的是什么呢?绝不会是现象世界的"现实",因为神话对我们说的恰恰是:"瞧这里!好好瞧这里!这就是你们的生活!这就是你们生存之钟上的时针!"(《肃剧的诞生》,24节)

所以,"遭历困厄"既是对第一次远征的描述,也是对人类生活状态的某种描述。从时间上讲,"前一次"($\pi\varrho o\tau\acute{\epsilon}\varrho\alpha$)这个限定则在这段预言中引入了过去的视角。这是安菲阿拉俄斯首次引入过去,其位置恰在阿尔克迈翁的"现在"和阿德拉斯托斯的"现在"之间,这说明过去与现在之间密切相关。阿德拉斯托斯所亲历的"现在"是:"他却逢遇佳鸟的信兆"。"佳"($\dot{\alpha}\varrho\epsilon\acute{\iota}\nu o\nu o\varsigma$)是"好"的比较级,所谓更好,显然是与第一次远征相比,在阿尔克迈翁征杀疆场的时候,阿德拉斯托斯看到了更好的鸟儿带来的信兆,这或许表明第二次远征的胜利。鸟卜师带来讯息,这是希腊人的占卜习惯。但是,"逢遇"一词,却经常表示遭遇不好的东西。① 那么,虽是佳鸟,带来的却未必吉兆。因为,对阿德拉斯托斯来说,第二次远征的胜利固然可喜,可是,惟有他拣拾亡子遗骸。那么,这样的征兆,是吉是凶?对于城邦来说,对于第一代远征的英雄来说,夙愿得偿,固然

---

① 参《原史》卷一,190;埃斯库罗斯,《祈援人》,行169;柏拉图《法义》935c。参Pfeijffer,页537。

可喜；可是，年老的国王却失去了儿子，老而丧子，是人生巨痛；所以，品达借助"逢遇"和"佳鸟的信兆"这一相互冲突的词组表达这两重的意蕴。

学界一般把安菲阿拉俄斯整段说辞都当成预言。但是，12 行（行44－55）中对未来的预见只有 4 行半，而且，在这段说辞的开始，品达只用了平常的一句："他这样说道($\varepsilon\tilde{\iota}\pi\varepsilon$)。"预言固然是这段说辞的一部分，但安菲阿拉俄斯所言并非全是预言，所以，品达才以"谜言"名之。就此处几行预言而论，安菲阿拉俄斯以两个将来时动词预言了未来。一个是统括性的动词：将行为($\pi\acute{\alpha}\xi\varepsilon\iota$)迥异；一个是特定的动词：将返归($\dot{\alpha}\varphi\acute{\iota}\xi\varepsilon\tau\alpha\iota$)[故土]。"行为"是非常概括的动词，是对人做某事的通称，所谓不同，自然和"更好的鸟儿"带来的消息一样，是指与第一次远征的不同。同时，它还有一个限定的地点状语："在他自己家中($\check{o}\iota\varkappa o \vartheta\varepsilon\nu$)"。这个副词表明了预言指向的是阿尔戈斯城邦，而不是战场和战争。随后，一个"因为"($\gamma\acute{\alpha}\varrho$)，解释了行为的不同究竟何在：

> 因为在达那奥斯人($\Delta\alpha\nu\alpha\tilde{\omega}\nu$)的军阵之中，惟有他
> 拣拾($\lambda\acute{\varepsilon}\xi\alpha\iota\varsigma$)亡子遗骸之后，凭借神佑($\tau\acute{\upsilon}\chi\alpha$)，
> 将与未受脸伤的民人($\lambda\alpha\tilde{\omega}$)返归($\dot{\alpha}\varphi\acute{\iota}\xi\varepsilon\tau\alpha\iota$)[故土]，
> 来到阿巴斯($\check{A}\beta\alpha\nu\tau o\varsigma$)宽敞的($\varepsilon\dot{\upsilon}\varrho\acute{\upsilon}\chi o\varrho o\varsigma$)街道。

在荷马史诗《伊利亚特》里，达那奥斯人是阿开奥斯人（Achaeans）和阿尔戈斯人的合称，也是希腊人的统称。但品达这里只取其字面意义，因为阿尔戈斯人是王者达那奥斯（Danaus）的后代，遂被称做达那奥斯人。从句法核心上讲，预言的根本内容在于，阿德拉斯托斯将要返归阿尔戈斯，其余部分在语法上都属于从属位置，也就是说，属于对"返归"这一具体行为的修饰。这里和讲辞开端的一致之处便在于，安菲阿拉俄斯的话语又从具有普遍特

征的语言下降到具体的语言,这又在整体结构上应对了凯歌从神
义论开始的下降,也就是说,凯歌作为一个整体,具有与这段讲辞
类似的结构。这说明,品达引入这段神话,显然不是为了自我教
育,作为凯歌的写作者,他写下的凯歌和安菲阿拉俄斯的言辞具有
某种类似的神性。那么,这一部分所谓"教育",便是针对凯歌现场
的歌队,前文已经说过,埃吉纳凯歌的表演歌队和获胜者一样,同
样是年轻的贵族(Burnett 页 8),那么,所谓教育诗人,便是对合唱
队中这些年轻人的教育。凯歌必须引导他们理解诗歌,才能让他
们进而理解诗人在城邦中的位置,才能真正懂得诗人为城邦带来
的预言或者教海。

　　具体来说,在返归故土之前,阿德拉斯托斯先要收起亡子的遗
骸,与亡子对应的是,他的民人($\lambda\alpha\tilde{\omega}$)未受殡伤,毫发未损。阿德
拉斯托斯和他率领下的部众安然返乡,回到阿巴斯"宽敞的"
($\varepsilon\dot{v}\varrho\dot{v}\chi o\varrho o\varsigma$)街道。"宽敞"一方面意味着载歌载舞的宽敞街道,这是
竞技胜利后表演的行经路线(对比行 86—88,参 Pfeijffer,页 539);
但是,另一方面,它还意味着"宽敞的战场",比如希罗多德《原史》
第八卷第 60 节第 2 部分,在"宽阔的海面上作战",[①]希罗多德这
一部分描述正关联到埃吉纳的关键一节。很显然,对于凯歌的埃
吉纳观众而言,"宽敞"会让他们想到与大海的关联。但是,就文本
本身来讲,更关键的含义在于,宽敞修饰的是"阿巴斯的街道"。街
道是民众日常生活的场景,这表明安菲阿拉俄斯的预言真正指向
的是,从战争状况回到城邦内部政治生活。

　　品达曾在残篇第一首酒神颂第 7—9 行中提到阿巴斯,同时还
说"伟大的阿尔戈斯的城邦"。"城邦"一词,在这首凯歌中多次出
现,那么阿德拉斯托斯迥异的行为就不仅仅意指战争的胜利,而是

---

① 　关于海面的战斗,参修昔底德《伯罗奔半岛战争志》2.83,色诺芬,《居鲁士的教育》
　　4.1.18。

他率领部众安全返乡,也就是说,他终于让城邦回归正常的政治秩序。安菲阿拉俄斯也是阿尔戈斯之王,他可以舍生而参加战争,但他心之所系,还是这座城邦,他当然知道,"良好的秩序"才是城邦之本。那么,他的预言就是指明了一条"宽敞的返回之路",似乎得以返回城邦过去的良好秩序。

但是,凯歌中提到的两代英雄,阿德拉斯托斯和阿尔克迈翁,在返回阿尔戈斯之后却全都命途多舛,前者因丧子之痛而亡,后者则受尽复仇女神的追逐。虽然取得了远征的胜利,阿尔戈斯的城邦生活底色依旧晦暗。但安菲阿拉俄斯对此依旧保持沉默,而仅仅将预言保持到这一个时间点:"来到阿巴斯宽敞的街道",即返回城邦的时刻。

二、作为谜言的安菲阿拉俄斯预言

安菲阿拉俄斯"如是说"(ἐφϑέγξατ')的内容,[1]以及未曾说出的内容,便在于此。前面说过,这个"说"经常用来意指预言之辞,安菲阿拉俄斯的谜言从普通的"说"转为预言之"说",这是一条上升之途。对于歌队来说,只有充分理解了这段说辞,他们才能确实唱出"安菲阿拉俄斯如是说"。前文已述,说辞的场景表明,安菲阿拉俄斯既在这段故事之中,又在这段故事之外,他让自己置身战争之外,同时为战争提供一种智慧和远见。这便是场景之谜。

在整段说辞中,过去、现在和未来三种时态并存,这完整体现了先知的全知视角。更重要的是,在这种全知视角下,先知应该如何讲述自己知道的未来?安菲阿拉俄斯颂扬阿尔克迈翁的英勇豪迈,却暗含了悲凉的未来,阿德拉斯托斯"更好的鸟儿"带来胜利吉

---

[1] "这段说辞并含对阿尔克迈翁战斗情境的目睹和阿德拉斯托斯远征胜利的预言",Burton,页182。

兆,却同样含有个人苦楚——最终,阿德拉斯托斯便是因无力抚平丧子之痛,郁郁身亡。表面上,安菲阿拉俄斯预言了第二次远征的胜利,但更进一步,他预言的方向是城邦政治生活的重新开始——"返回街道"只是意味着重新回到政治生活场景,他并没有预言城邦未来政治生活的灰暗底色。这样,我们就能看到双重区分,一层是表面的胜利和欢快言语,一层则暗含人生悲苦和政治艰辛。预言一方面说出某些未来,一方面又隐藏了某些更为沉重的未来。如何言说,也就是说,预言的言说方式本身,决定了安菲阿拉俄斯所言是一种谜言,这才是谜言之为谜言的根本所在。

但是,先知为何不和盘托出?将未来种种艰辛大白于天下又何尝不可?在《神谱》开篇,缪斯女神就教授赫西俄德,"我们能把种种谎言说得如同真实"(行 27)。① 缪斯和诗人难道偏爱谎言?这里的谎言并不是捏造不可见的虚妄,而是遮掩真实。为什么要遮掩真实?在《伊利亚特》第一卷,卡尔卡斯在说出预言之前,明确要求阿喀琉斯必须保证他的安全:"我可以解释,但请你注意,对我发誓,应允敢于用言语和强健的臂膀保护我……因此你要用心,保障我的安全。"(《伊利亚特》卷一,行 76 以下)卡尔卡斯害怕谁? 阿尔戈斯之王阿伽门农。先知或者诗人,并不具有实际的政治权力。先知所知的未来和真相,也未必顺遂掌权者的心意,所以,先知担忧政治自己会权力的伤害。但先知仍旧要传达神谕,所以,他就务必采取谜言的方式,甚至谎言。无论掌管统治权力的是一个人、少数人还是多数民众,这种情形都没有根本区别。

这只是事情的一端。对整座城邦而言,先知看见的未来并不一定是城邦中人愿意看到的未来。事实上,赫西俄德早就说过,人生辛劳而悲苦。这是有死凡人无法摆脱的未来。先知岂能看见不

① 《奥德赛》第十九卷第 203 行:"他说了许多谎话,说得如真事一般。"卢奇安在《真实的故事》开篇,即谈了真实和虚假的写作问题(1.3-4)。若与《红楼梦》中的真言假语强相比附,则是另一番味道。

同于此的未来？但是，对于普通的城邦民众而言，这样的预言太过苦涩。尼采说过，"对普通的人们、大多数人……宗教给的是一种无法估量的满足感——满足于自己的状况和（生活）方式，给的是形形色色的心灵平和，给的是服从时变得优秀，给的是与自己相同的人同甘共苦，给的是某种使人幸福、使人美好的东西，某种使得整个日常生活、整个低俗以及自己的整个灵魂近似动物性的贫乏得以称义的东西"（《善恶的彼岸》61 节，刘小枫译文）[1]。所以，安菲阿拉俄斯只说出自己看见儿子站立城门前的英姿，却没有预言他终身受逐的命运。他预见了阿德拉斯托斯率领民人返归故土的胜利，却未尝言及他凄凉的死亡，而只是用"宽敞"这样的词语虚设未来。从这个角度说，所谓谜言，不是因为不能，而是因为不忍，或不可。

这或可称之为谜言的政治处境之谜。

但是，仅从政治处境考虑"谜"的说话方式，与其说表明了诗人或先知们的聪明，不如说呈现了他们的懦弱和投机。谜言定然还有其作为教诲传达的根本缘由，即出自诗歌或者教育本性的理由。另一位可与品达齐名的贵族诗人忒奥格尼斯，恰好呈现并明言过这样的谜。据说，品达仰慕忒奥格尼斯，他在构思诗中格言之类最为璀璨的句子时，对忒奥格尼斯相当依赖。[2] 忒奥格尼斯的诗句如下：

> 脚夫掌管城邦，卑劣凌驾于高贵。
> 我真怕滔天大浪会将这航船一口吞没。

---

① 参柏拉图《王制》："谎言作为一种补救样式就对诸神无用，而作为一种治疗的方式对人类还是有用的。此类事务显然必须交由医生，而个人禁止染指。"（389b）以及414b—c，谎言和统治的关系。
② 参 John H. Finley, Jr., "Pindar's Beginnings"（《品达的开篇》），载 *The Poetic Tradition*（《诗歌传统》），Baltimore, 1968，页 7—10，及注 26。

　　诸种景况借助谜言(ainigmata)由我为贵族隐藏。

　　一个人会明瞭，即便遭[将来的]厄运，假如他有智慧。

(《忒奥格尼斯集》，行 679—682，张芳宁译文，略有改动)

　　政治生活的未来和过去一样，无不依从生活的本性。纳吉在分析这一部分时独具慧眼，敏感地捕捉到"谜言"这个关键词：

　　如诗句本身透露出的那样，城邦的平衡建立在一种隐晦而模糊的诗歌语言中，这种语言意图获得贵族或仅仅是高贵者的理解——将那些平民或卑劣者排除在外。……这同一种模糊和排外的特质是动词 ainissomai[打谜语]的词源名词中所固有的：这个词就是 ainos[故事、传说、谎言]，它表示一种诗人的言说方式，这种言说方式显然只有它属意的听众才能理解……这种 sophiē[技艺]适用于诗人，同样适用于听众——既涉及编码者也涉及解码的人，就像 ainos 一样。这项研究的目的之一在于显示：忒奥格尼斯在诗句中向贵族传达的模糊而排外的信息，同样有赖于言说 ainos 所必备的技艺……ainos[故事、传说、谎言]具有内在的措辞，如品达和巴克基里得斯的凯歌便如此运用，这种内在的措辞能够表明，保持诗人之为智慧者与听众之为智慧者之间真正的交流纽带，一种方法就是展开 philos[心爱的，朋友]及其衍生词。①

　　根据纳吉的解释，谜言的存在至少有三条根本理由：其一，这

─────────────
① 纳吉，《忒奥格尼斯与麦加拉：诗人眼中的母邦》，张芳宁译，载于《诗歌与城邦》，前揭。

是维持城邦平衡的要求。关于这一点,纳吉未曾明言。但联系到
古希腊的诗歌和生活处境,我们便不难理解。城邦的平衡建立在
政治生活的有序基础之上,也就是梭伦所谓的"良好礼法"。但是,
良好礼法的建立至少需要两重力量方能维系:一是对礼法本身的
敬重(而非对法律和法律条文的敬重),这种敬重莫大于敬神——
这是吕库古和梭伦各自立法前必须求取德尔菲神谕的根本缘由
(参柏拉图《法义》,899e 以下);二则良好礼法的传播并不是刻板
的教条,而是教育(《法义》,第十二卷):吕库古为斯巴达的立法,
"没有一条诉诸文字……他使得教育完全担负起立法的功能"(普
鲁塔克,《吕库古传》,13.1—3);而最能达到这种教育的,恰恰是
"谜言"一样的音乐和诗歌。

其二,为了维持这种平衡,谜言必须作为教诲传播的根本方式,
这就是说除了表面的教诲,最核心的内涵必须是受过训练的人才能
明白;纳吉以"编码"这种方式加以说明。所谓隐秘的教诲,在古代
世界里,似乎是一种常识。这甚至无关乎迫害,而是高深教诲(未必
定然是哲学)的必然要求,如中国古语所说,"道不传六耳",或如迈
蒙尼德曾引《塔木德》之言,"不宜在两个人面前教授创世论"。①

其三,这种谜言教诲所结成的"朋友"团体,或者说忒奥格尼斯
诗歌中真正的贵族,才是政治生活中保持政治品性的根本力量。
忒奥格尼斯说:

> 居尔诺斯呵! 让这封印由我封缄,当我运用诗艺
> 于这些诗行,如此它们[即诗行]便永远不会被偷偷
> 窃取,
> 也没有人能用低劣取代它们原有的纯正。
>
> (行 19—21,张芳宁译文)

---

① 张文江,《古典学术讲要》,上海:上海古籍出版社,2010 年,页 277。

在忒奥格尼斯看来,这种智慧或者技艺是可学的,受到训练的歌队和有心的听者应该具有拆开这个封印的能力,进而一窥其中究竟。纳吉很可能高看了"听众"的能力,很显然,如果忒奥格尼斯的诗歌很容易找到读者,他就不会反复强调对居尔诺斯的要求(行805—810;行1071—1074;行1171—1178)。[1] 只有形成这样的"朋友"或者读者,关于统治和生活的真正智慧能够在城邦中成为"真实的意见",共同体政治生活的品质才能得到保证。我们无法选择自己的生活处境,但是,更高的德性和智慧才是共同体的政治"理念",而不是真实的现实处境。这是古今政治哲学间的根本分歧所在,品达和忒奥格尼斯之间根本的类似也就在于对更高的德性和智慧的追求,而不是顺从于日益沦丧的现实。诗人的诗歌通过歌队表演,其根本目的就是挑选并教育这样的"潜在君子"。

品达历代均有隐晦之名,但隐晦并不是他的目的。埃吉纳城邦已然沦丧,但是,城邦的年轻人的未来似乎依旧可期,安菲阿拉俄斯的谜言在最浅白层面上鼓励这些年轻人继承父辈的勇敢,砥砺自己的品性。但这样的道路从来不是坦途,无论埃吉纳城邦此刻处于怎样的状况,卓越的追求所要承负的辛劳总是远甚于常人的生活。品达试图通过安菲阿拉俄斯的谜言,既让城邦歌队熏染古风中的美德,但又将人世的幽暗潜藏其中,如果能够有心,或者说有理解的"技艺",懂得了这份幽暗,才更有能力去践行自己的卓越追求。

如此,回到安菲阿拉俄斯的谜言,或有恍然大悟之感。这一节的最后才透出预言者的名字:"安菲阿拉俄斯如是说。"[2]起初,他

---

① 我们不妨对比一下忒奥格尼斯的读者尼采,他在其作品中反复强调对读者的要求,这可以称之为挑选读者或教育读者。比如《快乐的科学》第五卷,383条,黄明嘉译,上海:华东师范大学出版社,2007年,页395。

② 品达提到安菲阿拉俄斯的地方还有三处,但是,都强调了他如何在死亡之际,被宙斯打开的大地接纳(Hubbard,页198—201)。

以奥伊克勒斯之子的身份出现,而现在,当言辞说毕之后,才显露出自己的名字。这既符合从父辈而来的传统顺序,也在笔法上暗合"谜言"的结构。这样,品达借安菲阿拉俄斯的说辞,讲述了一段先知的教诲,但是,这段教诲的传播,还需要一次相会。正是通过这次相会,谜言所凝结成的"朋友"才最终形成,而关于政治智慧的传达也将更为清晰。

三、与阿尔克迈翁的相会

从整体框架来说,安菲阿拉俄斯的整段说辞证说(行38)了阿里斯托墨涅斯的胜利,现在时动词"证说"对应了这里也是现在时的动词:抛撒和洒落,"向阿尔克迈翁抛撒花冠,让歌谣(ὕμνῳ)向他洒落"。这就是说,经过这段安菲阿拉俄斯的教诲,"诗人"此刻正在向阿尔克迈翁致敬。阿尔克迈翁和"漫长的故事"(行30)一样,属于过去,但"诗人"此刻不止于颂扬阿里斯托墨涅斯的胜利,已经能够以"歌谣"(ὕμνῳ)向阿尔克迈翁致敬。绪言中分析过,在品达形容诗歌的词语中,ὕμνος出现最为频繁,它本身具有庄严的气象,尤其是一个μέν…δέ(行55–56)的结构,显示了其中的关联。这种结构通常表示一种对比,此处,μέν引导安菲阿拉俄斯之言,而δέ则引导"我"的行为。这种对比将"我"与安菲阿拉俄斯置于平行的位置,显露出"我"对他的接纳。所以,"我"此刻"欣悦满怀"。

这个"欣悦满怀"则进一步透露出从阿尔克迈翁向城邦的递进。"欣悦满怀"原文是χαίρων,与第22行的美惠女神(Χαρίτων)词形和含义类似。美惠女神与埃吉纳城邦之间的关联已如前述,她们显明了这座城邦过去礼法优良的政治秩序。但是当时,"我"却不能歌唱其中所有的故事,直到接受安菲阿拉俄斯的教诲。"欣悦满怀"表明,"我"此刻已经受到美惠女神的眷顾,因为懂得了"谜言",能够因懂得诗人与城邦的关联,从而得体地颂扬埃吉纳过去

的美好。更能体现这一层次递进的,是词语的选用。在凯歌第 20
行,品达用多里斯的"游行颂歌"(κώμῳ)形容围绕在阿里斯托墨涅
斯身边的歌声,显然,品达没有说,这是他写下的歌。据考证,"游
行颂歌"是狂欢一般的现场表演,所谓载歌载舞于宴席之间
(Heath,页 180)。但是,品达对凯歌的称呼,最常用的一个词语是
歌谣(ὕμνος)(Bowra,页 2−3),也就是说,只有在凯歌的节奏进行
到中途,在接受了安菲阿拉俄斯的教诲之后,凯歌中的"我"才能够
歌唱庄严的颂歌(ὕμνος)。

随后,凯歌进入了人称颇为费解的一段:

> 他是我的比邻,我财富的守护者(φύλαξ),
>
> 　当我朝着传唱中的(ἀοίδιμον)大地(γᾶς)中央走去,他
> 与我相会,
>
> 　展示他生就的(συγγόνοισι)预言技艺(τέχναις)。

作为"我"的邻居和守护者的"他",与"我"相会的"他",究竟是
阿尔克迈翁还是安菲阿拉俄斯,历来争论不断。不过,从希腊文句
法和语言的顺序来讲,学界主流意见还是以为是阿尔克迈翁
(Pfeijffer,页 540−545;Wout,页 11−12)。不妨先从反对意见入
手。目前最有影响的反对意见来自 Hubbard(页 193 以下)。他从
否定方面给出不是阿尔克迈翁的理由:希腊文献中除了泡塞尼阿
斯之外(8.24.7,事实上,泡塞尼阿斯距古典希腊已晚矣),没有任
何地方提到阿尔克迈翁神庙,尤为关键的是,从来没有任何文献提
到过,阿尔克迈翁具有预言的能力。相反,从荷马开始,安菲阿拉
俄斯便是众所周知的预言者。问题的核心在于:阿尔克迈翁能否
预言? 从最后一行看,他展示"他生就的预言技艺","生就的"
(συγγόνοισι)一词具有双重含义,一是天赋,一是因血脉而来的继承
(Pfeijffer,页 549)。品达在第九首皮托凯歌第 108 行,第十二首

奥林匹亚凯歌第 14 行同样用到这个词语,其意蕴均在于血脉的继承。那么,很显然,这里的预言技艺是一种继承,阿尔克迈翁继承其父的预言技艺,这一点恰恰强调了安菲阿拉俄斯身上的预言能力。安菲阿拉俄斯讲辞的第一句话便是:"高贵注定自父辈传承,在子孙的身上熠熠生辉。"阿尔克迈翁在战场上继承父辈的勇武,而在凯歌中,"我"则看见他继承了"预言"的技艺,这并无不妥。况且,品达会在凯歌中对传说进行相应的改造,这是常有之事。① 所以,最表面的句法、凯歌的内在文脉都证明了,常识看法其实不谬。

预言技艺,从实证的层面来说,一方面暗示了品达本人的先知身份,②但是更进一步讲,则是诗人作为先知的身份的确认,按照这里的说法,即"教育"。

我们仍需要注意一个时态上的细节。"我"向阿尔克迈翁"抛撒"花冠,"洒落"歌谣,这是现在时,而在此之前,则用不定过去时"相会"(ὑπάντασεν)叙述了与阿尔克迈翁的相遇。这就表明,从时间上看,"我"在以"歌谣"向阿尔克迈翁致敬之前,已经与他相见,进一步说,"我"之得到安菲阿拉俄斯的教诲,其实不是来自安菲阿拉俄斯本人,而是来自他的儿子。这就表明,对于"我"来说,尤为关键的,恰是这次相会。正是在这次相会中,阿尔克迈翁向"我"展示了安菲阿拉俄斯的教诲。与安菲阿拉俄斯讲辞一致的是,凯歌也讲述了这次相会的场景:当"我"朝着传唱中的大地中央走去。

"传唱中的"(ἀοίδιμον),也就是因诗歌而闻名的,词根来自ἀοιδή,歌曲谣辞;同样是品达用来描述自己凯歌的一个词语。在《伊利亚特》卷六第 357—358 行,海伦对赫克托尔说道:"是宙斯给

① 比较第九首皮托凯歌中的喀戎(Chiron),第六首伊斯特米凯歌中的赫拉克勒斯等等;参 Stoneman,页 54—55。
② Lucie Athanassaki,《品达凯歌中的先知预见和预言》(*Mantic Vision and Diction in Pindar's Victory Odes*),Dissertation, Brown University, 1990, Order Number 9101729,页 6,页 123。

我们带来这不幸的命运,日后我们将成为后人的歌题。"具体来说,后世对他们故事的传唱,便是《伊利亚特》。品达此处所用是同一个词语,这就意味着,这个大地中央,是因诗歌而不朽的地方,也就是说,"我"向大地中央走去,不仅是求取一个地理位置上的中心点,更是寻求永恒的诗歌,或者是诗人对神性的接近。一般来说,大地(γᾶς)中央指德尔菲,品达自己也时常如此使用。[1] 就凯歌的进程来说,这一部分正是"我"对诗艺进行寻求的阶段,也就是借助更古老的先知,对歌队进行教诲的阶段。正在这个求取的过程中,"我"遇见了阿尔克迈翁。[2]

根据 Burton 的看法,品达之遇见阿尔克迈翁,这种方式在古希腊人的著作中非常常见,其开端就是赫西俄德在赫利孔山遇见缪斯(《神谱》行 22–34),抒情诗人萨福亦然(残篇 1 行 5–9:"降临我吧,如同曾经/你听到远方我的呼喊,就凝神留意,/起身离开你父亲的金屋/翩然下界。"张芳宁译文);而比品达稍晚的希罗多德,在《原史》第六卷 105 中也描述了潘神的出现,所以,阿尔克迈翁的"显现"对这首凯歌的现场听众而言,便毫不足奇(页 182–183)。

阿尔克迈翁与"我"相会的目的,是展示他的预言技艺。前文说,中动态的展示正对应了谜言一词。这就进一步证实了一点,阿尔克迈翁继承了其父的预言技艺,并进而向"我"展示。作为中动态,就意味着将某种动作反作用于自身,让自己的这种"技艺"自己显露,并为"我"所知。甚至,阿尔克迈翁可以不具备预言的能力,而仅仅是向"我"传达其父的先知教诲。不过,此中关键在于阿尔克迈翁以"展示的预言技艺"引诱诗人,领悟真正的诗歌教诲,也就是前文分析的"谜言"的几个层次。但是,有个词语我们还没有分析:第 54 行的"民人"。

[1] 参 Pfeijffer,页 548。另参柏拉图《王制》427c,埃斯库罗斯《和善女神》,行 40;索福克勒斯《俄狄浦斯王》行 898。
[2] Wout 注意到这种旅程的性质,详参他的论文。

在荷马史诗里，λαός一词多指士兵（比如《伊利亚特》卷四，行76，90；卷13，行495），亦有指民人之意，但其主要特征是强调在一个领袖带领下的人民，或者军队，其要是，服从或跟从的军人，或者民人。介词"与"则明显突出了这种关联，阿德拉斯托斯与民人。所以，此处译为"民人"，便在于强调重返城邦之后，城邦政治生活的开始。对民人的限定是"未逢殒伤"（ἀβλαβεῖ），表面上看，是指在战争中没有受到损伤，但是考虑到政治生活的背景，无疑表明王者需要看护好自己的民人，以免受损害———一如中国古代所谓"爱民容众"。

《奥德赛》第十五卷第 243－255 行之间，"宙斯满心喜爱（κῆρ φίλει）"安菲阿拉俄斯（行 245），阿波罗也对他"眷爱备至"（παντοίην φιλότητ'）。值得注意的是，荷马对安菲阿拉俄斯的唯一的修饰是："善于激发民人斗志的"（λαοσσόος），王焕生先生译为"善鼓动的"，并无太大的不妥，不过，如果联系到品达这里的用意和这首凯歌的现实处境，那么，"善于激发民人斗志"才是更贴切的译法，"民人"二字毕竟还需译出。λαοσσόος是复合词，λαός 和σείω，就是"民人"和"驱使"或"鼓舞"。将这两处相连，就可以看出安菲阿拉俄斯对民人的基本看法：在他还活着的时候，他鼓舞民人；而在他死后，他则教诲道，要保护人民；此二者缺一不可。这便涉及到一个基本的政治哲学问题：如何统治。

但是，阿德拉斯托斯能够返回城邦故土，乃是"凭借诸神的眷顾"（τύχα，行 53），也就是说，王者的统治必须基于神的眷顾。所谓"眷顾"，便是人从神那里得到的"机运"，或者命运。在写作这首凯歌之前 20 年，品达曾写下第十二首奥林匹亚凯歌，开篇则将τύχη拟化为女神，向她祈祷：

> 我向您祈祷！呵，救度者提刻，雷霆投掷者宙斯之
> 女，希默拉（Himera）蒙您大能荫庇！您的伟力驾驭洋面

疾捷的舟船,陆上鼎沸的战事,还有那建明申论的集会。

（李诚予译文,行1—5）

战争和城邦的内部事务都取决于神对人的眷顾和给予,这便是τύχη。所以,对民人的统治首先基于神义的根基,同时,神义又令城邦的统治清明。而歌唱这一切,并宣扬神义的,则是先知和诗人,他们谜言似的宣说,前文已经详细分析。这样,在安菲阿拉俄斯的教诲里,诸神、王者、民人和先知/诗人就构成了一个稳定的政治秩序中的四极,而四者关联如何,则是阿尔克迈翁借助安菲阿拉俄斯的讲辞向"我"展示的内容。

所以,"我"将阿尔克迈翁称为"我的比邻,我财富的守护者"。所谓比邻,一个可能的解释是,在品达的家乡忒拜,他居住的地方距离阿尔克迈翁的圣坛很近（Burton,页182）,维拉莫威茨认为,这个圣坛应该还是在阿尔戈斯——品达此时恰好居住在阿尔戈斯（Wilamowitz,页441）。[①] 但是,在品达笔下,邻居通常都是一种比喻的手法（第一首奥林匹亚凯歌,行49）,这首凯歌很容易让听众产生现实的政治联想:忒拜和埃吉纳之间的关联——这对姐妹城邦（《原史》卷五,80.1）就是一对邻居。二者共有沦为雅典附庸的悲惨经历,但还有一点,阿尔戈斯人安菲阿拉俄斯生前是忒拜的敌人,但死后却成为忒拜尊崇的神明。希波战争期间,埃吉纳、雅典和其他希腊人一起,共同抗击波斯人,但忒拜却站在了波斯人一边。可是现在,当埃吉纳和忒拜需要面对共同的敌人雅典时,忒拜就从敌人成为朋友,正如安菲阿拉俄斯的转变（Hubbard,页202）。一个尤为清晰的现实政治事件是:公元前447年,忒拜人打败了雅典人获得了独立;那么,现在,当埃吉纳的青年贵族获得竞

———————

[①]　比较埃斯库罗斯《七雄攻忒拜》,行502;由于雅典娜女神在城外,所以称其为邻居;参 Dornseiff,页84。

技胜利的时候,或许正是埃吉纳人看见希望的时刻。

　　品达当然不止于影射现实。假如放到政治生活的一般场景里分析,至少还有两层含义:其一,在赫西俄德看来,"坏邻居能毁你,好邻居能帮你。有个好邻居就如有一件财宝"(《劳作与时日》,行346—347)。这样的邻人是构成城邦共同体的基本条件。其二,在赫西俄德那里,神与神之间也会互为邻里,比如和时序三女神(《劳作与时日》,行73—75),美惠女神和愿望之神(Ἵμερος)一起,都是缪斯的邻居(《神谱》,行66),那么,这里"我"与阿尔克迈翁比邻,无疑表明了诗人和神的亲近,并由此而强调诗人在共同体中所居的位置。随后的"守护者"一词同样说明诗人和神的亲近,在《劳作与时日》,神被称作"凡人的守护者"(行123),在第253行则几乎重复:"这些凡人的守护神。"[①]阿尔克迈翁作为死去的英雄,以神灵(daimon,行76)的方式向"我"显现,成为诗人的邻居和守护者,这本身就显明了诗人和神之间的关联:诗人受到神佑。由此,阿尔克迈翁对诗人或者歌队施行的教育,则将整个传统的政治秩序借诗人之口而流传于世。

　　安菲阿拉俄斯的预言止于城邦政治生活的新开端。这既是一种审慎,又是一种对未来的敞开。可以想象,"我"必须重新开始这个开端。这或许暗示着从战争(埃吉纳与雅典之间战争)回到城邦内部的政治生活。品达借助一个双重结构,使演唱的歌队自身领悟到歌唱本身的神圣,尤其是传统政治秩序的四极(神、王者、民人和先知/诗人)关联。[②]

　　品达还曾在一个残篇中让安菲阿拉俄斯发言(356[43]),不过,这一次,是向他的另一个儿子安菲洛库斯(Hamilton,2004,页298以下)给出建议:

---

① 对比一下希罗多德的用法:"孩子的守护者",强调教育的功能,参《原史》卷一,41。
② 自从所谓"上帝之死"以后,现代政治更是完全沦为平面:神性丧失,王者、民人与诗人均是共同体(或所谓社会)平等的一员。

> 哦,孩子,你的心智(νόον)当如(προσφέρειν)
>
> 海怪的外表,那素喜峭壁的海怪,
>
> [因为]城邦事务繁杂,
>
> 你如今甘愿赞扬,
>
> 在另一个时刻,就当细细思量。

这似乎是一条非常现实主义的政治建议:根据城邦事务的具体情形而采取不同的决断,就像海怪的外表依环境而变化。但是,说话者是一位先知,他向之提出建议的儿子,同样也是后世的先知,先知或者诗人凭借言辞而居于城邦之中,但其言辞总是出现在各种政治时刻(《伊利亚特》卷一,行 68 以下),那么,诗人的言说方式,诗人在城邦之中的位置,才是这段"细细思量"的根本。

我们再回到凯歌的核心神话。如前所述,在品达的埃吉纳凯歌中,本首不采用本邦神话的做法历来争论不休。分析至此,我们可以明白,这既有政治现实的关照或者影射,更是品达对于诗教中诗人位置的考虑,恰恰由于这是品达的最后一首凯歌,埃吉纳的沦陷使他在某种程度上超脱了具体城邦的限制,转而思索某个"一般城邦"中神话和诗人的政治位置及其意义。① 这正是下一个诗节的核心所在。

---

① 参 Fenno,页 350-352。他谈到此处神话结构和凯歌内在结构的对应。

第五章　诗人的政治位置

　　品达书写凯歌,随后歌队在城邦中加以传唱,这一传统的合唱诗方式和他的凯歌本身,便已彰显诗人在传统政治生活中的位置。不过,唯有进入凯歌的具体言辞,方能深究其中三昧。第八首皮托凯歌核心部分的传说故事,以两个现在时(行38,行57)在表演中与当下产生直接关联,令其中的教化伴随着每一次表演而传布。作为歌唱者的合唱歌队,则尤受其教。在第二转题这一部分,凯歌则更为清晰地以第一人称的"我"进行表演(尤其是与第二人称的"你"的对话)。这些歌唱着的"我",在凯歌中、在城邦的政治生活中,其位置究竟如何? 在弄清这个问题之前,我们首先留意一下学界目前的研究焦点:凯歌中的"我"所指为何,学者们一直为此争论不休。

　　晚近20余年,品达研究的核心问题是凯歌的表演:即,品达写下的诗行,在当时的历史情境下如何进行具体的表演。[①] 这本是

---

① 根据 Shirley Darcus Sullivan 的总结(《品达"虚构的我"的特征:向精神实体言说》[Aspects of the "Fictive I" in Pindar: Address to Psychic Entities],载 *EMERITA. Revista de Lingüística y Filología Clásica*[EM] LXX 1,2002,页83—102),到目前为止,主要研究文献有:M. Anzai,《品达的第一人称形式再探》(First-Person Forms in Pindar: A Re-examination),见 *BICS* 39,1994,页141—150; (转下页)

人类学研究方法在古典研究和文学研究领域的反映,不过,却在另外一个意义上说明了凯歌与共同体生活方式之间的关系,恰也验

(接上页注①)J.M. Bremer,《品达悖论的"我"和最近关于凯歌表演的争论》(Pindar's Paradoxical ἐγώ and a Recent Controversy about the Performance of his Epinicia),见 *The Poet's "I" in Archaic Greek Lyric*,S. Sling 编,Amsterdam,1990,页 41—58;A. Burnett,《吟唱品达凯歌》(Performing Pindar's Ode),见 *CPh* 84,1989,页 283—293;C. Carey,《凯歌的表演》(The Performance of the Victory Ode),见 *AJPh* 110,1989,页 545—565;《凯歌中的表演:合唱歌队》(The Victory Ode in Performance: the Case for the Chorus),见 *CPh* 85,1991,页 192—200;G.B. D'Alessio,《品达的第一人称问题》(First-Person Problems in Pindar),*BICS* 39,1994,页 117—139;M. Davis,《独唱凯歌、歌队吟唱和希腊概论中的僭言》(Monody, Choral Lyric, and the Tyranny of the Hand-book),*CQ* 38,1988,页 180—195;S. Goldhill,《诗人的声音:诗歌和古希腊文学散论》(*The Poet's Voice: Essays on Poetic and Greek Literature*),Cambridge,1991,页 142—166;M. Heath,《接受欢歌:凯歌的背景和表演》(Receiving the Komos: The Context and Performance of the Epinician),见 *AJPh* 109,1988,页 185—195;M. Heath and M. R. Lefkowitz,《凯歌表演》(Epinician Performance),见 *CPh* 85,1991,页 173—191;M. Lefkowitz,《品达的自传虚构》(Autobiographical Fiction in Pindar),见 *HSCPh* 84,1980,页 24—49;《第一人称虚构》(*First-Person Fictions*),Oxford,1991;《重思品达的第一人称》(The First Person in Pindar Reconsidered-Again),见 *BICS* 40,1995,页 139—150;《作为运动员的诗人》(The Poet as Athlete),见 *SIFC* 77,1984,页 5—12;《作为英雄的诗人》(The Poet as Hero),见 *CQ* 28,1978,页 459—469;《谁吟唱品达胜利凯歌?》(Who Sang Pindar's Victory Odes?),*AJPh* 109,1988,页 1—11;K. A. Morgan,《品达的职业诗歌和κῶμος 的修辞术》(Pindar the Professional and the Rhetoric of the κῶμος),*AJPh* 87,1993,页 1—15;I. L. Pfeijffer,《品达的第一人称未来图景》(*First Person Futures in Pindar*),Stuttgart,1991;W. Rösler,《人物角色或诗人?》(Persona reale o persona poetica? L'interpretazione dell' io nella lirica greca arcaica),*QUCC* 48 1985,页 131—144;M. J. Schmid,《品达凯歌中的言说"角色"》(Speaking "personae" in Pindar's Epinicia),*CFC(G)*8,1998,页 147—184;W. J. Slater,《品达的未来图景》(Futures in Pindar),见 *CQ* 19,1969,页 86—94。关于这首凯歌中的第一人称分析,可以详细参考 Fenno 的博士论文,*Poet, Athletes and Heroes: Theban and Aeginetan Identity in Pindar's Aeginetan Odes*,页 150—156。另外,还有两篇博士论文专门处理品达凯歌中的第一人称的角色问题:Lucie Athanassaki,*Mantic Vision and Diction in Pindar's Victory Odes*,Dissertation,Brown University,1990,Order Number 9101729;Michael John Schmid,*Speech and speaker in Pindar*,Dissertation,Stanford University,1996,AAT 9630382。

证了柏拉图关于合唱训练的说法:合唱歌直接关涉城邦和城邦教育的政治问题。[①]正是由于凯歌的表演,凯歌才最终实现肉身,并因此而成为一种政治生活方式。这个问题的关键要点在于,凯歌中频频出现的第一人称"我",其功能何在。

可是,凯歌中的这个"我"究竟指谁,学者们对这个基本问题尚无定论,似乎仍是学界难点之一。要而言之,此前有三类看法流行:其一,认为凯歌中"我"是品达个人身份的流露,他在凯歌中不加节制地显露自己。这在 20 世纪早期的研究中颇为盛行,这或许是由于当时实证主义风潮流行的缘故。比如维拉莫维茨,根据凯歌中的"我"重构品达的生平经历,并勾勒出每首凯歌的具体创作时间。其二,列夫科沃茨(M.R. Lefkowitz)和希思(M. Heath)认为,即使不是全部,至少许多凯歌诗是用于单独表演,品达塑造的"我"就是一个在歌唱时独自表达的角色。其三,布雷默(J.M. Bremer)、伯内特(A. Burnett)和凯雷(C. Carey)等学者认为,凯歌(尽管不是所有的凯歌)主要由歌队表演,由一个多人组成的合唱歌队在城邦的节庆日表演,并且,一首这样的凯歌经常在城邦中流传数年。

目前已经很少有人会再持第一种看法,因为,将诗歌读成考古碎片的解读方式影响了对诗歌本身的理解,这种方法将作为个人的品达与凯歌中的言辞混为一谈,从而导致理解上困难重重,或许,这是产生所谓"晦涩"的原因之一。以凯歌中"我"的描述来勾勒品达的年表,这种做法越来越难以自圆其说。后两种观点终归由于缺乏足够的历史证据而只能限于一种假说,既无法证伪,也无法证实——但是,它们开启了相对宽广的研究视域。

---

① "我们说一个人'没有受过教育',是指一个没有受过合唱训练的人"(《法义》654b);另参《普罗塔戈拉》339a,普罗塔戈拉对苏格拉底说,"我认为,一个人受的教育最重要的部分是在叙事诗方面忒厉害(περὶ ἐπῶν δεινὸν εἶναι)",参刘小枫译文,未刊稿。

　　这三种看法虽然各有根据,这种思考本身,其实是一种相对外在的切割——在某种意义上,问题本身就是一种迷途,所以,阿勒西奥(G.B. D'Alessio)说,"在凯歌表演,或者诗歌的创造中强行区分出一个言说者的角色,这不但不可能,恐怕也无益处可言"(页127)。所以,更多的学者尝试回到凯歌的具体文本和语境,列夫科沃茨在论证凯歌单独表演时,给出的一个说法值得留意:品达使用这些第一人称来表述一种"特定的角色"(professional persona),所以,他假定这种"诗人的我"在凯歌里有一种统一的戏剧特征。与此类似,斯纳特(W.J. Slater)认为,第一人称是"一种品达、歌队和歌队长模糊的综合"(Slater,页89),是一种"综合性的"我。利多夫(J.B. Lidov)将"我"看作是"一种表达方式,而不是所要表达的东西",那它就会像其他方式一样,"根据具体情景而发生相应的变化"(Lidov,页79),所以,苏列汶(Shirley Sullivan)称这个"我"是一个"虚构的我"(fictive I),强调"我"的戏剧特征,倾向于将"我"理解为凯歌表演中的一个戏剧"角色"(dramatic persona),同时,又是一个可以体现凯歌具体情境的"角色"。[1]

　　我们不妨融合后两种看法,它们都承认凯歌的表演特征,差别在于是独唱还是合唱。列夫科沃茨认为,可能不同的凯歌会具有不同的特征。Bundy说得非常明确,凯歌的首要目的就是歌颂。[2] 这就意味着凯歌必须要在公开的场合颂扬胜利者,颂扬这座城邦过去和现在的荣耀。因为,无论合唱或是独唱,凯歌定然以公共表演的形式呈现。而在古希腊,独唱表演其实是荷马史诗的吟游诗人所为,就凯歌本身的特质而言,合唱的可能显然更大(Bowra,页161)。

────────────

[1]　某种程度上,第一人称,也可以称之为"自传式的叙述",是古希腊著作中的传统写法,参莫米利亚诺,《现代史学的古典基础》,冯洁音译,上海:华东师范大学出版社,2009年,页16。

[2]　E.L. Bundy,《品达研究》(Studia Pindarica),Berkeley,1962年,1986年重印。另参Leslie Kurke,《品达和诗歌的社会经济学》,前揭,结语部分,凯歌如何融入并参与城邦的社会生活,页257-263。

不过,将"我"或者第一人称抽象为某个诗学问题,无助于我们理解品达和他悉心写下的凯歌。我们更应进入文本本身,看品达如何传达出诗歌的表演问题。不过,所谓"文本",尚有两个更为宽泛的理解:凯歌所在政治场景、品达置身其中的希腊诗歌传统。注目于这三重文本,我们方能明白,诗人和诗在传统政治生活中的位置。

凯歌进入第二转题部分(行 61—80),第一个词语是"你"(τύ),这是σύ[你]的多里斯方言写法,第二人称似乎表明,这部分的重点并不在于"我"。但是,"你"的出现,恰恰表明"我"对一位在场者的称呼,意味着一次对话的展开,这无疑是凯歌中"我"对一个即在场者的直接描述——凯歌中"我"的戏剧角色,其含义便在于此。不过,复杂之处在于,这一部分短短 20 行,但是"你"的称呼却依次历经了三重变化:太阳神、阿里斯托墨涅斯之父克塞纳克斯,还有阿里斯托墨涅斯。就凯歌的现场表演来说,这或许意味着歌队歌唱方向的变化,或者情节的某种变化,但是,承接凯歌上一部分的教育,此处三重对话恰恰对应了诗人的三重政治位置。

一、神与诗人

这首凯歌开篇即是向安宁女神吁请(行 1),此处同样向另一位神明吁请,即太阳神阿波罗:远射之神(行 61)。众所周知,阿波罗是抒情诗人之神,手持七弦琴(lyre),并将琴艺传给了传说中的诗人俄尔甫斯(Orpheus)。[1] 诗人忒奥格尼斯则声称,他永远不会忘记阿波罗,总会在诗歌的首尾两端歌唱太阳神。[2] 但品达这里

---

[1] 品达曾称俄尔甫斯为"所有歌谣之父"(第四首皮托凯歌,行 176);另参普鲁塔克《伦语》[*Moralia*](6,456b)。有一种传说认为,阿波罗是俄尔甫斯的父亲。

[2] "神啊,勒托的儿子,宙斯的孩子,/我永远不会/在开端或在结尾把你遗忘,/但我会永远在开初、最后和中间赞颂你,/你倾听并应许我成功"(《忒奥格尼斯集》,行 1—4;张芳宁译)。

尤其强调阿波罗"远射之神"的称谓,甚至没有提及阿波罗之名。远射之神是对阿波罗的习惯称呼,比如,《伊利亚特》中第一次提到阿波罗时称其为"勒托和宙斯之子",随后便称其为"远射之神",而在整个第一卷中也都强调阿波罗这一特征(卷一,行 14,行 96,行 370,另参卷五,行 444;卷十五,行 231;卷十六,行 711);不过,我们更需注意的是,阿波罗的先知和祭司克律塞斯"手中的金杖(σκήπτρῳ)举着远射神阿波罗的花冠"(行 14),太阳神与诗人的权杖息息相关。论文第三章已经分析了权杖与诗人之间的关系,此处不再赘述。缪斯也赠给赫西俄德同样的权杖(《神谱》,行 30—31),所以,当品达在凯歌中称太阳神为远射之神的时候,便是暗指诗人手执"权杖",与神(缪斯和阿波罗)之间关系密切。同时,阿波罗又是教诲先知之神(《伊利亚特》卷一,行 71),尤有关联之处在于,凯歌中心部分的神话里,阿波罗对先知安菲阿拉俄斯眷爱备至。所以,远射之神的称谓,表明阿波罗是诗人和先知之神。这就是说,借这个称呼,"我"凸显了自己与阿波罗之间的关联。

诗人和神之间不同于普通人的关联,还体现于每首凯歌的开篇。在每首凯歌的起首祷歌里,品达总会向一位特定的神明祈祷,或者吁求,在第三首伊斯特米凯歌第 55 行中,他表达出最为核心的根由:

> 荷马公允地对待所有卓越之人,并且,依循自己神圣
> 的权仗(κατὰ ῥάβδον),使其[卓越之人]成为世人的楷模。

荷马和赫西俄德一样,拥有这一神圣权杖,并为世人建立生活的准则——所谓诗人立法,品达无疑继承了前贤和他们的权杖。阿波罗对面的"我",便是握着神圣权杖的先知诗人,具有特殊的灵感(来自缪斯或其他女神),他对人类生活有着更深的洞察,并与诸神亲近(普鲁塔克就说品达是"为神所喜"的人),这就是说,当品达

采用了传统诗歌惯用的"我"时,首先意味着与诸神的接近。品达之所以颂扬那些胜利者,是因为他们受到神的眷顾,并通过自己的在世辛劳(第八首皮托凯歌,行 80)而具有美德和卓越的能力(第九首皮托凯歌,行 76),那么,唯有以神和人之间掌握权杖的诗人——"我"发言,才能给予胜利者最高的颂扬。事实上,在古希腊的诗歌中,第一人称的"我"通常意味着一种"诗人的角色",是以神圣的诗歌传达教诲的先知。比如荷马和赫西俄德:"这人[奥德修斯]游历多方,缪斯哦,请为我叙说"(《奥德赛》,卷一,行 1),或者"从前,她们[缪斯]教给赫西俄德一支美妙的歌"(《神谱》,行 22),诗人总是和缪斯(或其他女神)发生直接的关联,并代缪斯发出声音,传达教诲。

在这首凯歌的开题部分,诗人首先向安宁女神祈祷——也直呼为"你",构建了安宁女神谱系下的城邦神义论,安宁女神在城邦决议和战争中均"手握最终的钥匙",随后,在第一转题部分,凯歌转向作为现实城邦的埃吉纳——过去的荣光和暗含的现实困境(战争),在凯歌的中心部分,安菲阿拉俄斯的讲辞置于战争的场景,预言战争的结束和城邦政治生活的开端,再由阿尔克迈翁转而教予诗人。到了这个部分,"我"转向阿波罗时,描述这位远射之神看护下的贤良政制美德:追求卓越(最伟大,行 64)。从结构上讲,这一安排恰好回应了凯歌第一次对阿波罗的提及(行 18,"阿波罗的箭矢"):从动乱和战争中的箭矢走向城邦事务。

> 在皮托山谷中,
> 你拥有欢迎一切的($\pi\acute{\alpha}\nu\delta o\varkappa o\varsigma$)著名($\epsilon\mathaccent23\varkappa\lambda\acute{\epsilon}\alpha$)神庙($\nu\alpha\grave{o}\nu$),
> 在那里,① 你赋予了最伟大的($\mu\acute{\epsilon}\gamma\iota\sigma\tau o\nu$)

---

① 据说,这个"那里"同时暗指的是,这首凯歌的表演场地是埃吉纳岛,参 Pfeijffer,页 552。

喜悦；此前，在家中（*ŏικοι*），你自己的节日上，

你曾带来（*ἐπάγαγες*）五项全能那梦寐以求的

（*ἁρπαλέαν*）馈赠。（行 62—66）

皮托山谷显然是指皮托竞技会举行的场所，也就是阿里斯托墨涅斯取得胜利之地。这个场合既是对阿里斯托墨涅斯胜利的提及，更与前一个部分神话中的战地祭拜对应，凯歌的进程由战争而至和平——尤其是，阿波罗在此射杀了怪蟒皮托。这或许意味着，没有相应力量作为支撑，城邦政治便难以为继。随后凯歌指向著名的德尔菲神庙（未提其名）。神庙（*ναὸν*）是一种习惯的颂神表达方式，是品达屡用之辞（参第三首皮托凯歌，行 27；第四首皮托凯歌，行 55），品达使用了两个限定词修饰神庙："欢迎一切"和"著名"。① 前者强调了神庙的泛希腊特征（参第三首奥林匹亚凯歌，行 17—18），也就是强调皮托竞技的特征。根据希腊人的习惯，在泛希腊运动会期间，一切战事均告停息。"著名"（*εὐκλέα*）是一个复合词，即*εὐ+κλέος*，即"好的名声"，对应前文"传唱中的"，暗示阿波罗之名声远扬，也借助了诗人的歌唱，进一步流露出"我"和太阳神之间的亲近。同时，德尔菲作为大地中央，是希腊人的常识，神庙回应了四行之前的"大地中央"，大地中央即是德尔菲神庙；但在那里，当"我"走向大地中央，恰与阿尔克迈翁相遇，并受其教诲，而此处似乎表明，"我"已经到达了当初的目的地（Martin，页 352），换言之，"我"终于来到神的近旁，与神直接交流。在这个意义上，凯歌上一部分对诗人的教育至此才算结束。

随后，凯歌叙述了太阳神赋予的两种胜利。二者共同显示了

① 大约公元前 450 年，皮托竞技会建造了一个专门的体育馆，地处阿波罗神庙辖区的西北处唯一的一块平地。泡塞尼阿斯（卷 10，32 章，行 1）说，这个体育馆"在城市的最高处"，在德尔菲的遗迹中最显眼，"作为全希腊的体育盛会，几乎难以设想如此盛况"（卷 5，394）。参桑迪斯，页 15。

竞技胜利者所有的美德,第二章曾经分析,阿里斯托墨涅斯通过与其他人的竞赛,展示了自己的优秀与卓越,这将保证他在城邦的政治生活中发挥更大的作用。所以,凯歌转向城邦政治的时候,首先不是强调任何具体的政治事务,而是力求卓越的贵族当有的美德。"最伟大的"(μέγιστον)喜悦,根据文脉,自然是指阿里斯托墨涅斯在皮托竞技比赛上获得的胜利。但是,品达的行文忽略了直接宾语阿里斯托墨涅斯,于是,就产生了一种和第一个诗节同样的效果,将"最伟大"作为一种品质而相对抽象化,剥离出具体的场景。阿波罗能够给人带来的最伟大的喜悦,就是在赛场上获得胜利,即展现出自己最为卓越之处。此外,这个最高级的形容词,与第二行的"城邑巍巍"(μεγιστόπολι)的前缀μεγιστό正是同一个词语。安宁女神使城邦最为伟大,阿波罗则使城邦中的年轻贵族变得最伟大,而且,人就其本性来说,就是城邦中的一员(亚里士多德《政治学》1253a),那么,所谓最伟大的喜悦,无疑是因自己的美德而令自己的城邦最为伟大。这样,凯歌重复"最伟大"一词,便将城邦与人连为一体,尤其是,以"最伟大"一词所蕴含的品格相以维系,足以表明贤良政制力求卓越的品格。

更进一步流露出城邦与人关系的,是阿波罗赋予的另一场胜利:在家中(ὄικοι)的胜利。这也是献给阿波罗的竞技比赛,[1]阿里斯托墨涅斯同样获得梦寐以求的胜利。"梦寐以求"一词流露出对胜利的强烈渴望——依尼采所言,这是希腊人力求卓越的意志。[2]它还表明,对胜利和卓越的追求是一种发乎内心的追求。此中关键是"家中"一语。上一个诗节第 51 行写道:"在他自己的家中

---

① "你自己的节日",是指埃吉纳岛上的德尔菲竞技会,参第五首涅嵋凯歌行 44—45 (Pfeijffer,页 174—175);还有下面第 80 行提到赫拉竞技会,说明了埃吉纳本地所具有的竞技风尚。

② "'应总当第一,拔萃同侪;你那嫉妒的灵魂,除了朋友不应再爱他人'——这话使一个希腊人的灵魂颤抖:于是他走上了他的伟大之路。"见《扎拉图斯特拉如是说》,"论一千零一个目标"节。

（ὄικοθεν）。"这是阿德拉斯托斯的返乡。家不仅仅是人生活的家乡,更体现出人与城邦之间的共同体关联。在希腊传统政治思考中,"家"是一个重要概念。赫西俄德在《劳作与时日》中提到:"整顿家事"(行23);"一百年间,孩子们在尊贵的母亲身旁/成长玩耍,天真无邪在自家中"(行131-132);"存在家中的东西不会烦劳你。最好把一切放家里"(行364-365)。略而言之,"家"至少体现了两层政治意蕴,其一,它基本上与劳作相关,是一个人成长、生活的居所,是人为之努力的场所;其二,家是一种人与人之间最为紧密的关联,也就是共同体最本源的含义。就后者而言,柏拉图在《法义》(680d-681e)借雅典客人之口,谈到家庭和王者政制之间的天然关系。那么,阿波罗给予在"家中"的胜利,就意味着在家中劳作的卓越,还表明,胜利者凭自己的卓越,还可以令他所在的家(或者城邦)卓越——所谓"城邑巍巍"。

凯歌以"你"直呼太阳神,是由于他直接开启了城邦政治的核心:人与城邦的关系。对贤良政制来说,这种关系的维系就不是简单的互相依存,而在于对卓越的追求中共为一体。诗人对太阳神的描述,既是唯有诗人方能胜任的天职,更进一步说,也是太阳神要借诗人自身所要传达的形象。其中关键在于,这种形象背后蕴含了怎样的教诲——诗人如何言说,就是教诲所系。那么,发出如此称呼的"我",就因与神接近而为神代言。这便是诗人的第一重政治身份所在:诗人要传达出自于神意的教诲。

二、政治之诗

在进一步分析诗人的教诲之前,我们仍需考察诗人之诗。诗人所有基于神意的教诲,都要以诗歌的方式流传。但是,这是怎样的诗呢?"我"已知阿尔克迈翁的教诲,也知道了太阳神阿波罗所赋予的城邦与人的内在关联。现在,凯歌转向了"诗"本身。

"我"仍旧向神吁求，并且带有明确的内容指向：

> 神啊(ἄναξ)，我祈祷(εὔχομαι)，请以欣悦的心智
> 带着某种(τιν')和谐(ἁρμονίαν)，看顾我
> 踏出(νέομαι)的每一步。（行 67—69）

　　"神啊"，这是史诗惯用的祈祷称呼，阳性单数表明，这还是向
太阳神进行祈祷，而《伊利亚特》第一卷第 390 行曾以这个词语直
接指代太阳神。在凯歌第 18 行形容阿波罗时，使用了类似的词组
"以亲切的心智(εὐμενεῖ νόῳ)"，此处同样是与格。从语法上看，与
格"欣悦的心智"，既有可能指祈祷的人——"我"，也可能是祈求的
对象——神，但是从前面第 18 行对阿波罗的形容来看，这里更可
能是形容阿波罗，而不是歌唱的诗人(Burton，页 186)。更主要的
地方在于心智。在残篇 52q 中，品达采取了几乎相同的句式，向阿
波罗祈祷，同样强调了阿波罗的心智和人神之间的关联。就这首
凯歌来说，安宁女神所以能令城邦巍巍，因为她善思(φιλόφρον)。
两次重复的"心智"同样在表明，"我"对阿波罗的祈祷，重在他的心
智，换言之，要让诗人的歌具有智慧。① 更进一步的问题是，太阳
神以"欣悦的心智"看顾诗人什么呢？
　　依照某种②和谐，看顾我"踏出的每一步"。品达尚未将和谐
本体化为一种原则，这里强调某种特定的和谐。"踏"清楚地表明，
这个"我"正处于诗歌的表演状态。那么，太阳神所要看顾的，首先
就在于凯歌的具体表演，唯有在传唱之际，诗歌才能令教化流布。
从最表层看，无论"和谐"还是"踏"都意指诗歌的表演本身。
　　"和谐"(ἁρμονίαν)本意是指横木和铁钉之间紧密的衔接，由此

---

① 品达对诗的看法基本基于智慧，而不仅仅是技巧，智慧才能让他的诗具有传统诗歌
　 的神性和教诲意蕴，参 Bowra，页 4—5。
② "某种"，即某种特定的和谐，该词的具体训释和语法可能，参 Burton，页 185。

而让船坚不可催(《奥德赛》,卷五,行 248)。但后来意思越来越多地指向音律的和谐,是诗歌节奏和表演时的合乎韵律和节奏;在这个意义上,某种和谐便是音乐和歌队表演时的和谐有序。在第四首涅墨凯歌中,品达曾经写道:

> 现在,甜蜜的七弦琴,请立刻以吕底亚的和谐 (ἁρμονία)[节奏]编织(ἐξυφαίνω)这首歌吧,令奥伊诺纳 (Oinona)和塞浦路斯(Cyprus)喜爱的旋律,特拉蒙之子 透刻洛斯(Teukros)曾流放于塞浦路斯;埃阿斯继承了 父亲在萨拉米斯的家园,阿喀琉斯则拥有了黑海中一座 闪烁的岛屿。(行 44—50)

这里的"和谐"似乎指向音乐的旋律和节奏,但是,吕底亚的"和谐",特指某种特定的节奏。所以,Burton 认为,在第八首皮托凯歌里,同样强调凯歌本身的技术处理,品达借此词而选取一个恰当的音乐调式(mode),以体现自己的意图(Burton,页 184—185),就是说,诗人希望阿波罗能够给予一个符合这一特殊场合的旋律调式。所以,他认为每一步,可能是指诗人暗指自己诗歌进展方向的每一步(Burton,页 186),不过,假如与凯歌的表演联系起来,这就可能是一种凯歌本身和现场的旋律和节奏。

但是,无论是诗歌本身的节奏还是现场的表演,都意在传达基于神义的教海,或者说,"和谐"的音乐节奏本身就暗含了良好的秩序。品达经常盛赞贤良政制的良好秩序(Bowra,页 103),基于此,Finley 认为,"和谐"实际上蕴含了一种政治上的安宁和优良秩序(页 88—89)。与此类似,Fränkel 认为"和谐"实际上暗指了开篇吁求的安宁女神(页 498),意味着一种安宁的政治秩序。如此看来,"和谐"就不仅仅是一种音乐节奏的和谐,更关涉政治生活的秩序问题,尤其是一种良好的政治秩序(εὐνομία),也就是秩序女神看护下的政治生活,从根本上讲,这正是贤良政制的基本特征。[①]

　　前文提到,普鲁塔克在《阿尔图斯传》开头援引了这首凯歌(Fenno,页206),他非常明确地说:脱离多里斯的贤良政治制度之后,和谐(ἁρμονίας)被破坏,平民和领袖之间动乱争斗,于是城邦限于一片混乱(《阿尔图斯传》,2)——这恰恰就是上一章所引纳吉之言:"城邦的平衡"。对普鲁塔克来说,和谐就是贤良政制的基本特征,并不仅仅是一种诗歌意义的歌唱节奏,从根本上讲,是一种政制品性。所以,普鲁塔克还用了纯粹(ἀκράτου)一词修饰这种贤良政制,所谓纯粹就是不含杂质,或者说,这种贤良政制最为和谐的情形。但普鲁塔克张举了几种对立:贤良政制(ἀριστοκρατίας)与民众(δημαγωγῶν);有野心的、追逐声名的(φιλοτιμίας)民众;和谐与动荡、病乱。当政制从纯粹变得不再纯粹之后,当贤良政制沦为僭主制和民主政制,后两者带来了"连续不断的动乱和斗争,始终陷入疯狂和不稳的状况"。此前,普鲁塔克刚刚援引了第八首皮托凯歌中的诗行(行44—45),描述贤良政制的另一个基本特征:继承和美德。此处则以"和谐"修饰贤良政制,并明确以"贤良政制"(ἀριστοκρατίας)为其命名,那么,我们往前追溯,至少可以说,品达这首凯歌正是普鲁塔克贤良政制观的证据之一。所以,"和谐"正对应着贤良政制中政治生活的和谐,尤其是这种政制本身蕴含的政治原则:城邦应该和谐有序,而不应汲汲于私人的利益和所谓进步。

　　不过,既然"和谐"既指音乐本身,又是政治安宁的特征,那么,音乐(诗歌)与政治之间就具有某种共通,或者深刻关联——即和谐之为和谐的本质所在。我们不妨借柏拉图的对话进一步思考这

---

①　关于和谐,详参 Andrew Barker,《古典希腊时期关于和谐的科学》(*The Science of Harmonics in Classical Greece*),Cambridge,2007。另参《王制》397b—398a,尤其是431e处非常明确地将城邦的良好秩序称为"和谐"。

种关联。柏拉图在《王制》和《法义》里都提到音乐与城邦之间的关系,①更为集中的地方出现在《法义》第二卷和第三卷。

音乐一词第一次在《法义》中出现是654d处:"音乐的教育";其背景在于,雅典客人(或苏格拉底)正与克列尼亚斯谈论教育,也就是通过合唱歌队而对儿童进行教育之际,而所谓教育,"它使我们痛恨那些我们始终应该痛恨的东西,热爱我们应该热爱的东西。这就叫做'教育'"(653c)。这意味着,教育首先是一种政治道德的教育,旋律和音乐通常是表现好人和坏人的品格的手段(798e),那么,合唱歌(音乐与诗歌)就是对儿童政治心性进行培养极其重要的手段,随后,雅典客人说:

> 朋友,你说得对极了。但音乐是一种旋律和和谐,它包括曲调和身体的动作;这就是说,既然说一种"有旋律的"或一种"和谐的"动作或曲调是恰当的……我们可以不必旁敲侧击地说,一切同精神或肉体的优点(不管是其本身还是其表象)相关的动作和曲调都是好的吗? 相反,如果这些动作和曲调同邪恶有关,那就都是坏的吗? (655a—b)

被称为"朋友"的克列尼亚斯对这个修辞疑问给予肯定回答。在《法义》进入更深的讨论之前,即讨论城邦之前,整个第二卷一直在探讨音乐与教育之间的关系(Strauss,页37)。这或许意味着,

---

① 参《王制》卷四,443d以下:正义是人的各部分的协调;441e。参 Eva Brann,The Music of *Republic*,载《〈王制〉中的音乐》(*The Music of Republic: essays on Socrates' Conversations and Plato's Writings*),Paul Dry Books,2004年,页108—246;甚至,《王制》本身也暗含着一种对称的音乐结构;在《法义》中,音乐的问题则更为突出。另参《米诺斯》,苏格拉底以荷马和赫西俄德的传统诗歌替代悲剧教育(321b10以下),并参林志猛疏解,页89—91。

教育——尤其是灵魂的教育——是城邦的前提。音乐的本质在于和谐,①它能够同人的精神和肉体的一切优点相关,从而通过音乐的和谐而培养人精神和肉体的优点,尤其这将导向人的灵魂和城邦的和谐。后来,雅典客人重提"和谐"时说,节奏与和谐是人的本性(673c9-d5)。所以,这种和谐——音乐的和谐形式,就应该成为立法的基础(657b)。同样,这样确立的法律内容,要为儿童所接受,仍需采用与"和谐"一致的教育方式,对灵魂最具吸引力的方式,这就是唱歌对灵魂具有的真正"魅力",这种魅力来自于音乐的和谐和灵魂的和谐之间的"和谐"。所谓唱歌就是音乐与诗行之间的"和谐"一致,由于"年轻人的灵魂尚不严肃庄重",所以,教育者要用"唱歌"作为吸引手段——吸引灵魂的手段(659e)。

音乐的和谐既是城邦立法的基础,又是法律和教育施行的根基。在这个意义上,和谐就是最为重要的政治智慧,"任何过着理智生活的人都具有这种智慧,但缺少这种智慧的人一定被证明是一个浪费者,并且不是城邦的救星"(689d)。"和谐"既是个人灵魂和智慧的和谐,又是城邦政治的和谐。反之,倘若缺乏这种和谐,就如普鲁塔克所言,城邦便陷入一片混乱。

后来,雅典客人举了自己的母邦雅典为城邦混乱的例子。雅典诗歌类型的混乱导致和谐原则的破坏,"音乐不仅是每个幻想自己是万事万物之主宰的人的出发点,而且对法律的普遍蔑视也会紧随而来,而彻底的放纵也就为期不远了"(701a)。于是逃避律法、蔑视城邦宗教,这就是城邦的不和谐与混乱,"不和谐,在我们看来,这是最大的愚昧,尽管看上去像是聪明,但它把全部的秩序都搞得乱七八糟"(691a)。那么,在《米诺斯》里,苏格拉底抨击肃剧诗人制造的米诺斯形象,根本原因就在于,肃剧诗人(还有五花

---

① 参布鲁姆为自己所译《王制》的前言,参《人应该如何生活》,刘晨光译,北京,华夏出版社,2009 年,页 1-2;页 78-79;页 86-87。

八门的诗人，320e—321a)导致了城邦的不和谐和城邦民的灵魂混乱——尤其是法律的混乱(701c)。

所以，阿波罗看顾下的"每一步"的和谐，表面上是歌队表演和音乐的节奏和谐，进一步来看，则体现了贤良政制讲求优良秩序的政治传统，尤其是，诗歌本身的"和谐"，既与这种优良政制相合，又有助于维持教化，这就是所谓"政治之诗"。

关于此处的"和谐"一词，尚有一个或许不算巧合的细节。άρμονία，词首字母大写之后，就是安菲阿拉俄斯神话中的关键人物之一哈默尼亚(Άρμονία)。她是战神阿瑞斯和美神阿佛洛狄特之女，后嫁给凡人卡德摩斯，也就是忒拜城的创立者，①在他们的婚礼上，阿佛洛狄特的丈夫火神赫淮斯托斯心生嫉妒，就送给哈默尼亚一副项链，这个项链导致了忒拜后来累世不断的悲剧。与这首凯歌神话部分相关的是，安菲阿拉俄斯所以出征忒拜，就是由于妻子厄丽菲勒接受了珀吕涅克斯的贿赂，这个贿赂的礼物即是哈默尼亚的项链，这也导致了安菲阿拉俄斯和阿尔克迈翁父子两代的悲剧。熟悉荷马和赫西俄德的听众，由于上述神话，再听闻这个词语，随后联想到忒拜城人所共知的传说，这断非无稽之谈。哈默尼亚虽名为"和谐"，但她本身就不是和谐的产物，更为后世带来纷乱，这样一来，"和谐"之名难免有一种反讽的意味。所以，凯歌中特意强调"某种和谐"，一方面暗示了有的和谐名不副实，比如这位

---

① 第三首皮托凯歌，行89—91："因为他们听见金冠的缪斯在山巅歌唱，在七座城门的忒拜，当其中一位与牛眼的哈默尼亚成婚。"残篇29(5)："白臂的哈默尼亚。"赫西俄德在《神谱》行937中说道："另有哈摩尼亚，勇敢的卡德摩斯娶了她。"行975以下：

> 金色阿佛洛狄特之女哈尔摩尼亚为卡德摩斯
> 生下伊诺、塞墨勒、美颜的阿高厄、
> 奥托诺厄——长鬈的阿里斯泰俄斯娶她为妻，
> 还有波吕多洛斯，就在城垣坚固的忒拜。

传说中的神女,或者说,以"和谐"之名暗示某种混乱的存在,就这首凯歌的脉络而言,至少让观者和听者联想到开题部分的提丰和普非里翁;另一方面,则暗示了阿波罗看顾下的和谐或许有着另外一层深意。这便是下一行诗的内容:"游行颂歌(*κώμωι*)歌声甜美(*ἀδυμελεῖ*),正义女神一旁伫立。"

　　"游行颂歌"重复了第 20 行的词语,前文说过,"游行颂歌"是民众广为参与的现场表演,是宴席之间的歌舞(Heath,页 180;另参 Pfeijffer,页 563),凯歌经过 40 行之后,重复这个词语,而且同样是在经过太阳神的看顾之后,表明太阳神所看护下的游行颂歌关涉城邦的多数民众,这就意味着,城邦的和谐首先与民众相关(对比安菲阿拉俄斯的预言)。但是,民众对政治生活和真理的认知必然不足,所以,诗人更要以甜美的歌声加以诱导劝诫。[1] 尤其是,品达统称对凯歌的称呼是歌谣(*ὕμνος*),当从来没有用"游行颂歌"一词指代自己创作的凯歌,所以,"我"踏出的每一步,是一种歌,而游行颂歌是另一种歌。后者所需的甜美出于民众的天性,那么,城邦的和谐就有赖于民众所需的"甜美"歌声。否则,混乱便会横生。

　　此外,游行颂歌一旁,还站立着正义女神。这是全诗中最后一次出现"正义"。在赫西俄德的笔下,正义女神出现时,通常有不义之事发生,她所司之职在于巡查。这里倒不必认为游行颂歌定然滋生不义,毋宁说,正义女神的在场,是为了提防不义。注意这里的"伫立",它与第 40 行"持守疆场"的七雄之子形成某种呼应。在某种意义上,正义女神也仿佛置身战场,需要看护人的行为,不要行不义之事。进一步说,民众的"和谐"除了需要甜美的歌声,还需要正义的巡查者,提防城邦内部可能出现的不义行为。

　　这样,"政治之诗"就具有了双层意蕴,一方面是城邦政制本身

――――――――――

[1]　品达对甜美歌声的描写,也参第三首涅嵋凯歌,行 25。

的深层思考和诗的教诲,另一方面则是民众所需之诗:既有甜蜜声音,又有正义力量的看护。所以,柏拉图才说,荷马教育了所有的希腊人。赫西俄德和品达是同一意义上的教育者。古希腊诗歌一般不以个人的生存体验为重点,诗人们最后总是强调个体和城邦的整体的关联,他们由此而自觉充当了城邦贵族和城邦民众教育者的角色。

三、教诲的诗人

创作政治之诗的诗人对城邦进行言说。凯歌这一部分以三个"你"传达了再现了诗人在城邦中政治位置。我们首先分析这种言说的语言形式。第二人称"你",必然与"我"之间形成对话,就形成一种情节转换。这是一种非常符合现场情境的高妙笔法。凯歌的篇幅一般都有 100 行左右,甚至更长,加上相应的音乐与舞蹈表演,时间就会更长,这时,通过在凯歌内部形成一种戏剧性的对话,自然有利于吸引观众的注意力。但更为重要的是,当凯歌演唱的现场听众听到"你"的时候,会不自觉地形成一种在场感,从而将观众卷入整个凯歌表演。通过这种写法,品达既形成一种凯歌的内部对话,又形成一种与观众之间的潜在对话。① 对话是戏剧的本

---

① 比如著名的第一首奥林匹亚凯歌。全诗一共 116 行。第 5 行是"我"与"我的心"的对话,进入歌颂的场景;第 19 行,则是将胜利者叙拉古僭主希耶罗称为"你",歌颂他取得奥林匹亚竞技胜利;到了第 33 行,诗中的"我"则与神话中的人物直接对话,将观众带入神话场景;与神话人物的对话在第 47 行重现;随后,在第 70 行以下,神话中的珀罗普斯向海神波塞冬祈祷,称其为"你";到了凯歌 100 行左右,再次回到竞技胜利者希耶罗,但对这个"你"则充满贵族式的劝诫;至凯歌结束,品达写道:"愿你在一生中继续在高处行走。"(行 115)也就是劝诫希耶罗维持高贵的追求。可以看出,每隔一定的长度,也就是说,每隔一定的表演间隔,"我"与"你"之间的戏剧对话时常会出现。

质特征。由此看来,希腊肃剧的诞生就自有其文学形式上的源头:
这就是希腊传统诗歌。在荷马的史诗里,推动情节进展的根本是
人物的对话。合唱抒情诗在城邦中的表演又为肃剧的诞生积累了
实际的种种经验。传统诗歌可谓希腊戏剧的先行者。这并不意味
着传统诗歌必定会演化为戏剧,而只是表明希腊戏剧在文学上的
根源。所以,尼采在《肃剧的诞生》里两次提到作为肃剧前身的抒
情诗。①

但是,肃剧时代的诗人品质已经发生了变化。柏拉图在《米诺
斯》中借苏格拉底之口说,"肃剧最能取悦民人"(321a)。肃剧的施
教对象是城邦民,是大众。但是,传统诗歌颂扬古老的神圣礼法,
更不是通过取悦民人而吸引灵魂,相反,他们转过身,面向的是神
圣而古老的诸神,直接对城邦中的治邦者、尤其是年轻贵族进行教
诲,而非民人。本章第一部分即分析了传统诗人和神之间的关系,
现在,我们随着凯歌的进程转向城邦中的贵族。

凯歌在此出现的"你"是克塞纳克斯,阿里斯托墨涅斯之父,这
就是说,在城邦里,"我"只向这对父子传达了关于政治生活的教
诲。不过,凯歌既然是歌颂竞技胜利者,缘何会向胜利者的父亲直
接言说? 或许,这是因为,作为雅典占领埃吉纳之后的屈辱贵族的
一员,此刻的胜利歌颂显示了某种正义(Pfeijffer,页566)。我们
不妨暂时悬搁这个问题,先看一看,"我"对克塞纳克斯究竟说了
什么。

之前,凯歌以不定过去时描述太阳神,这意味着,"我"已经知
晓太阳神曾经给予人的"馈赠"。但现在,对父亲的言说则以现在
时表达,这既体现了凯歌当下表演的性质,也表明,"我"因理解过

---

① "霎时,酒神的、音乐的魔力就在这个沉睡者的四周爆发,如画的火花四处飞溅,那
就是抒情诗,其最高发展阶段称为悲剧和戏剧性的酒神颂"(第5节);"音乐精神致
力于象征性和神话的表达,从抒情诗的开端到阿提卡悲剧,这种努力不断上
升……"(第17节)

去而得以对当下有所言说,这也正是安菲阿拉俄斯言说的方式——其中一个"而"($\delta\acute{\epsilon}$)字,亦尽显此中意味。① 诗人首先直接向诸神请求,"愿诸神许你好运($\tau\acute{\upsilon}\chi\alpha\iota\varsigma$),不熄不灭($\ddot{\alpha}\varphi\vartheta\iota\tau o\nu$)"。"请求"表明,言辞已经由对神的祈祷转向了人。"不熄不灭"($\ddot{\alpha}\varphi\vartheta\iota\tau o\nu$),这个词语有不同的版本,另一种看法认为,这里应该是$\ddot{\alpha}\varphi\vartheta o\nu o\nu$(心无嫉妒),不过,"嫉妒"在品达凯歌里,通常意指人对永生之神的嫉妒,神不可能对自己赋予好运的凡人产生嫉妒之情(参Pfeijffer,页566以下)。诗人希望诸神能够一直眷顾($\tau\acute{\upsilon}\chi\eta$)有加。关键在于,怎样的眷顾呢? 上一个部分第53行,安菲阿拉俄斯预言了诸神对阿德拉斯托斯的"眷顾"($\tau\acute{\upsilon}\chi\alpha$),在这种眷顾下,阿德拉斯托斯得以率领民人安然返归故土,也就是说,基于神义的清明统治。克塞纳克斯是美蒂里戴家族的一员,也就是埃吉纳传统的贵族之一,②那么,此处$\tau\acute{\upsilon}\chi\eta$的重复就表明,诗人请求神施予克塞纳克斯的眷顾,并不是给予他一位凡人的庸常福禄,而是要求他担负起基于神义的统治职责。

随后,凯歌以一个"因为"($\gamma\acute{\alpha}\rho$)给出如此要求的理由:

因为($\gamma\acute{\alpha}\rho$),谁若无需漫长的困苦($\pi\acute{o}\nu\omega$),就已高贵卓然($\acute{\epsilon}\sigma\tau\lambda\grave{\alpha}$),

那么,在多数人看来,他便是愚人中($\acute{\alpha}\varphi\rho\acute{o}\nu\omega\mu$)的智慧者($\sigma o\varphi\grave{o}\varsigma$),

他工于技艺($\mu\alpha\chi\alpha\nu\alpha\widetilde{\iota}\varsigma$),作出正确决议($\acute{o}\rho\vartheta o\beta o\acute{\upsilon}\lambda o\iota\sigma\iota$),以安排($\chi o\rho\upsilon\sigma\sigma\acute{\epsilon}\mu\epsilon\nu$)自己的生活。(行73—75)

---

① Burton则认为,$\delta\acute{\epsilon}$与上一行的$\mu\acute{\epsilon}\nu$(行70,对歌唱的描述)恰成对照,表明了未来的不确定(Burton,页186—187)。
② 我们不能断定克塞纳克斯是和阿德拉斯托斯一样的王者,但是,属于城邦的治理者之列,当无疑问。

这段话仿若格言,但与通常格言的普遍化相比,这三行诗的具体性更强,与这里的言说对象克塞纳克斯关联甚密。从句法上讲,这段话的核心是πολλοῖς δοκεῖ:在多数人看来,情形似乎如下。多数人是一个基本的政治概念,但品达通常不予提及,或偶尔称其为盲众,丝毫不掩饰自己的不屑之情(第二首皮托凯歌,行 86)。[1] 但我们不妨再回到安菲阿拉俄斯的说辞,他当时的预言是:阿德拉斯托斯将与"未受戕伤的民人返归[故土]"(行 54)。民人便是大多数人。这就表明,诗人此刻给出的理由,正基于安菲阿拉俄斯教诲的方向,也就是说,政治统治的一个关键是如何对待大多数人的问题。[2]

对于民众中来说,最重要的是生活(βίον)。希腊语中有两个表示生活的词语:"zoê 和 bios,zoê 意指存活的简单事实,而 bios 则表示一条生活的道路,一种生活方式或者一种营生(livelihood)。"(Hamilton,2004,页 47)品达这里尤其强调民众的生活(βίος),他或许已经看到,民众(民主)的生活作为一种城邦生活方式,已经在希腊的政治现实中确实存在。但在这里,品达尤其强调多数人与少数人的品质差异:多数人惧怕辛劳,而少数人则当以辛劳而力求卓越。凯歌提出了两种优异之处:高贵卓然和智慧。在品达的理想中,贵族当有如斯美德。但是,卓越的取得需要人付出属人的辛劳;[3]某种意义上,这种辛劳的困苦正对应安菲阿拉俄斯对阿德拉斯托斯的叙述:遭历困厄(行 48)。但是,一个"无需"(μή)则将人命中应当承受的苦难一笔划去。倘若贵族能行礼法

---

① 不过,品达也说过,贵族是"民众的领袖,希求卓越的美德"(第一首奥林匹亚凯歌,行 89)。

② 品达对"大众"和大众的民主统治次数很少,据说只有一处(Jebb,节 4)。但是,由于贵族制的埃吉纳被民主雅典侵吞,或许,时代的政治现实迫使品达必须进一步考虑大众与统治的问题,即便他的基本出发点仍旧是贵族政制。

③ 《劳作与时日》,行 314;参品达第二首太阳神颂歌第 31—34 行;另参第三首涅嵋凯歌,行 29,参 Pfeijffer,页 630—638。

优良的贤良政制,那么,这样的贵族便是"智慧者"($oi\ \sigma o\varphi oi$)。[①] 首先,品达以一个虚拟的"如果"(εi),假设一种未经辛劳便能卓越的情形,随后,又构设一个多数人眼中的"智慧者",或曰统治者。这就意味着,他假设了全然不同于贤良政制的新政制形式,这种生活方式(βios)讲究技艺,[②]以技艺达成正确的决议($o\varrho \vartheta o\beta o\acute{v}\lambda o\iota \sigma\iota$)。注意$o\varrho \vartheta o\beta o\acute{v}\lambda o\iota \sigma\iota$,这是一个复合词:$o\varrho \vartheta \acute{o}$-$\beta o\upsilon \lambda o\varsigma$,后半部分是"决议",正是开篇安宁女神令城邦巍巍的"诸种决议"。此处的正确决议,自然不是安宁女神所给予的正确决议,而是多数人的意见,多数人眼中"一个人可能的情形"(Pfeijffer,页 571)。那么,很清楚的是,在多数人的眼中,有一个不同的卓越、智慧和政治决议标准,而且,"安排"更清楚地显明了这种生活方式原则对生活的支配。但是,城邦政治的和谐,与多数的民众息息相关。所以,作为城邦的治理者,在作出政治决策的时候,固然不必依从多数人的意见,但是,必须要懂得甚至尊重民众的习常意见,这是统治的基础之一。

所以,克塞纳克斯就必须懂得多数人的意见,懂得多数人的生活方式,惟其如此,他才能成为"民人的牧者"(《伊利亚特》卷一,行263,《米诺斯》321b10)。理解民众的意见和生活方式,并不意味着城邦的政制方式要以他们为准绳。随后,品达以一个"但是"扭转了教诲的方向:

> 但是,这($\tau \grave{\alpha}$)并不取决于人($\alpha \nu \delta \varrho \acute{\alpha}\sigma\iota$);而神灵
> ($\delta \alpha \acute{\iota}\mu \omega \nu$)的激发($\pi \alpha \varrho \acute{\iota}\sigma \chi \varepsilon\iota$),
> 　此时将一人高举,彼时又将另一个覆于掌底($\dot{\upsilon}\pi \grave{o}$)。
> (行 76—77)

---

① 第二首皮托凯歌,行 88;参 Bowra,页 103。
② 或如当今盛行的政治科学。需要留意的是,此处"巧计"与第 34 行的"乘着我的技艺翩翔"中的技艺是同一个词语。技艺从诗歌转向政治,这或许暗示了政治生活的败坏:从美德转向技艺。

这(τὰ)指上两行的高贵卓然(ἐσϑλὰ),高贵的获得不取决于
"人",直接反驳了多数人的意见。首先,人要获得高贵的品性和
能力,除了自身辛劳的努力,还需要神的眷顾,所以,高贵不取决于
人;其次,高贵的获得,并不取决于多数人采取怎样的看法。此处
的"人"与多数人之间并无太大的区别,联系到前文的民人和ἀνήρ
希腊文本身的意思,①这或许意指城邦中的普通民众。这在文脉
中也不难理解,不过,神灵一词就颇为难解。神灵(δαίμων),跟苏
格拉底喋喋不休地所说的"神灵"同源,而根据 Burton 的看法,在
这首凯歌里,它的用法与一般的神(ϑεός)之间没有区别,比如在第
二首皮托凯歌第 49 和 88 行,都是这样的用法(Burton,页 187)。
不过,倘若如此,品达为何没有直接使用ϑεός,而是使用δαίμων? 本
首凯歌第 53—54 行,神佑(τύχᾳ ϑεῶν,"凭借神佑/将与未受戕伤的
民人返归(ἀφίξεται)[故土]"),第 71—72 行,神(ϑεῶν,"而我还请求
诸神的看顾/许你好运,不熄不灭),这是凯歌中另外两处明确出现
"神"的地方。我们先从词源上考察"神灵"的出处和用法,再与这
两处稍作比较。

据说,在赫西俄德的时代,δαίμων 与ϑεός同义,主要指那些掌管
人类时运的守护神。它来自δαίομαι一词,即"分配[时运]者"。② 古
人相信,死去的伟人还继续留在人间,并且掌握着给予人类好处或
恶果的能力,比如埃斯库罗斯《波斯人》中大流士的亡灵(行 620),
神灵曾是生活在大地上的人类,如今具有一定的神力(参试奥格尼
斯,行 1348)。直到公元前 5 世纪,δαίμονες[神灵]与ϑεοί[神]才作
为两个截然不同的概念被区分开来。

但是,我们细看赫西俄德的文本,就会发现这种分别早已存

---

① 希腊文的ἀνήρ基本意思是男人,与女人相对;意为凡人,则与神明相对;表示成年男
子,则与孩童相对;这样,我们大致可以判断,ἀνήρ主要是指一个城邦中的男人。
② Martin Nilsson,《希腊宗教史》(A History of Greek Religion),Praeger,1980,页 217
—222。

在。在《神谱》中，赫西俄德写道，"强大的法厄同，虽是凡人却如神一样（$\vartheta\epsilon o \tilde{\iota}\varsigma\ \dot{\epsilon}\pi\iota\epsilon\acute{\iota}\varkappa\epsilon\lambda o\nu$）……爱笑的阿佛洛狄特……使他住在她的神殿里，夜里作守卫，这个神圣的神灵（$\delta\alpha\acute{\iota}\mu\omega\nu$）"（行 991—996）。很显然，在这里，神、人和神灵之间还是有所区别。同样，在《劳作与时日》里说，黄金时代的人类死后成了神灵：

> 然而当大地掩埋了这个种族后
> 伟大的宙斯要他们成为神圣的神灵，
> 高贵宽厚，在大地上守护凡人，
> 施行正义，并惩罚不义的行为，
> 他们身披云雾，漫游于整个大地，
> 赐予财富：这是他们的最高职责。（行 120—125）

所以，神灵虽然属于神类，但在位序上低于原初的奥林波斯诸神，根据赫西俄德的描述，神灵又是故去的伟大人物（或者黄金时代的人）变成。尤其重要的地方在于，神灵本身不是永生的神明，而是人死之后化为神灵，无论是法厄同还是黄金时代的人们，首先是人，随后亡逝，最后才会化为神灵。柏拉图在《王制》第五卷 469a 处引用了《劳作与时日》的第 121—122 行，略有更动，[①]巧合的是，苏格拉底和格劳孔这里讨论的问题恰恰是，应该如何对待战死疆场的英勇勇士。这表明，$\delta\alpha\acute{\iota}\mu\omega\nu$一词，从赫西俄德直到柏拉图，至少都具有这一层意蕴：死去的伟大人物的灵魂转换而成的神灵。《王制》第四卷 427b—c 处提到三种区分："祭神的庙宇和仪式，以及对神、神灵（$\delta\alpha\iota\mu\acute{o}\nu\omega\nu$）和英雄崇拜的其他形式，还有对死者

---

① 不过，在《克拉底鲁》397e 处则几乎没有任何改动（Bloom，页 460，注释 31）。

的殡葬以及安魂退鬼所必须举行的仪式……"①这段对话背景,牵涉立法与传统礼法之间的关系,其中尤其重要的是如何祭拜习传的城邦神。英雄故去之后只在冥府,是不再显形的幽灵(《奥德赛》卷十一),神灵则以预言或者其他方式继续在城邦存在。神灵与奥林波斯神族有着很大的差异,除了神灵本是凡人之外,从根本上讲,神并不必然关心人类的生存境况,但是,神灵却与城邦关联更紧,对城邦和城邦中人念念不忘,并时常给予预言。因为他们本身是城邦远祖的英雄,正是由于在大地上的丰功伟业,才能在死后继续延续精神的生命。出于同样的原因,他们在死后与城邦生活息息相关,比如这首凯歌中的安菲阿拉俄斯,还有与诗人相遇的阿尔克迈翁。所以,"神灵"一词在这首凯歌自身的文脉里,无疑会让人想起安菲阿拉俄斯,或者向诗人显现的阿尔克迈翁。神灵一方面与死亡相关,另一方面则与人的命运直接相关。所以,赫拉克利特说,性情即是人的神灵(残篇 119)。②

　　如此,神灵就是人类和诸神秩序之间的一个属神因素,能够传达神义,对人做出告诫或是预言(比如苏格拉底的神灵)。我们现在回头来看凯歌中的两处 θεός[神]的出现。安菲阿拉俄斯在预言中看见阿德拉斯托斯将凭借"神"的运气,而率领城邦中人返回故土(行 53—54),这或是由于安菲阿拉俄斯本人的"神灵"的身份,神灵本身并不是力量的真正来源,其来源在于神,而且是神的"运气",这个不可靠的保证。第 71—72 行,"而我还请求诸神的看顾/许你好运,不熄不灭",这里的"我"是诗人,诗人固然不是神灵,但

① 另参拉尔修《名哲言行录》所记载的毕达哥拉斯教诲:"敬神要先于敬 daimon,敬英雄要先于尊敬常人。"(卷 8.23,中译页 511)柏拉图的立法或许与毕达哥拉斯息息相关。

② 这句著名的格言通常译为"性格即命运"。关于 δαιμόνων 在古希腊文本中的出现,详参 Rice, G. David 和 John E. Stambaugh,《希腊宗教神话人物来源考》(Sources for the Study of Greek Religion)(修订版),Society of Biblical Literature,2009 年。

是在某种程度上,诗人和神灵一样,是人和神之间的纽带,所以,诗人请求的也是"神"的看顾。

我们还需稍加注意凯歌中表达神灵与人的命运关系的词语:激发;它与第70行的"伫立"同源,都有表示站立的词根:ἵστημι,或许表达了同样的看护之意。但激发显然更需要借助受激发者自身的力量。更重要的是,神灵的激发所导致的后果:"此时将一人高举,彼时又将另一个覆于掌底。"据说,这是对摔跤比赛情形的戏仿(Race,页335;Pfeijffer,页572);倘若如此,这里的"手"就是竞赛者的手,无论是将一个人高举还是将另一个人覆于掌底,都是这个胜利者自身力量的胜利,这就是说,竞技者的胜利出于神灵的激发。但是,倘若这"手"是神义之手,那么,在这双命运的双手之下,人的命运起伏难明(Lattimore,页83)。看似是人的力量在进行竞赛,而背后实则神意的安排——《伊利亚特》里太多这样类似的描述。但是,这样的命运却否定了对克塞纳克斯好运不熄不灭的请求,人的命运总会有起伏,怎会持续不断? 我们应该再回到第73行的"因为"。

"因为"之后对多数人意见的描述表明,"我"为克塞纳克斯的吁求,其实分为两重,一种是出自于多数人的立场,或者说,他应担负起的政治义务,要求他必须给予常人那种他们渴望的好运,让他们少经痛苦,让痛苦在他们能够承受的范围之内(即"无需漫长的困苦"),或者让降低痛苦的感受——即所谓甜美的歌声。"但是"(行76)之后的教诲,则是需要克塞纳克斯更深的领悟。这样,对克塞纳克斯的教诲就分两层,一方面是要懂得多数人的生活状态和他们看待世界的目光,另一方面又要超出这种常人的生活智慧,懂得这种生活的无常。这就意味着,克塞纳克斯,或者与之类似的人,如果要得到神的看顾,就必须兼具这两层认知,才能够"不熄不灭"地实施政治之才。

就"因为"之后几行诗句(行73—77)的外在形式而言,这是一段标准的格言,即便脱离出凯歌的具体语境,也能在很大程度上获得理解。① 格言这种形式,恰恰与诗人施行教诲这一政治位置密切相关。格言在神话和社会现实之间,确立了某种关联,质言之,格言是连接神话和城邦政治生活的某种纽带,也就是关乎城邦美德的具体教育。这是品达继承其家乡先辈诗人赫西俄德的笔法。品达在每首凯歌中都会出现格言,这里的格言似乎是游离于文本的简练叙述,因为,它给出的是一种具体教诲。除了这方式之外,品达还时常借助第一人称的"我"表达格言,也就是直接的道德训诫。这种训诫方式有两种。一是借助于"我"的言辞和体验,直接说出某种可堪典范的格言:"我必须远离诽谤的酷烈咬噬"(第二首皮托凯歌,行52);"无论命运之神令我如何卓越,我依然知道,即将到来的时辰终将完成既定的命运"(第四首涅嵋凯歌,行42-43)。另一种则是命令式的句法,或者是第二人称的写法,向胜利者或者听众提出某种道德要求:"希耶罗哦,你的身边永远站着某个神明,心里衡量着你的所作所为"(第一首奥林匹亚凯歌,行106-107);"为什么你会相信,人类竟有足够的智慧,/可以衡量另一个人是否优秀?/人怎可以自己的心意衡量神意,/他本身就是必死的母亲所育"(残篇61);"成为你应该成为的那种人"。② 诗人将这些道德格言镶嵌在凯歌之中,便是以传统教诲维系胜利者和城邦民之间的政治生活秩序。

诗人向克塞纳克斯传达政治生活的教诲,虽然向他提到了多数人的习常意见,但是,诗人没有直接向多数人言说。在第二转题部分,凯歌分别以"你"称呼太阳神、克塞纳克斯和阿里斯托墨涅斯,没有常人的位置。在这个意义上,诗人既不相信多数人的政治

---

① 反过来说,这样的格言在具体凯歌中倒时常显得有些突兀,这就是品达"晦涩"的另外一个原因,也导致了邦迪所说的"品达问题"(页35)。

② 参第二首皮托凯歌,行72;这句也正是尼采《瞧这个人》(Ecce Homo)的副标题:一个人如何成其所是。

和生活智慧,更没有教育他们的意图。克塞纳克斯属于城邦中老一辈贵族,凯歌随后转向竞技胜利者阿里斯托墨涅斯——年轻一代的贵族教育:

> 他心怀尺规($μέτρω$),下到($καταβαίνει$)[赛场];你在
> 麦加拉一举夺魁($γέρας$),
> 　在马拉松平原上,还有本地的($ἐπιχώριον$)赫拉竞技
> 会上,
> 　你曾征取($δάμασσας$)了三次胜利,阿里斯托墨涅斯
> 啊,通过辛劳($ἔργω$)。

(行 78—80)

这里的难解之处在于"下到"($καταβαίνει$),[①]第三人称单数现在时表明,它的主语不可能是下一句的阿里斯托墨涅斯,它在时态上也正与上一句相应,所以,其主语当时神灵。[②] 那么,心怀尺规的真实含义就是为竞技制定规则。Lattimore 也有可行的译文,将这一句看做单独的一句格言,表示一个人进入赛场时应该怀有一种尺规。两种释义都强调"尺规"($μέτρω$)在阿里斯托墨涅斯之外,或者说,是一种他应当具有的品质。单数说明这是一种唯一的标准。某种意义上,它对应了开篇的"适当的时机"(行 7),意指一种恰当的时刻,恰当的尺度。这种竞技或者争斗之中神力的参与,是直接继承荷马的写作方式(Burton,页 188)。不过,我们更应考虑诗人对阿里斯托墨涅斯进行教诲这一性质。

---

① Nisetich 的译本甚至漏掉了这一句。一个偶然的相似之处是,这个动词就是柏拉图《王制》开篇的第一个动词:"下到"。根据沃格林的解释,这就是奥德修斯"下到"《冥府的动词(《奥德赛》卷二十三,行 252—253)。参刘小枫编,《〈王制〉要义》,张映伟译,北京:华夏出版社,2006 年,页 170—172。

② 参 Pfeijffer,页 577;Race 则把这当做对阿里斯托墨涅斯所说的话语(页 335)。

尺规无疑与第74行的不明智者对立,多数人只求安稳,惧怕困苦,尤其某种卓越的要求所带来的困苦。这是政治统治必须加以尊重的常情,但是,倘若要教育一位已经展现出某种卓越的年轻贵族,就当有更高的要求,一种特定的尺规,某种审慎的、知道尺度的美德。Μέτρον的希腊语词义有些复杂,一般来说,其要有三:尺度、标准或者规范;中庸之道;诗歌的格律。荷马在《伊利亚特》第十二卷第421—423行写道:"有如两位农人为地界争执,他们手握尺杆站在公共地段,相距咫尺,争夺相等的一份。"从最普通的层面讲,尺度是解决民人纠纷的标准,稍加引申,我们就可以在其中发现政治原则的需求和确立。① 一方面,某种具体的尺度或者规范,为人的行为或者具体的城邦事务提供政治依据;另一方面,对尺度本身的寻求,则成为对和谐的政治秩序的追求,这便是政制的"尺规"之一。

所以,品达将"这一真理比喻为:就像鞭打使马驯服一样,诗行的格律,统治者的规范都有一个相同的名字——尺度(μέτρον)",即"尺度存在于一切之中"。② 这样,我们就可以将尺度视为某种"中道"(τὰ μέσα),对品达来说,谨守中道是最好的生活方式,这并不是行为上的适度,而是贵族传统生活方式的体现(残篇12D)。③ 无论将"尺规"的主语理解为神灵,还是某个第三人称,在这行凯歌里,都意味着阿里斯托墨涅斯需要恪守的某种规则,他必须达到这种教诲的要求,才能成为一位卓越之人。所以,从这个角度看,"神灵"作为主语的可能更大,因为神灵传递了一种神义秩序,俯瞰人类的行为,为人类确立规范。

---

① 参忒奥根尼斯,行220、331、335。
② 第十三首奥林匹亚凯歌,行47,实际上,整首诗都暗含这个主题的分析;参伯内特,《警策的诗歌》,前揭。
③ 品达曾向希耶罗描绘过这种"中道",见第二首皮托凯歌,行86—88,参Bowra,页155。

随后，诗人以过去时描述了阿里斯托墨涅斯在三个场合取得的胜利。过去时态与其说是对过去胜利的重述，不如说，"尺规"的现在时态告诫阿里斯托墨涅斯，过去的胜利已是过去，对个人美德和卓越的追求却终生不能停息，因为神灵总是"心怀尺规"，于一旁伫立看护。他取得的第一个胜利是在麦加拉，据说，品达所以强调麦加拉，是由于麦加拉人在这段时间反叛了雅典人的提洛同盟，但是未果。不过，更值得注意的是"本地的"一词。无论是麦加拉还是马拉松，诗人都直呼其名，但是，在自己家乡取得的胜利却未提城邦之名。到目前为止，凯歌已经表演到五分之四的时候，埃吉纳之名仍旧没有出现。这或许才更有言外之意，隐含着城邦沦亡的悲苦（详参第三章的分析）。尤其是，诗人还明确提到阿里斯托墨涅斯在本邦取得的"三次胜利"，这既意味着他的卓越，更暗示了埃吉纳城邦的政治生活曾经繁盛。今昔对比，怆然不已，而隐忍的沉默恰恰显示出某种力量。

古典时代的诗人尤其不会沉迷于悲苦之中。"我"对阿里斯托墨涅斯教诲的最后一个词语是"辛劳"，也就是赫西俄德的劳作。这表明一切荣誉和美德的获得，都要基于人本身的劳作，诗人对阿里斯托墨涅斯的称赞着眼于其取得胜利的方式：劳作。只有这样不懈的辛劳，才能使未来的胜利和荣誉成为可能。这进一步拒绝了多数人的看法，把个人在世的辛劳当作美德的唯一途径。这时，回头再看尺规的单数性质，就能明白，这的确是对阿里斯托墨涅斯的言说，而且，对他的要求正在于，这唯一的尺规就是"辛劳"。

第六章　政治生活的"虚影"与"扶光"

通常,在凯歌的终章部分,品达或再度强调此刻的福佑(比如第八首涅嵋凯歌、第八首伊斯特米凯歌),或渲染当前纪念仪式的神圣(比如第五首涅嵋凯歌、第五首伊斯特米凯歌),或是重新颂扬获得胜利的竞技者(比如第四首涅嵋凯歌),无论如何,大体不脱欢庆的范围(参 Burnett,前揭,页 236—238),但这首凯歌的结尾却颇多晦暗之辞,与歌颂的场合似乎格格不入。

若从凯歌传达的意蕴而言,表面看来,凯歌前四部分的进程是:经由安宁女神的理想城邦(开题部分)下降到现实的埃吉纳城邦(第一转题),再由安菲阿拉俄斯父子对诗人施以教育(中间部分),随后诗人对城邦中的两代贵族父子进行教诲(第二转题)。那么,在这四个部分之后,诗人与城邦之间的关系似乎已经说尽,最后的结题部分除了重述或加以某种强调之外,已无复可言。但是,即便诗人与神亲近,但他依旧生活在城邦之中,[1]就是说,他依旧永远地居于人类政治生活之中。那么,诗人就必须继续以"智慧"探究人的政治生活,或者说,在对城邦两类人的教诲之后,诗人还

---

[1] 卡尔卡斯预言虽准,却依旧需要阿喀琉斯的保护才敢发言,可是,发言恰恰是先知在城邦中的存在方式(《伊利亚特》卷一,行 70 以下)。

必须传达关于人的(城邦)生活本身的教诲。那么,结题部分便是诗人对人的在世际遇和政治生活的思考——同时,作为品达的最后一首凯歌,这也是他最后的思考。

在第二首奥林匹亚凯歌中,品达同样集中地思考过人类生活,探究其中的变幻不定,或曰"不可测度的神性":

> 凡人从未在知掌未然的神那里觅得可靠的信兆。我们对将来的察知一向顽愚。情事变更往往背离凡心预计——有时转向喜悦的反面;有时,经受了凄风苦雨的人们悲怆甫定,旋又补济一场如狂的欢愉。(行 7—12a,李诚予译文)

这里的描述与第八首皮托凯歌结语部分颇多重叠。有死之人的生存境遇本自"悲怆"难定,但由于人类自身固有的盲目与欠缺,就更添其中无常。这种人类生存与诸神意志的对立,在希腊思想史中由来已久。比如,荷马将全部知识归于诸位缪斯,而人却毫无智性的能力(《伊利亚特》卷二,行 484—493),忒奥格尼斯则对比了无知的人类和神明对最终结局的洞察(行 141—142)。[①] 神人之间最为本质的差异无疑是生死之别:"有死的凡人"(θνητοῖσι βροτῖσι)与"永生诸神"在赫西俄德那里时常并列使用,以

---

① 梭伦:"但是宙斯俯察世间万物的目的"(辑语 1,行 17 以下)。西蒙尼德斯(Semonides)的辑语 1:"噢,孩子,宙斯掌握着万事万物的目的……人却蒙昧无知。"(1—3)此处分析参引尼塞提克(Frank J. Nisetich)的《胜利与必死之叶》,载《经典与解释 29:奥林匹亚的荣耀》,页 90,前揭。不妨再对比一下品达另一处类似的说法:

> [人]再努力也无法成为宙斯;假如命运垂青,
> 你会得到一切。
> 凡人必须接受自己有死的命运。(第五首伊斯特米凯歌,行 14—16;马迎辉译文)

显示一种强烈的对比。① 但是，对古希腊的传统来说，此中关键并不在于以此忧郁度日，走上消极遁世之途，相反，这虽是有死之人的界限所在，是人与神之间根本的差异，但人只有认识到这种界限和差异，才可能真正实现自我的生存和城邦的生存。

大体来说，凯歌结题部分的内容，其要有二，首先借助三重对立（胜利与失败、希望与坠落、阴影与光芒），层层推进，展示人在世生存②（政治生活）的无常境遇，由此而为政治生活提出告诫；最后，在凯歌的结尾，以航船为喻，暗示城邦生存的境况。现在，我们先从第一部分讲起。

一、有死之人的在世生存

在笔法上，结题部分以一个δέ［而］承接上一个诗节，不但语言流畅自然，而且凯歌内容的衔接也如天然偶成。第二转题部分以对阿里斯托墨涅斯这样的年轻贵族的教诲做结，而在结题部分的第一行诗（行81）里，诗人仍旧以第二人称的"你"称呼阿里斯托墨涅斯，从"你"的胜利自然转向对面的失败者。这里，诗人对阿里斯托墨涅斯胜利的描述强调了三个层面：其一，冷峻的智虑；其二，胜利的场合转入皮托竞技会；其三，"俯逼"这样的身体角力：

你以冷峻的智虑（φρονέων）
俯逼（ἔμπετες）四名对手的身躯，

---

① 参《神谱》行296，行588，行967；另外还有荷马《伊利亚特》卷一，行339；卷十四，行199；卷十八，行404；卷二十四，行259等处。
② 海德格尔的在世概念忧郁而又缺乏政治维度（参韩潮《海德格尔和伦理学问题》，上海：同济大学出版社，2007年），此处所以借用他的概念，固然是由于他对此在在世生存情绪的描述，但更重要的是要有所区别：此在并不是在一个抽离政治伦常的世界之中，而总是在具体的、活生生的城邦之中。

他们从皮托返乡之际（νόστος），（行 81—83）

　　"冷峻的智虑"（κακὰ φρονέων）是强调的重点，也就是阿里斯托墨涅斯在赛场上获胜的原因。在荷马笔下，κακὰ φρονέων 一般指冷酷地对待敌人，由此而对他们造成的冷漠伤害，比如《伊利亚特》第十六卷第 783 行中的"制造不幸"，第七卷第 70 行的"制造灾难"，均是同一个词组。这里所以强译为"冷峻的智虑"，意在强调"智虑"一词与开篇的"善思"具有相同的词根。① 这里有两重的对应，一方面，阿里斯托墨涅斯所以具有战胜对手的智慧，是由于"神灵的激发"，即分有了神的智慧，呼应凯歌开篇"善思的安宁女神"（行 1），还有阿波罗的"亲切的心智"（行 18）、"欣悦的心智"（行 67）；另一方面，这种"智慧"与多数人不求或害怕辛劳的庸常智慧正成对立（行 73-74）。综合这两个方面，我们就可以看出政治美德的培养既需要接近神的智慧（通过"神灵的激发"和诗人的教诲），又需要远离大众的意见。但是，在荷马那里，这个词组毕竟用于战场，表示对敌人的残酷伤害。这样说来，品达又为美德的追寻披上一层冷酷外纱，也就是说，追求卓越和美德，既需要智慧，也需要力量，甚至是伤害的力量。但是，反过来说，作为失败的一方，则必须具备承受伤害的能力，所以，凯歌的主题在结题部分一开始，就从胜利转向失败。或许，有此对照，尼采才更不能容忍基督教的"同情"美德，并视之为软弱的女人之德。

　　阿里斯托墨涅斯具备这样的"冷峻智虑"，是他能够"俯逼"对手的重要前提。"俯逼"传达出的高度差异，一方面显示了格斗中胜利者的情形，另一方面则暗示了胜利者所持有的德性的高贵。"四名对手"或未必是确指，因为品达常在凯歌中说战胜四名对手之后获得冠军（比如第八首奥林匹亚凯歌，行 80；不过需要注意的

①　"善思"一词的分析详见第二章。

是,这首凯歌也是献给埃吉纳岛上青年,他获得的胜利也同阿里斯托墨涅斯一样),或许,这只是战胜多名对手的一种习惯表达。"皮托"表示阿里斯托墨涅斯的胜利已经从地方性的竞技比赛转向泛希腊的大型竞技会,那么,他的胜利,以及其胜利显露出的卓越就达到更高的程度。但是,俯逼的对象毕竟只是"身躯",这就是说,在这种体育竞技之中,荷马描述下的具体战斗只出现在身体的层面,或者说,阿里斯托墨涅斯还需要在精神的层面进一步俯逼对手。这至少有两层暗示,其一,阿里斯托墨涅斯由于年轻,精神上的高贵仍然需要进一步的培养,所以,他仍需"辛劳"而求之;其二,参加比赛的都是贵族青年,一次身体竞技的失败,并不代表精神的溃败,比如神话部分的阿德拉斯托斯第一次远征忒拜失败,但第二次却告功成,竞技精神的培育才是这种竞技成为希腊贵族教化的根本所在,根本不是为了一次或多次身体的胜利。再者,"俯逼"表现出一种高低的位序,胜利者由于智慧和力量而处于高位,与第二转题部分的"此时将一人高举,彼时又将另一个覆于掌底"形成对应,从字面来看,这表明阿里斯托墨涅斯此时处于被神意之手高举的位置,而他的竞争者则被覆于掌底,不过,这又何尝不是在暗中告诫阿里斯托墨涅斯:此刻的胜利并不能确保未来的胜利。

惟其如此,才能进一步理解凯歌场景何以转向返乡的失败者。[1] 这不仅是为了以对手的失败反衬阿里斯托墨涅斯的胜利,还是一次主题的转移。凯歌从胜利转向失败,是因为胜利必然带来失败,或者说失败不可避免,是人必须承受的某种命运。大体而言,凯歌对失败者的描述,基本上都与阿里斯托墨涅斯的胜利情形作为比照,由此而更显其落寞。如此比照的词语共有三个:甜美、笑声愉悦和快意。甜蜜(ἔπαλπνος)是一个非常罕见的词语,在品达

---

[1] 凯歌胜利者的返乡,是目前以人类学方式研究品达的一个话题,参 Pfeijffer,页 587,尤其参 Kurke,页 15—60。

现存的诗歌里,只有这里出现了一次。① 单独来看或许意味不明,我们不妨将这三个相关词语综合分析一下。先看"快意"($\chi \acute{\alpha} \varrho\iota\nu$)一词,对胜利者而言,因胜利而倍觉快意,这是品达的一种惯常表达。② 但在此处,将词首字母大写之后便是前面第 22 行提到的美惠女神($Xa\varrho\acute{\iota}\tau\omega\nu$),前文(第四章)也曾分析第 56 行的"欣悦满怀"与美惠女神之间的关系,"欣悦满怀"表明了诗人与城邦礼法优良的关系。所以,这里的"快意"就暗含了竞技胜利者与诗人和城邦之间的关系——即快意之产生,不独来自竞技的胜利,也来自竞技胜利为城邦带来的荣誉。具体到凯歌的语境,快意的产生,则是由于返回母亲身边时的"愉悦笑声"。母亲一方面意指竞赛者的母亲,因为阿里斯托墨涅斯参加的是青年比赛,所以,比赛胜利后回到母亲身边,让母亲骄傲,这是人之常情;③另一方面,母亲还喻指城邦,因为"快意"本身暗含了与城邦之间的关系,事实上,品达便常常以母亲比喻城邦。④ 这就是说,甜蜜就是带着胜利回到母亲和城邦身边时的愉悦。所以,胜利关系到城邦的荣耀,相反,失败无法令城邦荣耀。与此相反,在失败者的眼中,失败就更是一种苦楚的感受。细看品达的笔法,就会发现,对这些胜利者返回城邦时的荣耀的描绘,恰恰是从失败者的角度出发,而且,全是心理感受

① 另外,在第五首伊斯特米凯歌第 12—13 行用了 $\ddot{\alpha}\lambda\pi\nu\circ\varsigma$。$\ddot{\alpha}\lambda\pi\nu\circ\varsigma$ 加上前缀 $\acute{\epsilon}\pi\acute{\iota}$,构成这里的"甜蜜"。
② 参第七首奥林匹亚凯歌,行 5,第十首奥林匹亚凯歌,行 78—79;第六首伊斯特米凯歌,行 50,还有第五首涅墨凯歌,行 54;参 Pfeijffer,页 193。
③ 比如,梭伦曾经讲过一对孝子的故事,在阿尔戈斯有一对经常获得竞技比赛胜利的兄弟,因为母亲想去神殿观看赫拉女神的盛大祭典,又找不到牛拉车,就把母亲坐的车拉到神殿前,母亲很为两个大力而孝顺的儿子骄傲。但两人却因疲累而死。阿尔戈斯人为赞扬两位青年的孝心,为他们立了像,放进神殿。参希罗多德《原史》卷一,31。
④ 比如,第一首伊斯特米凯歌第 1 行称忒拜为自己的母亲,在第九首奥林匹亚凯歌第 20 行(以及第五首涅墨凯歌,行 8),直接将母亲与城邦合成一词:母邦($\mu\eta\tau\varrho\acute{o}\pi\circ\lambda\iota\varsigma$)——这是希罗多德和修昔底德用来指代殖民者与母邦之间关系的词语。另参埃斯库罗斯《七雄攻忒拜》,行 416。

和情绪的描绘，这恰恰说明，对失败者而言，反差最大的，是内心的苦楚。

品达是以三个不定过去时（行 81、84 和 86）描写失败者当时的心理情绪，在这一诗节结束时，则以现在时动词"蚩行"展示失败者返乡的情形。[①] 同样，这仍旧是心理上的描绘：苦涩难当。失败者返回家乡后，不敢漫行于大街，只能蛰行小巷。[②] 这与神话部分阿德拉斯托斯率众返乡时的诗行正成对比："来到阿巴斯宽敞的街道。"（行 55）宽敞的街道意味着城邦共同体的生活，而偏僻的陋巷则远离城邦的共同生活。"返回"的意象在这节强调了两次（行 83，86），显然意在表明竞技者与城邦之间的关系。失败者之难以接受失败，从根本上讲，便在于无法展现自己的卓越美德——或者说，自己其实不够卓越，在城邦的政治生活中，他就无法做出与自己贵族身份相应的行为（或劳作），这才是最深处的苦涩所在。仍需要注意的是，蛰行还有一个修饰语"远避敌人"。一般的释义和译文都将这个"敌人"看做竞技的竞争者。不过，现在时态的"蛰行"表明，这些竞技比赛的失败者，无疑已经回到自己的城邦，皮托竞技会上的竞技者们来自不同城邦，自然也就回到各自家乡，所以，在失败者的城邦，曾经的竞技对手根本不会相遇。这个"敌人"当然就另有所指，即城邦中人。"敌人"的词根是"恨"（ἔχϑϱα），也就是让人觉得憎恨（《奥德赛》卷十二，行 452），所以，这里的"敌人"，应该是对失败者表示憎恶的人，或是邦民，或是城中其他贵族。正是由于这种憎恶的出现，"快意"便无法呈现，所以，美惠女神和相应的优良礼法在这样的场合是缺席的。

凯歌转向失败，便含有两层意蕴。首先，以失败者的情绪作为表达重点，说明身体的失败带来精神和心理上的失败，但"身躯"一

---

① 据说，这正表现了凯歌的表演时间：竞赛是过去的事情，而当下正是返乡的表演时刻。

② 或可译为"后巷"，就是避免与人相遇的偏僻小巷，参第八首奥林匹亚凯歌，行 69。

词业已表明,竞技的胜利基于身体的层面,而失败的精神情绪却来自人的内心。同样,阿里斯托墨涅斯的胜利并不足以保证他自我精神和性情上的卓越,所以,失败的主题恰恰就是突出美德的这个层面。其次,胜利或失败均不是一己的成败,对贵族青年来说,这直接关系到个人美德和城邦美德。凯歌直接呈现失败,实际上在教育他们面对自己人生中的挫败,面对困厄,人生毕竟要历经"漫长的困苦"。只有这样,他们才能在政治生活当中懂得面对失败困苦。事实上,早在凯歌神话部分便已预示了失败与成功的交替。神话部分是失败—胜利,而这里则是胜利—失败。两相对举,便能看出人类能力的局限。没有人能够一直得到神佑,失败终将难免,但面对失败,不要坠入低迷,而是要砥砺心性,像阿德拉斯托斯一样,经困苦而胜利。但是,即便胜利,也要知道神意或会翻转,失败或许紧随胜利而来。无论是个人生命,还是政治生活,概莫能外。所以,凯歌随后立刻转向胜利之后虚妄的希望。

从第 88 行开始,凯歌转入下一层对立境况的分析:希望与坠落。希望的产生,正是由于获取了"新的荣耀"。新的荣耀会让人想起第 34 行"最新展露的高贵","最新"意指凯歌所歌唱的皮托竞技胜利。此处的"新"更应该当成一种泛指。就是说,每获得一次新的胜利,带来一次新的荣耀,会让人产生一种"希望",而这个希望产生的时刻,则是"恢弘璀璨"之时。

璀璨(ἀβρότατος)是最高级,直译为最美好的,是凯歌中出现的最后一个最高级形容词;但从凯歌脉络来讲,璀璨时刻的降临得自于新的荣耀,但"璀璨"本身并不是一种绝对最高之物。它就像多数人所以为的"愚人中的智者",与安宁女神"最终的钥匙"相比,是一种属人的最高级,而时间上的限制更说明了其暂时性。与此更为相关的是,在这个璀璨时刻,"他"张开了"男子气概"的翅膀。"男子气概"与此前不取决于"人"(行 76)是同一个词根,前文已经分析,这个"人"实指城邦中的众人,此处这种男子气概,同样是一种属于普通民众的习常美德,也就是所谓勇敢。这就表明,"他"获得了新的荣耀,但是,把一次胜利视为恢弘璀璨时刻的,其实只是众人的俗见。而且,凯歌转向第三人称的叙述,与阿里斯托墨涅斯之间出现了一定的距离。换言之,现在诗人向城邦公众言说,阿里斯托墨涅斯已经进入城邦众人之中,他也就更容易受到城邦民众的影响。胜利者获得了胜利,但是,勇敢的翅膀却是出于众人虚妄的激发,把某个时刻的美好化为一种绝对的璀璨。这本身就是一种超越界限的希望。"希望"正是这一节的核心词汇。尼塞提克在论文《胜利与必死之叶》中详细分析了,什么是希望,什么是人的希望:

> ἐλπίς(希望)这个希腊词汇不单涉及人类妄言未来的天性,同样也涉及他们的特殊方式。正是欲望、意志(volition)、本能,再同智力相结合,使得ἐλπίς具有了蛊惑和破坏的危险能力。①

在希腊传统诗歌里,希望通常以一种虚妄的面目出现,是人对未来飘渺的幻想,比如赫西俄德所言,"懒惰的人指靠虚浮的希望,人在贫困中,心里充满责难。潦倒的人总有可悲的希望相伴"(《劳作与时日》,行 498—500),希望总是"虚浮的",或"可悲的"。经由忒奥格尼斯再到品达,希望(ἐλπίς)的"蛊惑性"面目愈加浓厚,兹举忒奥格尼斯的看法为例:②

> 人们的希望就和危险一样,
> 是一位邪恶而不值得信赖的神灵。

---

① 尼塞提克,《胜利与必死之叶》,前揭。下文所引忒奥格尼斯诗歌亦转引自该文。
② 关于品达和忒奥格尼斯的关系,参见前文所引 John H. Finley 的文章《品达的开篇》。

人们以为或希望得到的东西,她从不给出,

直到事物最终的结局显现。

除非遭遇严峻的事态,

否则人们无法得知那是好事或是坏事。(行 637—

642)

　　再如梭伦的格言:"我们个性迥异,却都乐见那些空洞的希望。"(辑语 36)索福克勒斯在《安提戈涅》中让长老组成的歌队唱道:"那飘渺的希望对许多人虽然有益,但对许多别的人却是骗局。"(行 615—616)耽于希望的幻想会延缓甚至取消人的劳作,更为重要的是,希望使人盲目,从而缺乏对人类行为和处境的清晰判断。所以,品达在另一处说,"可是我们的枝条却被无耻的希望束缚,我们远虑的溪水遥不可及"。① 此中关键有两点,其一,希望与智慧——"远虑"——不相容。希望是对未来的虚妄幻想,这首先就是对未来缺乏判断,不知道人类与神不同,不懂得人类生活的无常。在这个意义上,上一个诗节中成功和失败的交替,才是人类在世生存根本境况,耽于希望则会忽略失败的层面,而只留意成功带来的"璀璨",由此,更模糊了此刻朝向未来的行为。其二,希望是人的时间的延伸。假如希望能够一如人愿,就表明人实际上能够洞悉未来,也就是取消了当下的时间与未来时间之间的差异,换言之,人得到了永生。这无异于取消了人与神之间的差别,但是,这不过是人在肆心鼓动下的幻觉。一旦超越这一界限,自然要受到神义的惩罚,凯歌一开篇,安宁女神就已经惩罚了那些心怀肆心的希望者。不妨用尼采的一段话为此做结:

---

① 第十一首涅蜜凯歌,行 45—46。另参第一首伊斯特米凯歌,行 15—17;参 Day,页 49以下。

希腊人对**希望**的评价也与我们不同,在他们看来,希望是盲目的和欺骗性的,赫西俄德在一篇寓言中最强烈地表达了这种态度,其意义是如此陌生,以至于没有多少晚近的评论者能够恰当地理解它,——因为它与从基督教那里学会将希望当作一种美德来信奉的现代精神背道而驰。对希腊人来说,未来的知识的大门似乎还未完全关上,在无数我们只满足于希望的情况下,他们却把探究未来提高到一种宗教使命的高度:由于他们的预言家和占卜者,希望遂成了某种低级、卑劣和危险的事情。(《朝霞》,格言 38)

但是,希望恰恰是人类对艰辛处境的一种自然回应。① 对于多数生存艰难的常人来说,心怀某些对未来的期盼,让生命多一些慰藉,至少可以增加些许在世的温度。在尼采看来,更好的方式却不是这种空洞的希望,而是一种政治秩序和宗教:"宗教给出某种使人幸福、使人美好的东西,某种使整个日常生活、整个低俗以及自己的整个灵魂近似动物性的贫乏得以称义的东西。"(《善恶的彼岸》,前揭,第 61 节)换言之,要用某种美好的存在秩序替代无谓的希望。就这首凯歌而言,这种存在秩序内允许常人的财富追求。②

希腊人不是如今拜物的现代人,更不是要对财富故作蔑视的现代人,所以,他们不会作出鄙弃财富的姿态。赫西俄德说过,"工作并不是不体面的事情"(《劳作与时日》,行 311)。普鲁塔克曾经列举过那些做过商人的哲人:泰勒斯、希波克拉底和柏拉图(《梭伦传》,2.4)。财富是人类辛劳所得,是良好的政治生活的基础。③ 在

① 赫西俄德,《劳作与时日》,行 95;第八首伊斯特米凯歌,行 15;参 Burnett,页 111 以下。
② 参尼采《人性的、太人性的》"财富作为世袭贵族的起源"的短论。
③ 注意柏拉图《王制》开篇的老人克法洛斯,一个富有的商人。

描述和平女神降临的繁荣城邦时,赫西俄德写道:"他们的财富源源不绝,从不用驾船出海;丰饶的土地为他们产出果实。"(《劳作与时日》,行 236—237)所以,在没有"希望"的情况下,常人的追求和生活秩序就是,在宙斯和诸神看顾下,辛勤劳作,以财富维持社会的良好秩序。但是,一旦插上"希望"的翅膀,人们便会对财富基础上的存在秩序表示鄙弃:其"追求"要超越财富。这实际上就是超越现存的政治规范,不过,需要明确的是,试图超越而飞翔的主语是第三人称单数,也就是竞技胜利者。但是,他的翅膀则是"多数人"带来的翅膀,因为胜利的欢庆,带来了不知节制的愉悦感受,令胜利者的胜利反倒成为个人品性提升的障碍。于是,竞技胜利者对传统的政治礼法心生疏离,也就是意欲飞翔。

"飞翔"一词会让人想起品达对自己诗歌技艺的形容(行 34;另参第六首涅嵋凯歌,行 48—49),很多注疏家也持如此看法。但是,放在这里的语境,并不能简单视为诗人对自己的描述,尤其是飞翔和坠落的对举,无疑更令人想起代达洛斯(Daedalus)和伊卡卢斯(Icarus)父子的神话(《伊利亚特》卷十八,行 592 以下)。代达洛斯制作技艺出众,是后世能工巧匠的先祖,伊卡卢斯用父亲制造的翅膀飞行,但由于飞得过高,距离太阳过近,于是蜡翅融化,跌入海洋而亡(《伊利亚特》卷二,行 145),或许,这与肆心的法厄同也有类似。他们超越界限的飞行,都带来了死亡的结局。代达洛斯的技艺必须要保持在一定的限度之内,也就是说,不能超越人的界限。越过这一界限的人,必将受到神的惩罚。

所以,紧随这行凯歌之后,品达使用"有死之人"一词强调人与神之间截然的界限。[1] 人终有一死,唯有神明不朽。而且,所谓有死凡人的"欢愉",其中欢愉一词与上一个诗节对胜利者的描述直接相关。竞技胜利会带来甜蜜、愉悦和快意,但凡此种种,也只是

_____

① 见参本章,页 168,注释 1。

有死之人的片刻欢愉，纵不可因"瞬间的"胜利而有渎神的肆心。因为这些属人的欢乐，背后总还有诸多痛苦、失败与失意，这是人无法摆脱的命运。随后的"瞬间"一词，直指这种欢愉的短暂性质，时间上的短暂又暗中对立于希望的未来特征。"同样坠落大地"，"同样"是指"坠落"也会迅速降临，就像伊卡卢斯在蜡翅融化之后，立刻坠落大海，只剩"一双白腿"。[①] 这就和凯歌第 77 行"此时将一人高举，彼时又将另一个覆于掌底"形成前后对应。民众所以为的，与人的真实境况并不相同。品达把导致这一切的原因放在最后，意在强调："一旦歧（ἀπότροπος）见（γνώμα）摇曳。""见"是单数属格，指另外一种不同的意见。它表明了最初的甜蜜与飞翔是与此处的不同的一种看法——但同样只是看法。这些看法和大众的情绪一样，瞬间变幻。这样，我们回头再看城邦民们兴起的希望，就会明白，它同样只是来自某种民众的意见，这当然不是品达所说的诗人的"智慧"（σοφία）。民众的看法变幻不定，导致胜利者生起超越政治的希望——但承受最大伤害的，却不是胜利者，而是民众。当胜利者因"歧见"而坠落时，就可以认为，另一种希望使前一种希望破灭，善变的意见破坏了优良的政治秩序。[②]

从胜利到失败，这是竞技者体现出的人生常态，他们的回乡之

----

① 参奥登的诗作《美术馆》，此处翻译参考了穆旦译文：

> 比如，布鲁盖尔（Breughel）的《伊卡卢斯》：在这场灾难面前，
> 一切都那么安详地转过脸去；农夫或许
> 听见了溅起的水声，绝望的呼喊，
> 但对他来说，这并不是严重的失败；阳光闪耀，
> 照着一双白腿没入绿色的
> 海水；豪华纤巧的船舶定然看见了
> 什么奇事，一个男孩从天而降，
> 但前路迢迢，它依旧安静前行。

② 欧洲启蒙之后的历史和政治，似乎已经证明了这一点。

旅的差别与其说展露出各自的差异,不如说更加流露出城邦中多数人的种种习气。所以,我们现在就会明白,第 86 行的"敌人"其实便是那些仅以身体竞技胜利作为标准的普通凡人,他们害怕失败,不能承受失败带来的负重。随后一个诗节中的希望,同样是他们无力自制而生起的幻想。问题的关键在于,这种失败与成功的幻象经由民众的诸多情绪,反倒影响了这些竞技者。凯歌将这些情形敞露于众,既是揭示人类生存和城邦生活的短暂与局限,更是对这些竞技者施行教诲,尤其是,既要懂得自身的胜利与失败,又要懂得城邦中多数人所以为的生存景况,由此而明白政治生活中"摇曳"的歧见。

　　在这两层对举之后,凯歌以一则抽象的格言为人类生存着上一层灰暗的色调,所以,Fränkel 认为,这首凯歌是垂暮之年的诗人对埃吉纳和这个世界的言说,布满了诗人晚年的苦涩情绪(Fränkel,页 497;页 499):

　　　　一日之中的造物啊(ἐπάμεροι),谁是什么? 谁又不是什么?
　　　　人(ἄνϑρωπος)乃虚影(σκιᾶς)之梦(ὄναρ)。(行 95—96)

　　这或许是品达流传最广的诗句,尤其用于形容在世无常,人生幽暗。我们姑且悬搁后人的理解,先做一番语文学的考究。"一日之中的造物"原文只是一个形容词:ἐπάμεροι,系爱奥尼亚方言写法,原为ἐφήμερος。根据一般希腊语字典的看法,其意有三重:一日之间的;只活一天的,朝生暮死者;每一天的。此处是阳性复数,省略复数系词,但随后的"谁是什么? 谁不是什么?"说明,ἐπάμεροι省略的主语,是一些生命短暂之物,其实就是人类。[1] 这就等于给人

---

[1]　参 Fränkel,页 497;Burton 也赞成 Fränkel 的分析,页 191,现在基本都采取这一译法,Pfeijffer,页 596。参刘小枫,《炳焉与三代同风》,前揭。

下了一条定义：人是一日之中的造物。生而为人，生命匆遽如白驹过隙——这大约是诗歌对人生描绘最常见也最指人心扉之处。《诗经》中早就有"岁亦莫止"之辞，汉人秦嘉写道："人生譬朝露，居世多屯蹇。"①汉魏乐府中这种情绪的流露极为常见，人之为人，其蹇涩如是。

柏拉图在《法义》第十一卷借用了"一日之中的造物"这个说法，雅典客人谈到对临终之人时劝诫道：

> 哦，朋友们，从字面的的意思来看，你们只是"一日之中的造物"（ἐφήμεροι）。在你们现在的环境下，难以知道自己的财产和你们自己的真实情形——正如皮托的神谕所示。因此，我作为立法者规定，无论是你或你的这些财产都不是属于你们自己的，但却属于你的整个族系（γένους）——过去和未来的族系……我的立法关注什么是对你的族系和整个城邦是最好的，个人的利益则次之。所以，当你走上人人都得走的旅程时，请向我们显示出谨慎和友好，我们会照料你身后的事务，以最大的关注来保卫你的利益，包括那些最细小的事情。（923a—c）

关于城邦利益和个人利益，这段说辞可以视作雅典和埃吉纳之间真实的区别，也是贤良政制和民主政制之间的差异——或可对勘希罗多德关于雅典人热衷于自我事物的说法。说到底，"整个族系和城邦"的自然正确要甚于个人的利益。雅典客人这番话实则一份"立法的前言"："让这些话作为前言和对生者及死者的安慰吧，克列尼亚斯。下面是实际的法律。"这个法律不是泛指一切法

---

① 曹操后来的"譬如朝露，去日苦多"有异曲同工之妙，《古诗十九首》中说，"浩浩阴阳移，年命如朝露。人生忽如寄，寿无金石固"（《驱车上东门》），"人生寄一世，奄忽若飘尘"，都是类似的人生感喟。

律,而是专门的法:立定遗嘱的法律。不过这种在立法之前先以前言(προοίμια)喻之的做法,贯穿整部《法义》,雅典客人早就说过:

> 对我来说,很显然,立法者之所以作出这种整个地带有说服性的讲话的理由是,使他为之公布法律的人接受他的命令(法律)时怀着更为合作的心绪和相应地有较多的学习准备。正像我所说的,这就是为什么这一部分恰当地不应被叫做法律的"正文",而应该叫做"前言"。(723a—b)

前言实为一种立法策略,具有强烈的修辞性质,但这不是后世的修辞学,而是接受法律之前的心性准备。① 就这种心性的准备而言,更加具有修辞学性质的,恰恰是教诲遵守习常礼法的传统诗歌。所以,当柏拉图让雅典客人以"一日之中的造物"来形容人的生存面目时,也正是品达这首凯歌传达的意蕴:人生短促,不能把意义寄托于个人的私利,而应立足于更高的神义,在传统的视野里,承继神义者,则是其族类和城邦。短暂的人生,一如蜉蝣,人如何摆脱死亡? 唯有和共同体的共同存在,才能减弱死亡的阴影。品达后面的诗句将转向这一点,但现在,品达还没有言尽人生的暗淡。

在描绘了成功与失败、希望与坠落之后,品达以灰暗的笔调指向"人"本身。随后,品达又为人下了另一条定义:人是虚影之梦。这一次,明确描述这个作为"类"的"人"(ἄνθρωπος),似乎是在说,人之为人的本质属性何在。在古希腊人看来,人的本质属性首先在于与神之间的差别:《伊利亚特》第五卷第 442 行中,阿波罗怒斥狄

---

① 关于"前言"的古典政治哲学意义,参拙作《〈扎拉图斯特拉如是说〉的前厅》,载《古典研究》,2013 年第一期。

奥墨德斯："别希望你的精神像天神,永生的神明和地上行走的凡人在种族上永不相同。"①即便是神的后代英雄,在属人的本性上也与神截然不同。这是品达两个定义的潜在背景。就第一个定义来说,神是永生的,而人只是一日之中的造物。就第二个定义来说,神与人的区别便是光与影的差异。在《奥德赛》中,荷马说,奥林波斯诸神所住的地方"无任何云丝拂动,笼罩在明亮的白光(αἴγλη)里,常乐的神明们在那里居住,终日乐融融"(《奥德赛》,卷六,行 42—46)。与此相反,人只是"虚影之梦"。

"虚影"和"梦"是直接来自荷马的词语。《奥德赛》第十一卷第207—208 行:τρὶς δέ μοι ἐκ χειρῶν σκιῇ εἴκελον ἢ καὶ ὀνείρῳ[她如虚影或梦幻,三次从我手里滑脱]。"我"是进入冥府的奥德修斯,"她"是奥德修斯母亲死后的灵魂。在第十卷里,奥德修斯"遇见忒拜的盲预言者特瑞西阿斯的魂灵(ψυχῆ),他素有的丰富智慧至今依然如故,佩尔塞福涅让他死后仍保持智慧,能够思考,其他人则成为飘忽的虚影(σκιαί)②"(行 492—495)。从字面分析来看,人死之后化为冥府的魂灵,奥德修斯也明确说过"母亲的魂灵(ψυχῆ)"(卷十一,行 83)。③ 无论是有智慧的先知特瑞西阿斯还是"其他人"之一的母亲,都可以用魂灵来指代,这或许是希腊人相信灵魂不朽的一个证据。但先知的魂灵和其他人的魂灵之间还有一个区别:前者在冥府也还能够思考,后者则丧失了这种能力。所以,后者要么"像虚影",要么"成为虚影",由此看来,"虚影"的关键在于智慧的缺乏。在赫西俄德那里,"虚影"则表示实在之物的影子,比如石头

---

① 《伊利亚特》卷九,行 134,也提到凡人;对比品达第八首涅墨凯歌,行 17。德谟克利特还有句著名的格言:"人是小小宇宙。"这些"人"都是这个 ἄνθρωπος。据考察,在品达近乎 70% 的凯歌中,都有格言直接或者间接涉及人终有一死的特征,也就是人的界限,人与神之间截然的差别(Boeke,页 55)。

② 王焕生先生此处译为"魂影",为求一致,改为"虚影"。

③ 形容死后灵魂的词语还有"魂影":"我的伴侣的魂影(εἴδωλον)在我对面絮絮述说。"(《奥德赛》卷十一,行 83)

的影子(《劳作与时日》,行589)。品达虽然只用过一次σκιᾶς,但还有三次用过其形容词形式σκιαρός:"伊斯特尔布满阴影的水流"(第三首奥林匹亚凯歌,行14)、"为人遮荫的植物"(同前,行18)、"没药树成荫"(残篇129),从字面上看,与赫西俄德更为接近,都属对存在之物的描绘。综合这些具体描述,至少可以看出"虚影"具有两层含义:其一,对应某些具体之物,经由光照而形成的阴影——即所谓"虚"而不实;其二,虚影意味着智慧的缺乏。

"梦幻"则相对复杂,一般来说,希腊语中表示梦幻的常用词语有二:ὄνειρος和ὄναρ,但品达选用了ὄναρ,而非ὄνειρος。在《奥德赛》第十九卷,审慎的(περίφρων)佩涅洛佩对奥德修斯说道,梦总是晦涩难解:

> 须知无法挽留的梦幻(ὀνείρων)拥有两座门,
> 一座门由牛角制作,一座门由象牙制成。
> 经由雕琢光亮的象牙前来的梦幻
> 常常欺骗人,送来不可实现的话语;
> 经由磨光的牛角门外进来的梦幻
> 提供真实(ἔτυμα),不管是哪个凡人(βροτῶν)梦见它。
>
> (行562—567)

梦(ὄνειρος)是凡人熟睡之后遇到的某种东西,实际上,是神给人带来的东西,赫西俄德也提过一次ὄνειρος:"黑夜生了可怕的厄运神、黑色的横死神和死神,她还生了睡神和梦呓神族(Ὀνείρων)。"(《神谱》,行211—212)梦呓神族作为诸神之一,出自黑夜,赫西俄德以"生了……还生了……"(τέκε δ᾽... ἔτικτε δὲ)的表达法(《神谱笺释》,前揭,页223),把前三个神和后两个神分开,似乎是要强调两种神的不同类型,前者厄运、死神对人而言,都是一种灾难,但是,睡眠和梦,则不具有这种特征。梦神给人带来了梦,但这样的梦具有双重可能,既可能给人带来真实,也可能带来欺骗。

　　品达使用的则是ὄναρ一词,在荷马那里,ὄναρ只有一重含义:噩梦《奥德赛》卷十九,行 547:"请放心,那不是噩梦[陈中梅译本错译为睡梦],是美好的事情,不久就会实现。")就在上引这一节之前,佩涅洛佩在向众人描述自己的梦,所用的词语还是ὄνειρος,可是,梦中的鹰对佩涅洛佩说,她所做的梦(ὄνειρος)不是噩梦(ὄναρ)。那么,后者是负面、不吉的梦,或可称之为噩梦。在下一卷,佩涅洛佩向阿尔忒弥斯祷求时,说自己做梦(ὄνειρος)之时,"以为那是真实而非噩梦(ὄναρ)"(卷二十,行 90),这就是说,ὄναρ与真实的情形对立。同样,在《伊利亚特》开篇,宙斯就送来了不详的梦(卷一,行 63):"那夜,他正做着噩梦(ὄναρ)。"(卷十,行 496)由此,我们知道ὄνειρος与ὄναρ之间的区别所在,ὄνειρος具有双重意味,既可能真实也可能虚假,而后者则归属于噩梦。在品达所有现存诗歌里,只有这个地方使用了ὄναρ;品达在其他凯歌中使用ὄνειρος时,意指人通常所做之梦,至少并不指向残酷的噩梦。比如在第十三首奥林匹亚凯歌第 66—67 行,"当他的梦(ὄνειρος)突然成为现实",这正符合这里的分析,因为这里有一个明显的转换意味:梦幻成为现实。① 由此,品达这里所用的ὄναρ就务必要与两种可能都有的ὄνειρος区分开来,因为前者人只意味着某种不吉,或者欺骗。

　　现在,理解了这两个词语的含义之后,再来审视品达的断言:人是虚影之梦。这句话紧随人是"一日之中的造物"而来,而其意味更深一层,人生何止短暂匆促,简直就是并不存在,就像西班牙剧作家卡尔德隆所说,"人生如梦",或者像苏轼之言:"人生如梦,一尊还酹江月。"但是,品达的虚影之梦,比这个如梦的人生还要复杂。所谓虚影之梦,就是虚影所作的噩梦,但是,梦总是指向未来,

---

①　第四首皮托凯歌第 163 行,年老的佩里阿斯向年轻的伊阿宋说:"奇异的梦(ὄνειρος)向我送来这些吩咐。"佩里阿斯如何施展言辞诡计姑且不论,单就"奇异的梦"这一说法而言,与此处分析并无抵触。

噩梦便指向残酷的未来。换句话说,对于虚影来说,人生是一场噩
梦,所谓未来残酷,便是没有未来。① 在前一个诗节里,民众的盲
目令竞技者生起无端的希望,随后又瞬息坠落。两相对比,噩梦与
希望何其相似,一个是盲目相信未来,一个是完全拒斥未来,这不
过是"歧见摇曳",都不晓得人在世生存的真义。

　　问题的关键就在于"虚影"。人是虚影的噩梦,即对于虚影来
说,人生便是噩梦。虚影恰恰是没有智慧的魂影。人生固然短促,
但是,在人世与冥府之间,还有这短促的一日距离。奥德修斯在冥
府中看见的诸多魂影中,连最勇敢的阿喀琉斯都如女人一样哭哭
啼啼(卷十一,行472)。同样,那些特洛伊战争中声名远播的英雄
们,在奥德修斯的冥府之旅中,没有一个表现出丝毫的英雄气概,
阿伽门农王也灵魂忧伤(行387),放声痛哭,泪水流淌(行391),
"其他故去的谢世者的灵魂仍在那里悲伤哭泣,诉说自己忧心的往
事"(行541-542)。这些尘世的英雄在冥府全都丧失了自己的
"智慧",所以,他们悲伤哭泣,全无气魄,这些魂灵"全都走向昏暗"
(行563)。品达的"虚影"就像这些冥府幽魂一样,毫无智慧可言。
这一切的根源就在于,"一旦人的生命离开白色的骨骼,魂灵也有
如梦幻飘忽飞离"(行221-222)。"虚影"和"人"之间有着神与人
之间一样截然的分野:死亡与存在。虚影与尘世中人相比,是不实
在的。虚影的悲叹实际上不是指向还享有短促一日的有死之人,
而是指向他们自己,因为,甚至那极其短促的一日之光,他们也已
经永远丧失了。

―――――――――

① "有一个古老的传说,说的是国王弥达斯在森林里追捕酒神狄俄尼索斯的伴侣,智
慧的西勒诺斯。当西勒诺斯最后终于落到国王手里的时候,王就问,对于人来说,
什么是最好最妙的。那个精灵呆呆地不动,最后被国王逼得没办法了,便一边尖声
大笑,一边说了如下的话:'悲惨而瞬息即逝的生物,偶然与忧苦所生的孩子啊,你
为什么要逼我说出你本不该听到的事情呢? 最好最妙是你无法达到的呀,那就是.
没有出生,没有存在,什么也不是。不过,对你来说,次一等的好就是――立即死
去。'"(尼采,《肃剧的诞生》,第三节,凌曦译文,未刊稿)

在第二首奥林匹亚凯歌第 30—33 行,品达几乎原封不动地提到了此处的关键词语:一日、死亡、人:

> ……真的,有死凡人终究无法
>
> 穿透死亡的终点,
>
> 但我们还能心怀不曾衰竭的祝福
>
> 并过完安宁的一日（ἁμέραν）——太阳（ἁλίου）的一个
>
> 孩子啊。

（行 30—33）

一天（ἁμέραν）是 ἡμέρα 的多里斯方言写法,正是第八首凯歌结题部分第 95 行的词语 ἐφήμερος 的词源,不过是加了一个介词前缀:ἐπί。太阳显然对应这里的光芒。但是,这里没有出现"虚影",所以,一日虽然短暂,但在世的生存品质却截然不同于冥府的黑暗,即便死亡（"虚影"）很快降临,人仍应该心怀不竭的祝福,过完一日:正是这份"不曾衰竭的祝福",才能保证这一日的安宁。此处的安宁,首个字母大写之后便是安宁女神,也就是凯歌开篇吁请的女神。安宁女神手握城邦最终的钥匙,那么,此处的安宁就暗指了城邦中的有序生活。这样,人和"虚影"之间的区别就不仅仅是生死之别,而在于人的生活总与城邦相关,而魂影或者冥府,或是与政治生活无涉,或是政治生活的禁足之处——以禁止的方式与政治相关。① 何为"一日",则彰显了人与"虚影"的最后一个差异:人的一日所以成为一日,是由于神洒下的光芒。所以,凯歌转向宙斯赐

---

① 比如,还是在《奥德赛》冥府之旅这一卷,阿喀琉斯"沿着长青的草地"走向远方（行539）。所以,戴维斯认为,冥府恰恰是政治的界限所在,参《古代悲剧:索福克勒斯的〈埃阿斯〉》,载《经典与解释 19:索福克勒斯与雅典启蒙》,北京:华夏出版社,2007 年;后收入《古代悲剧和现代科学的起源》,郭振华、曹聪译,上海:华东师范大学出版社,2008 年。

予的光辉：

> 然而，一旦宙斯赐予的（διόσδοτος）澄辉（αἴγλα）拂照
> （ἔλθη），
> 霭霭扶光（φέγγος）委照于人（ἀνδρῶν），于是生命和顺
> （μείλιχος）。

　　每一个"一日"均得自于宙斯赐予的光芒，这不仅仅是时间上的长度，尤其重要的是，从根本上讲，人类生存的根基来自宙斯，而且，他以光芒赋予人在世生存的最美好品质。品达继承了荷马的写法："生活在大地上的人们就这样思想，随着人神之父遣来不同的时光。"（《奥德赛》卷十八，行 136-137）还有阿基洛库斯（Archilochus）的说法："有死之人的诸种情感，端赖宙斯向一日的光阴赐予何物，而他们的思考，只能抓住他们碰见的事物。"[1]从根本上讲，宙斯所给予的一日光阴是人的生存形态，而这一日光阴之中的光芒则是人的存在有异于"虚影"的根本，所以，宙斯赋予的光芒，才是这首激越而安详的诗的核心所在（Wade-Gery，页 214）。"一日"所以能够安宁，其根源也就在于宙斯的光芒。光芒来自于神，也就是说，人因此而能够分有某种神性，这就是人所能具有的最好品质，也就是追求卓越的根基。

　　但是，神赐予的光芒和人所接受的光芒毕竟已经不同。在古典希腊语里，表示光的只有这两个词语：即澄辉（αἴγλα，相当于φάος）和扶光（φέγγος），埃斯库罗斯与品达用法无异；但是，这两种光并不相同，希腊诗人不会用前者描述早晨或傍晚的微光，也不会用后者表达正午的日光，前者是"直接的、持续的"光，是更浓烈的光亮，比如，在《伊利亚特》卷 2 行 47-48，"黎明女神升到奥林波斯

---

[1]　残篇 68，Diehl；参 Burton 对几个文本关联的分析，页 191-192。

高山上,向宙斯和其他天神传报阳光(φόως)";①而后者则是"分散的、反射的"光,无疑要微弱许多。所以,前者是属神的,而后者才是属人的微弱光芒。②

正是由于宙斯撒下的光芒,人才分有了光明,即扶光(φέγγος),这种与神相比要微弱得多的光芒。不过,注意品达的用词。扶光所照之人是ἀνδρῶν,也就是第76行中"不取决于人"的"人",同样是第90行"男子气概的翅膀"中的"男子"。根据前文分析,这几处的"人"都是城邦中的普通男人,也就是大多数人。这就是意味着,凯歌从一种一般性的教诲转向城邦政治生活,也就是从"哲学到政治的转变",③转向了城邦中的多数人。在第七首涅嵋凯歌中,品达明言,大多数人(ἀνδρῶν)"都只有一颗盲目的心"(行24)。正是这些大多数人,才是城邦生活的主体。然而,怎样的生活才会和顺?

"和顺"本是形容人性情亲切温和的词语,④这里的意思是说,

---

① 尤其明显的例子是《奥德赛》第六卷,荷马这样描述奥林波斯山:

> 永存不朽,从不刮狂风,
> 从不下暴雨,也不见雪花飘零,
> 一片太空延展,无任何云丝拂动,
> 笼罩在明亮的白光(αἴγλη)里,
> 常乐的神明们在那里居住,终日乐融融。(行42—46)

② 关于两种光的区分,参 Lyde,《品达文脉》(*Contexts in Pindar*),Manchester,1935,导论10—11,正文,页3—8;参 Stanford,1942,页363—364,他在文中还提到塞涅卡在《书信集》第21封中用法。"光"是品达反复使用的一种形象,比较著名的是第四首奥林匹亚凯歌第9—10行,参 Schmid,1996,页18—19。

③ 见刘小枫,《炳焉与三代同风》,前揭。

④ 比如《伊利亚特》卷十七,行671("他活着的时候,对所有人都那么亲切");《神谱》行406:"身着乌衣的勒托,她生性温柔。"第408行重复了这个词语,根据吴雅凌的笺释:"勒托之所以叫这个名字,是因为她是一位仁慈的女神,愿意满足我们的要求,她的名字也许叫勒托,外乡人常常这么称呼她,似乎是指她和蔼可亲、平易近人和从容的行为方式。"(《克拉底鲁》,406a)

一旦宙斯的光芒洒照于城邦中的多数人,那么,他们就会变得性情和顺。第五个对称诗节(行88—94)已经表明,多数人的性情其实变化多端,少数追求美德的人,或者未来的统治贵族,断不可随他们的意见或升或坠。同样,"虚影"由于缺乏智慧,而将人生判为噩梦。这样一看,所谓冥府的"虚影"其实是一种暗喻,将多数人缺乏智慧的看法比拟为冥府中的众多"虚影";那么,智慧就成为一种光芒。[①] 宙斯是正义之神,对人类而言,他的光芒首先无疑是正义之光,凯歌前面提到正义与城邦(行21,尤其需要注意"正义"词源在凯歌中每次出现的位置),宙斯之光即是以正义洒向城邦中的多数人。但是,宙斯的光芒同样照向了比喻中的"虚影",这就是以智慧洒向多数人——至于以光比喻智慧,这在古今中外都是最常见的比喻,比如著名的"启蒙",就是要带来光亮。由是观之,宙斯洒向大多数人的光芒核心,便是正义和智慧。这样两种光芒恰恰回应了安宁女神的身份:"善思的安宁女神,正义女神的女儿。"凯歌最初和最后的要点都在于城邦统治这一政治核心问题。此处更为强调的则是调节城邦中人的性情,令其和顺,这样,城邦中才会出现和顺的政治秩序。

　　我们仍需注意,"和顺"修饰的对象是"生命"($ai\acute{\omega}v$)。生命看似是普通词语,不过是表示人生的一种说法罢了。但在荷马史诗里,这个词语出现的场合并不多,大体如下:"等到灵魂和生命终于离他而去"(《伊利亚特》,卷十六,行453);"生命已经离他而去"(同上,卷十九,行27);"我的生命在你们的城中离我而去"(同上,卷五,行685);"……失去宝贵的生命"(卷二十二,行58)安德洛玛刻如此哀哭赫克托尔:"我的丈夫,你年纪轻轻就已殒命"(卷二十

---

① 参柏拉图《王制》508d:"想想看,我们也以这样的方式描述灵魂。当它让自己凝视真理与存在($\tau\grave{o}\ \grave{o}v$)所照耀的事物时,灵魂就在思考($v\acute{o}\eta\sigma\acute{\epsilon}v$),并且有了认识($\check{\epsilon}\gamma v\omega$),似乎具备了理智($vo\hat{v}v$)。但是,当它让自己凝视黑暗笼罩的事物,看着生成和毁灭时,它就表达出意见,变得昏暗,在各种意见之间上下变幻,似乎又没有了理智。"

四,行725);"损伤生命"(《奥德赛》,卷五,行160);"我真希望夺去你的灵魂和生命"(卷九,行523)。概而言之,荷马使用这个词语的时候,都是与死亡相关之际,虽然这个词语的意思是生命,但恰恰传达了生命终将消逝的最后瞬间。生命终究散入尘埃。这与前文"一日之中的造物"正相对应,在品达看来,即便蒙有神佑,得到宙斯之光的拂照,人的生命终究是这层挥之不去的暗淡。但是,除非对荷马的词汇和意蕴极其熟悉,否则这层暗淡似乎就隐匿在朗朗白日之下。这恰是品达书写的晦涩与温暖之处。和顺的生命并不需要直抵生命的幽暗,但为学者、为政者则不可不知,而且,懂得之后,更应该懂得如何持守这份晦涩。

假如我们把这段关于"虚影"的言辞与奥德修斯的冥府之旅进一步联系,就会发现,那里两个最为重要的人物在此处似乎缺席:先知特瑞西阿斯和奥德修斯。就凯歌的脉络而言,诗人借助凯歌的言辞教诲而成为先知,真正缺席的人物是治理城邦的奥德修斯。前文的双重对比(成功与失败、希望与坠落),虽在描述在世生存的境况,但其要害却是竞技胜利者(未来的治邦之人)如何面对多数人,此处不妨延续这一分析。竞技胜利者如果要成为奥德修斯,就必须懂得诗人此处先知一般的教诲。在这个意义上,他就更要懂得宙斯光芒的意蕴。这样我们也就能够理解,为什么在凯歌的最后三行,品达要列举几位王者或英雄之名,其目的或是在激励本应治理城邦未来的年轻人——成为这样的治理者,或者王者。

凯歌这一部分以有死之人的三重对比,敞露在世生存在各种对立的极端情形。此中关键则是,少数未来的治邦者如何穿透这三重对立,穿透多数人的目光,从而在懂得人的根本生存境遇基础上,借助宙斯的智慧和正义,让城邦中多数人变得性情和顺,也就是形成一种节制和温和的政治美德。这种伟大的诗艺或政治教诲,执其两端,而至中和。这与中国古典时代的政治教化何其类似,《礼记·中庸》上说:"子曰:'舜其大知也与,舜好问而好察迩言,隐恶而扬善。执其两端,用其中于民,其斯以为舜乎!'"

二、政治生活的航程

凯歌最后三行终于直呼城邦之名:埃吉纳。不过,这一次这个名字所指代的仍旧不是城邦,而城邦先祖神女埃吉纳。凯歌第96行的"澄辉(αἴγλα)拂照","澄辉"一词的希腊语发音与埃吉纳(Αἴγινα)极其接近,这是宙斯赋予的澄辉。所以,一方面表明,埃吉纳岛是一座蒙宙斯神佑的岛屿,因此,后世以正义而在希腊人之间闻名——"正义城邦"(行21);另一方面,也暗示了宙斯与神女埃吉纳之间的关系,这才引出下文的这个家族谱系:

埃吉纳(Αἴγινα),我们的(φίλα)母亲,让这座城邦一直(κόμιξε)

航于自由的行程(στόλῳ),与宙斯一道,还有王者(κρέοντι)埃阿科斯,

珀琉斯和高贵的(κἀγαθῶ)忒拉蒙,还有阿喀琉斯。

(行98—100)

"这座城邦"自然是指埃吉纳城邦,所以,这里明确提到的埃吉纳便是这座岛屿的祖先——神女埃吉纳。① 品达在其他提到埃吉纳女神的地方,和这里一样,多是强调她与宙斯的关系、她与另一位神女忒拜之间的关系——暗指两座城邦之间的内在关联、她光荣的后代。这里需要注意的是其称呼:我们的母亲。"我们的"一词,原文φίλος,一般英译为dear,或可译为"亲爱的",但从根本上

---

① 品达其他提到埃吉纳女神的地方有:第七首涅嵋凯歌,行82以下;第八首涅嵋凯歌,行6以下;第八首伊斯特米凯歌,行16以下。

讲,其含义在于人对自己所属的家庭和城邦之间的关系,是一种表示人与城邦关联的"乡土"之辞。① 在另一首献给埃吉纳人的第八首涅嵋凯歌中,品达使用类似的词组指代埃吉纳:πόλιός φίλας(行13),即埃阿科斯"亲爱的"或者"自己的"城邦。埃阿科斯的母亲埃吉纳,是城邦中所有这首凯歌的听众的共同祖先。此刻,品达使用φίλος,就在凯歌的听众之间,自然形成一种强烈的归属和一体感。在本首凯歌第 13 行,这个形容词曾以最高级形式表达过这层含义。而且,"母亲"一词再次出现,无疑又一次暗示了竞技者和城邦之间的关系。母亲固然是城邦中所有人的母亲,更是这些未来治邦者的母亲,这也是提醒竞技胜利者深察自己的政治职责——在政治航程中所要担负的职责。

凯歌将这种航行称作"自由的行程"。在雅典人成为希腊世界的霸主之后,希腊人要求摆脱雅典,获得独立,所用的词汇通常都是这个"自由"。公元前 447 年,忒拜人在科罗拉(Coronea)之战击败雅典,获得独立和自由。② 巧合的是,在第六首太阳神颂歌里,品达歌颂了埃吉纳和忒拜这对传说中的姐妹。所以,这里的"自由"具有一种现实的指向。③ 这难免会让埃吉纳人获得某种信心。尤其是,当阿里斯托墨涅斯获得了皮托竞技会胜利的荣耀时,这种信心会更为膨胀(Burnett,前揭,页 226)。不过,除了这种现实的意味,自由还有一种政治统治的根本含义。当奥德修斯从冥府返

① 与埃里费勒(Eriphyle)有关。奥德修斯在冥府遇见过她的影子,这样叙说:"邪恶的埃里费勒,她收受贵重的黄金,出卖了自己的丈夫(philos aner)。"(《奥德赛》卷十一,行 326)参阿德金斯,《荷马史诗中的伦理观》,赵蓉译,载《经典与解释 33:荷马笔下的伦理》,北京:华夏出版社,2010 年。

② 参修昔底德,《伯罗奔半岛战争志》卷一,117;参商务印书馆译本,页 53—54,110—111。

③ 参考 Ilja Leonard Pfeijffer,《第八首皮托凯歌的历史情境》(Pindar's Eighth pythian: The Relevance of the Historical Setting),载 Hermes,Vol. 123,No. 2,1995 年,页 156—165。

回世间之后,他要做的最重要的事情,是回到自己的城邦伊塔卡,
也就是重新带领自己的城邦前行——让城邦摆脱求婚者的干扰和
桎梏,也就是自由的行程。所以,当宙斯的光芒照于城邦中人和虚
影之后,凯歌所面对的治邦者也应该同样率领城邦,走向自由之
途。尤其需要注意的是,品达这里所用的航行意象,是希腊政治传
统中一个非常著名的统治隐喻。

　　航船的政治比喻古已有之,最早出现在阿尔凯奥斯之手:①

　　　　　　我搞不懂这动乱的风暴,
　　　　　　浪头所向,忽左,忽
　　　　　　右,而我们穿过风浪中心
　　　　　　乘着黑色的航船。

　　　　　　这狂风让我们吃尽了苦头。
　　　　　　桅杆下的船舱全灌满了海水,
　　　　　　帐篷都被吹破烂,
　　　　　　裂开一个个大口子。

　　　　　　前浪过去了,后浪又涌上来,
　　　　　　我们必须拼命挣扎,
　　　　　　快把船墙堵严,
　　　　　　驶进一个安全的港口。

————————————

① 　残篇 208,阿尔凯奥斯共用过三次航船,除下引诗行之外,还有残篇 6 和残篇 73,73
　　处所言是"十分疲惫的船",意指民人对僭主的厌倦。此处译诗出自《古希腊抒情诗
　　选》,水建馥编译,北京:人民文学出版社,1988 年,页 93-94。参林国华,《船:一个
　　古老的国家隐喻》,载于《古代与现代的争执》,林国华、王恒主编,上海:世纪文景,
　　2009 年;参刘小枫编,《凯若——古希腊文读本》(上册),上海:华东师范大学出
　　版社,2013 年,页 212 以下。刘小枫,《城邦航船及其舵手——古希腊早期诗歌中
　　的政治哲学举隅》,载《文艺理论研究》,2013 年第二期。

> 我们千万不要张皇失措，
>
> 前面还有一场大的斗争等着。

"黑色的航船"是荷马时代对船只的习惯说法。对阿尔凯奥斯来说，这艘黑色的航船面临窘境，受尽风浪的肆虐。不过，航船所以惊涛骇浪不止，是因为民众兴起的种种动乱，"风暴"不是指自然环境或城邦外在的困境，而是城邦内部的种种动荡。和谐的政治秩序已经岌岌可危，他处身贤良政制飘摇不定的时代，很快，僭主们将兴起更大的风浪。如果抽离出阿尔凯奥斯具体的现实背景，诗中的航船或许可以成为城邦统治的一般比喻，倘若秩序失控，便只有飘摇的命运。但我们还不能确认这个"航船"即是城邦的比喻，根据传统的语脉，"我们"更有可能指一个贵族共同体，由于城邦中风暴的袭击，这艘船已经失去控制。①

我们再看另一位著名的贵族诗人忒奥格尼斯的诗行：

> 我们被大浪裹挟，白帆弃置一旁，
>
> 暗夜如墨，我们已漂出米洛斯的海湾，
>
> 他们犹然不愿舀干船舱积水，
>
> 即使海水狂暴，冲刷着两舷。
>
> 千真万确！他们如此我行我素，致人人临危；

---

① 后来，肃剧作家索福克勒斯在《安提戈涅》中采取了同样的比喻，克瑞翁对十五位长老组成的歌队说："长老们，我们的城邦[这只航船]经过多少波浪颠簸，又由诸神使它平安地稳定下来。"（行162—163）这里没有明确出现船只，但在风波里颠簸的意象自然指向了航船的比喻，在同一段讲辞里，克瑞翁很快明言："我知道惟有城邦才能保证我们的安全，要等我们在这[只船]上平稳航行的时候，才有可能结交朋友"。（行188—190）克瑞翁过于乐观地审视局面，自以为城邦这艘航船已经平稳，但这几行里"船"这个词语都没有出现，后来提到"船"的是克瑞翁之子客蒙："那把船上的帆索拉紧不肯放松的人，也是把船弄翻了，到后来，桨手们的凳子翻得朝天，船就这样航行。"（行715—718）

> 他们赶走机警有素的高贵舵手，
>
> 强取豪夺、无法无天；
>
> 对公共利益，再没有什么平均分配；
>
> 脚夫掌管城邦，低劣凌驾于高贵。
>
> 我真怕滔天大浪会将这航船一口吞没。
>
> （行 671—680，张芳宁译文）

　　船只在风暴与巨浪中的形象，和阿尔凯奥斯的形容如出一辙。但是忒奥格尼斯更为清晰地推进了这个意象，因为他着重刻画了船内的两种人：巧取豪夺、置风浪与全船安危于不顾的普通民众，以及机警高贵的舵手。这样的航船已经完全具备了城邦政治的根本特征：少数人和多数人以及谁来统治的问题。关于舵手，曾有神谕提及。

　　年代大约与阿尔凯奥斯同时的梭伦，在为雅典城邦立法之前，曾经求取神谕，神谕说："去坐在船的中央，你的职责是舵手；做起来吧，很多雅典人是你的盟友。"（普鲁塔克，《梭伦传》，14.4）这则神谕清楚地将城邦比喻为船只，梭伦应该做好这样的"舵手"，才不负神的期望。根据普鲁塔克的说法，在梭伦的朋友们看来，这个神谕其实暗示梭伦应该当王。梭伦没有做王，只要他的立法确实令城邦安稳，制定礼法，他仍然可以称为尽职的舵手。

　　但是，他的立法很快遭到失败。梭伦在立法后为了避免陷入两派的争执而远避海外，但很快"雅典人有分成党派：平原派，海滨派和山区人"（《梭伦传》，29.1），人们希望重新建立一种政治制度（29.2），最终山区一派的庇西斯特拉图攫取了雅典的统治权，成为僭主，而此时梭伦只是退回自己的家中，把武器放在门外，表示自己已经为雅典尽力了，此后过上平静的隐居生活（30.5—6）。普鲁塔克一言以蔽之，"梭伦还在人世的时候就亲眼看见了自己所创政体的瓦解"（《梭伦、普布利科拉合论》3.3）。与他相反，吕库古为斯巴达立法之后,"五百年间,斯巴达一直奉行他制定的法律"(《吕库古传》,29.6)。简单对比吕库古和梭伦两人的差异和他们立法的差异,便可以知道,至少在普鲁塔克眼中,梭伦没有成为一个真正的"舵手"。兹举一事为例。

梭伦立法时先解决土地问题,随后设立"元老院"——吕库古恰恰相反,先确立基本的政制,然后才解决土地问题。梭伦的元老院由历届执政官组成,但随即又设了一个四百人的议事会,他试图在民众和贵族之间实施权力的制衡,如他自己在诉歌中所言:"我手执一个有力的盾牌,站在两个阶层前面,不许他们任何一方不公平地占着优势。"梭伦认为,"城邦有了两个议事会,就好像下了两个锚,就比较不会受到巨浪的震撼,民众也就会大大安静下来。"(《梭伦传》,19.2)城邦如船,梭伦这个想法其实暗示了他对神谕的解释,或者说他认为下好安稳的锚,船只就可以维持稳定。但历史证明,梭伦错了。而吕库古的元老院设置则是由 30 人组成,不再有四百人的大型议事会,可以说,这 30 人总体上决定了城邦的多数事务,尤其是其根本,即城邦的政制品质。梭伦作为立法者而名传后世,而立法的根本要务则是政治制度的设计——今人说宪法是根本大法。梭伦的政制摇摆于民主制和贤良政制之间,一开始就为雅典埋下了分裂的种子,借用前文阿尔凯奥斯的说法,雅典这艘船一会儿向东,一会儿向西。

普鲁塔克的叙述暗中表明了这个比喻的真实:城邦的确如船。这个比喻要求这艘船中必须有真正的掌舵者掌握船只前行的方向,这样的掌舵者必然是少数人。在最高的层面上,是吕库古这样的立法者即唯一的掌舵者,而落到实际的政治层面,吕库古以实际的贤良政制替代或者融合了王者政制。这就意味着,当以航船比喻城邦的时候,除了希腊人天然的生命经验之外,更突出了王者政制或者贤良政制的天然正当。如普鲁塔克所言,"柏拉图、忒奥格尼斯、芝诺和所有那些写了政制主题而赢得人们称许的人,都引用了吕库古的政治制度"(《吕库古传》31.2)——这个名单还遗漏了色诺芬。这就意味着吕库古的政制设计所具有的不仅仅是历史的生命力,更关乎对政制这个问题本身的思考,甚至提供了范例。

航船就此成为希腊城邦政治的一个形象比喻,它既展现了城邦在世界之中的危险存在,又暗示了前行时的两个重要因素——掌舵者和普通船员——之间的内在张力。让这个比喻获得思想史地位的,更重要的还是柏拉图在《王制》卷六中借苏格拉底之口的描述(488b–488e)。[①] 在面对哲人与城邦之间关系如何这个极其严肃的问题时,苏格拉底说:"我需要用一个比喻(εἰκόνος)来解答。"于是他信手拈来,说出这个著名的诗歌意象,以航船比喻城邦。城邦的首要问题是统治问题,船员试图获取船只的统治权:

> 水手们相互争吵,意欲掌舵,每个水手都认为自己应该掌舵,虽然他们从没学过这门技艺,说不出自己的老师是谁,在何时学过这项技艺。此外,他们还声称,这种技艺根本就不可教,谁要说可教,他们便准备把那人切为碎片。他们总是聚集在船主本人周围,央求船主,甚至做出各种举措,只要他肯将舵交予他们。(488b)

但实际上他们并没有真正驾船掌舵的能力,因为真正的掌舵者必须"细致地留心年岁、季节、星辰、天空、风,还有所有与这门技艺有关的事情,如果他真想熟练地统治一艘船的话"(488d–e)。忒奥格尼斯以诗歌传达的意象,在柏拉图这里得到更为深刻的展示,而在这个部分之前,恰恰是关于哲人王的讨论,苏格拉底所以

---

① 对比亚里士多德的分析,《政治学》1276b20 以下:"作为一个共同体中的一员,公民[之于城邦],恰恰像水手之于船舶。"在谈完城邦民之为城邦民的美德之后,亚里士多德开始说"统治者的美德",实际上就暗中对应了柏拉图的"船长"。另参亚里士多德《修辞术》1406b 35。

以航船喻谈论"王制",恰恰是由于二者之间本质上的类似:为政以德。在品达看来,此种美德就是力量和智慧兼具,这是贵族君子的必然要求,品达所以认为安宁女神掌握了掌握城邦最终的钥匙,盖因安宁女神兼具智慧与力量——决议的力量和战争的力量,能够将"肆心打入船底"(行11—12),从而确保航行的安全。开篇的船底和终章的航行一对比,我们就能够发现其中明显的意味。

在第四首皮托凯歌中,品达叙述了埃厄忒斯(Aietes)对伊阿宋的称呼——"那位统领这艘船的王"(行230)①——非常完美地切中了航船和城邦之间的关联。对传统政治思考来说,航行的关键在于统领船只的人。凯歌在整个结题部分,都在思考竞技胜利者(未来的治邦者)如何面对城邦中的多数人,面对他们的生存和情绪,也就是如何统治。而到了最后几行,品达终于将诗行直接转向统治船只的王者:宙斯、埃阿科斯、珀琉斯、忒拉蒙和阿喀琉斯。

品达通常的凯歌,总是以城邦自己的神话作为起兴,或作为核心部分的神话,但是这首凯歌是罕见的例外。不过,到了凯歌结尾,品达还是提到了这个城邦引以为豪的祖先和英雄。这是这座城邦的主要英雄谱系。

根据传说,宙斯爱上河神阿索波斯之女埃吉纳,化作一只飞鹰,掳走埃吉纳,来到厄诺庇亚岛(正由于她的缘故,这座岛更名为埃吉纳岛),与她生子埃阿科斯。埃阿科斯长大后,赫拉嫉妒埃吉纳,于是降下瘟疫,埃吉纳岛上的居民全部因疾病流行而死。埃阿科斯恳求宙斯把蚂蚁变成人。宙斯应允了这一要求,从此岛上便又有了居民,即密耳弥多涅人(Μυρμιδόνες,"蚂蚁人",来自希腊语名词μύρμηξ[蚂蚁];参奥维德,《变形记》,卷七)。珀琉斯和忒拉蒙都是埃阿科斯之子,他们的母亲是马人喀戎的女儿恩得伊斯(En-

---

① 品达还有一些地方以此实指阿尔戈斯的船只,参第四首皮托凯歌,行25、行185;第十三首奥林匹亚凯歌,行54。

deis）。但埃阿科斯后来又爱上海洋仙女普萨玛忒（Psamathe），生子佛库斯（Phocus）。忒拉蒙和珀琉斯嫉妒福科斯，两位哥哥谋杀了自己的异母弟弟——据说，他们是在打猎中或者竞技会上（投掷铁饼）杀死了他。公正的埃阿科斯驱逐了两个儿子，令其永遭流放。忒拉蒙随后去了萨拉米斯岛（Salamis），成为国王。他是赫拉克勒斯最好的朋友，也是参加夺取金羊毛的阿尔戈斯英雄。忒拉蒙伴随赫拉克勒斯，是第一次攻打特洛伊的英雄之一。他是大埃阿斯（Ajax）和透刻洛斯（Teukros）的父亲。珀琉斯流放后去了佛提亚（Phthia），成为国王。也是赫拉克勒斯的朋友和阿尔戈英雄之一。后来，他与海洋女神忒提斯（Thetis）结婚，他们的婚礼上，发生了那场著名的金苹果之争。他们生下的儿子，就是著名的英雄阿喀琉斯。阿喀琉斯的儿子是涅俄普托勒摩斯（Neoptolemos，字面意为年青的战士，本名皮洛斯［Pyrrhus］）。根据预言，涅俄普托勒摩斯是最后终结特洛伊战争的人物（《奥德赛》卷十一，行505以下），而最终，特洛伊国王普里阿摩斯也是死在他的手中，结束了那场旷日持久的特洛伊战争。大致人物如下表所示：

珀琉斯（与忒提斯）—阿喀琉斯—涅俄普托勒摩斯
宙斯　　　　与恩得伊斯—
　埃阿科斯　　　　　忒拉蒙—埃阿斯与透刻洛斯
埃吉纳　　　与普萨玛忒—佛库斯

我们首先注意品达提到的英雄人物时使用的修饰词语。宙斯事实上是第三次出现，第一次作为惩罚的力量（行17），第二次则是以复合词的形式，来自于宙斯的智慧和正义之光拂照城邦（行97）。神义是城邦政治的根基，所以，宙斯的出现是凯歌开篇安宁女神神义论的延续。几代英雄以父子顺序延续而下，这是家族传承的习常描述，也就是说，治邦者的根基源自于英雄，并最终追溯到众神之王宙斯,这就在神义论的基础上强调贤良政制的神性根基。埃阿科斯的修饰是"王者",荷马曾用这个词形容宙斯和波塞冬(《伊利亚特》卷八,行 31;卷十一,行 751),这里强调了埃阿科斯作为航船领袖的神义基础和统治地位,同时他作为著名的正义之人,更能彰显宙斯的正义。忒拉蒙则是"高贵的",在古希腊的文本使用中,通常指高贵的出身,但更要有此种出身相衬的美德和能力。①

如果我们把埃阿科斯、珀琉斯、忒拉蒙和阿喀琉斯看作一个整体,视为英雄和王者的整体,那么三个修饰语"正义"、"王者"和"高贵"就不仅仅是对某个人的形容,而是对为政贵族的基本要求。"王者"表明,他们是这种政治航行的掌舵之人,这本身就是航船喻所暗示的;正义和高贵,则是对掌舵者的美德规定,作为执掌城邦这艘航船前行的人,秉行正义是维持城邦政治德性的基本的也是最高的要求,因为正义本身就是得其所宜之意,而高贵不仅意味着贵族的出身,更规定了城邦政治的德性:政治共同体德性的高低并不取决于对治邦者或者民众的诸种要求或者各种礼法规定,而是活生生地存在于治邦者自身的德性之中,"君子之德风,小人之德草"(《论语·颜渊》),人世定然如此,所以柏拉图强调,要保持"美好和高贵"(《王制》,409a)。凯歌从邦民过渡到政治生活的航行,随后出现对掌舵者的描述,尤其是对掌舵者的德性的规定。由此,英雄们无疑将对竞技胜利者产生激励,激励他们维系贤良政制这种制度本身以及其中的正义与高贵。

但是,如果我们将这几个修饰语分开来看,珀琉斯父子却没有

---

① 参阿德金斯:"荷马时代的国王是最高尚(the *aristoi*)、最高贵的人(the most *ag-athoi*)。对他们使用这一最有力的赞语的依据很明显:他们在保卫自己的共同体或进攻其他共同体时最具战斗力。在荷马时代的共同体里,无论是在战斗中还是在所谓的和平时期,他们都必须表现出非凡的胆量,赢得骄人的成功。他们的战斗力需要全副甲胄,这是必要条件,但还不充分;因为此外,他们也必须勇猛并且善于使用甲胄。"(《荷马史诗中的伦理观》,前揭)

任何的修饰词语；①此外，若以代来计的话，这里恰恰缺了神话故事中的最后一代人，即阿喀琉斯之子涅俄普托勒摩斯。在另外一首献给埃吉纳青年索格涅斯（Sogenes）的第七首涅嵋凯歌中，品达写道：

> 在皮托的神圣土地上，
> 生活着涅俄普托勒摩斯，当他摧毁了普里阿摩斯的
> 城邦之后，
> 那[座城邦]也正是达奈人受苦的地方。
>
> （行 34—36）

品达对涅俄普托勒摩斯的描绘，着重描绘了他对普里阿摩斯的城邦的"摧毁"；此外，在与这首涅嵋凯歌时间相近的第六首太阳神颂歌中，品达在勾画埃阿科斯的子孙时，同样提到了涅俄普托勒摩斯："［涅俄普托勒摩斯］彻底摧毁了（διέπερσεν）伊利昂城邦。"（行104）这里的用法其实来自荷马《奥德赛》第十一卷：我们摧毁了普里阿摩斯的城邦（行533），而在这群摧毁特洛伊城的希腊人之中，最勇敢、最镇定的就是涅俄普托勒摩斯。《奥德赛》第十一卷正是前面诗行中"虚影"的出处，此处描绘了奥德修斯的冥府之旅，奥德修斯向阿喀琉斯讲述了他的儿子的英勇，阿喀琉斯这才转泪为笑。所以，涅俄普托勒摩斯作为摧毁伊利昂城邦的人，是带来胜利的人。根据奥德修斯对阿喀琉斯的讲述，阿喀琉斯确信了自己后人的高贵。这或许意味着，珀琉斯和阿喀琉斯父子并没有真正成就其政治身份，直到第三代的涅俄普托勒摩斯才以其伟业而最终完成，这才是能够与高贵出身匹配的行为。珀琉斯和阿喀琉斯——尤其是阿喀琉斯所以没有修饰之语，是因为还需要后人的成就才

---

① 第六首伊斯特米凯歌则称珀琉斯为"英雄"（行25）。

能安慰其在冥府中的"虚影"。这同样就可能是一种暗示,暗示获
得竞技胜利的阿里斯托墨涅斯和其他的埃吉纳青年,当以涅俄普
托勒摩斯为榜样,终结雅典与埃吉纳之间持久的战争。

可是,品达在这里没有提到涅俄普托勒摩斯。假如将自由的
航行比喻为试图摆脱雅典的政治控制,那么,没有提到涅俄普托勒
摩斯,当然就意味着品达对埃吉纳的政治未来并未抱有不切实际
的期望,这也可以解释,为什么品达后来没有再写凯歌。或者,这
份留白是一种未完成的状态,埃吉纳的贵族青年为了城邦的未来,
必须自己成为涅俄普托勒摩斯这样的英雄后代。不过,本章开篇
即已言明,品达绝不仅仅只是面向政治现实,进一步考虑,倒不如
说,品达自然知道政治航程没有最后的终点。隐而未言的涅俄普
托勒摩斯既可以是埃吉纳未来的可能,也可以成为凯歌流传的其
他城邦中具有类似礼法秩序的未来可能。品达对埃吉纳的当下和
未来的思考,总是与他对贤良政制的整体思考相关。

最后一行出现的神和英雄,与整首凯歌中出现的神与其他英
雄之间也颇有关联,这可以视为一个小型"神谱":

安宁女神—正义女神(行 1)/美惠女神(行 22)/埃阿
科斯子孙们(行 23)
奥伊克勒斯之子(安菲阿拉俄斯,行 39)
阿尔克迈翁(行 46)/阿德拉斯托斯(行 49)
安菲阿拉俄斯(行 56)/阿尔克迈翁(行 57)
太阳神阿波罗(行 61)/正义女神(行 70)
宙斯(行 96)/埃吉纳(行 98)
宙斯、埃阿科斯(99)/珀琉斯、忒拉蒙、阿喀琉斯(行
100)

很显然,这里的神明和英雄大抵可以分为三类:其一,宙斯、太

阳神、正义女神、安宁女神、美惠女神等城邦诸神,是维持城邦正
义、保证城邦秩序的神明;其二,远征忒拜的两代英雄,主要以预言
和预言中的教诲面目呈现,体现的实则传统诗人在城邦中的政治
位置;其三,则是埃吉纳岛的英雄谱系,一方面,英雄们都是宙斯的
子嗣,他们通过自身的业绩而不负英雄之名,另一方面,他们是城
邦的祖先,对于以阿里斯托墨涅斯为首的城邦青年而言,自是其立
身行为之轨物范世。因此,这个微型神谱其实涵盖了城邦统治的
基本框架。品达在凯歌结束的时候提到的城邦航行,务必依循贤
良政制的原则,这其实也回应了开篇正义女神的神义论,或如柏拉
图后来的文字所述:

> 如果统治者中产生一位卓越的个人,这种政制将被
> 称为王者政制,若有多个卓越者统治,则为贤良政制……
> 因为无论是多人或是一人统治,只要他使用我们描述过
> 的那种培养和教育,城邦中值得一提的礼法就无一会被
> 改变。
>
> (《王制》,445d—445e)

与这种政制对应的灵魂,方能"健康、美好而有力"(《王制》,
444e)。

结语：诗歌与政制

在第八首皮托凯歌的时代，雅典的民主政制正在希腊世界盛行，品达在此刻大张贤良政制的美德，自然是不合时宜的行为。品达不是现代意义上的政治哲人，没有就贤良政制给出系统的抽象分析，他更不是现代意义上的政治学学者，而是恪守希腊传统并最大程度发扬传统的传统诗人。恰恰在这个传统逝去的时代，诗人的凯歌、他的政治身份和他传达的教诲，最集中地思考并传达了传统的政治思考："在古希腊诗文中，什么样的生活方式最好，讨论得最为充分。"①

品达选择凯歌——合唱抒情歌——这种传统的文学样式，本身就凸显了品达本人对政治生活方式的态度和选择。能够进行哲学思考、对政治现象进行哲学思考的人总是很罕见（《王制》431c；490e—491b），所以，葆有共同体良好的政治品性从来都不能依靠单纯的哲学能力——更不能凭靠肤浅哲学的说辞，而应通过诗歌养育人心："夫子之施教也，先之以《诗》《书》，导之以孝悌，说之以仁义，观之以礼乐，然后成之以文德。"（《孔子家语·弟子行》，又见于《大戴礼记·卫将军文子》）这其实就是孔子自己所说的"兴于

---

① 刘小枫，《昭告幽微》，前言。参莫米利亚诺，《现代史学的古典基础》，前揭，页28。

《诗》,立于礼,成于乐"(《论语·泰伯》)。正是由于这个缘故,诗歌
品性就成为极其关键的问题——无论什么时代,诗歌都必然存在,
差别只在于其形式与品格。从克塞诺芬尼开始,古代希腊的政治
哲人对荷马的反思就不是简单地批评荷马史诗本身,而荷马诗歌
的某些内容品性还不够高洁——就是说荷马不够荷马(辑语 10 和
12;另参《吕库古传》4.4),这才是柏拉图批评荷马的要害所在。品
达选择凯歌这种诗歌形式而不是戏剧,原因也在于此。凯歌和它
所体现的政制与肃剧呈现出的民主政制截然不同,凯歌的消逝与
肃剧的兴盛,就不仅仅是一种文学体裁的转变和文学形式的变异,
更是政制形式及其教化方式的改变。正如施内尔(B. Snell)的分
析,凯歌之于贤良政制,一如肃剧之于民主政制,品达认为雅典人
的礼法观肆意僭越,所以极力避之。① 本书一直在分析品达的贤
良政制观,此处无需赘述,只需比较一下雅典民主和戏剧时代:

> 在公元前五世纪至公元前四世纪,民主雅典拥有一
> 种非凡的表演文化。另一方面,毋庸置疑,戏剧是表演的
> 典范,实际上,正是雅典把戏剧纳入了古希腊的文艺宝
> 库……戏剧被认为是古代雅典最有活力、传播最广泛的
> 成就之一……并当仁不让地成了民主政制的表现形式之
> 一,正是在民主政制下,肃剧和谐剧逐渐兴盛。整个古代

---

① Bruno Snell,《心灵的发现:欧洲思想的各种希腊源头》(*The Discovery of the Mind: The Greek Origins of European Thought*),Harvard University Press,1953 年,T. G. Rosenmeyer 英译,页 69-89,尤参页 88-89。关于希腊肃剧和雅典民主政制的关系,卡拉莫,《希腊肃剧中歌队声音的表演层面:表演中的公民身份认同》和考沃拉奇的《游行表演与民主城邦》,载戈尔德希尔等编,《表演文化与雅典民主政制》,李向利等译,北京:华夏出版社,2014 年。关于肃剧和政治哲学的关系,参Peter J. Ahrensdorf,《希腊肃剧和政治哲学》(*Greek Tragedy and Political Philosophy: Rationalism and Religion in Sophocles' Theban Plays*),Cambridge:Cambridge University Press,2009 年。

时期,雅典都当之无愧地被誉为戏剧的发源地和首府。①

　　引文着重指出民主政治的表演特征,而戏剧最能传达其表演性——今日风云世界中的种种政治表演可见其一斑。不过,更加深刻地洞察了传统诗歌和肃剧之间的品质差异的,还是柏拉图和他笔下的对话,我们不妨借助他集中呈现了传统诗歌与肃剧差别的《米诺斯》,②粗览这个问题的梗概。

　　在《米诺斯》开篇,苏格拉底和一位不知姓名的雅典人谈论最严肃的"礼法"的问题。当对话者说米诺斯是个野蛮的不义者时,苏格拉底惊呼:"最亲爱的朋友啊,你说的可是雅典肃剧里的神话!"他的对话者回答:"大家不正是这样说米诺斯的吗?"雅典人持有的神的观念来自肃剧,这证明在这场对话之际,肃剧已经形塑雅典人的灵魂与生活了。而且,这是雅典一词在对话中唯一一次明确出现,其指向更为明确。此时,对话的情节已由对法的证明转向法的神圣和古老,苏格拉底于是说了米诺斯的神话故事,尤其是对比了传统诗歌和肃剧中的不同形象。巧合的是,这一段恰恰是苏格拉底最长的一段说辞,这篇讲辞的总字数几乎占据了对话的三分之一,中间只有一句对话者的插问。那么很显然,这段讲辞就是这篇对话的核心所在。

　　在对话者插问之前,苏格拉底根据更古老的诗人(荷马和赫西俄德)的说法,赞颂了米诺斯。而且,他采取了一般学校授课讲解段落和核心词语的习惯方式,仿佛是在教育一个学生。苏格拉底所以强调米诺斯和宙斯之间的血缘、教育和朋友的关系,最重要的

---

① 塔普林,《借表演传播价值》,熊宸译,载戈尔德希尔等编,《表演文化与雅典民主政制》,前揭,页20。另参阿里斯托芬在《蛙》中对欧里庇得斯的批评。
② 柏拉图,《米诺斯》,林志猛译疏,北京:华夏出版社,2010年。此处限于篇幅,暂且把《米诺斯》看作一篇独立的、处理独立问题的对话,而不试图处理它和《法义》的关系。

目的在于说明，米诺斯的立法是神法，是最神圣的礼法，不容更改。不过，在引用赫西俄德的诗句之后，他还没有来得及详细解释，对话者就忍不住发问："那么，苏格拉底啊，关于米诺斯的这个传闻，说他是个没有教养（ἀπαιδεύτου）且残酷的家伙，为何会四处流传？"这就意味着，苏格拉底的远古诗人的说法与城邦民如今持有的说法产生了很大的抵触。所以，他才急促地打断苏格拉底的话语。苏格拉底则是首先含混地说，所有诗人都要提防，"各式各样的诗人"，似乎他自己征引的荷马和赫西俄德也属此列，但是，他很快话锋一转："尤其是肃剧诗人……肃剧是这个城邦非常古老的发明（εὑρήσεις）。肃剧是最能取悦民人、最能迷住灵魂的诗歌。"苏格拉底的意思似乎是，所有的诗歌都会迷住人的灵魂，但是肃剧由于最能取悦于民人和人们当中更高贵的灵魂。

　　苏格拉底在形容肃剧时，只有一个修饰语出现了两次：古老（肃剧是古老的东西；肃剧是这个城邦非常古老的发明）。对话中"古老"还出现四次，但都是最高级的形式，并且只修饰一个词语：礼法。这意味着，就"古老"而言，肃剧不如礼法。传统诗歌颂扬的就是更古老的神圣礼法。苏格拉底把古老、神圣和礼法三种混为一体。传统诗歌和肃剧的区别就在于，肃剧无视更古老的神圣。所以，传统诗歌不是通过取悦民人而吸引灵魂，相反，他们转向神圣而古老的诸神。正是由于对话者的插话，苏格拉底直接过渡到对肃剧诗人和肃剧的攻击。顺着对话者的思路和方式，苏格拉底给了他一个很容易记得的答案：肃剧诗人破坏了立法者的形象，破坏了礼法。

　　苏格拉底在与肃剧教育中成长起来的雅典城邦民的对话中，以来源于传统诗人的米诺斯神话作为自己的立论依据，它的对立面则是不够古老的肃剧诗人的说法。简而言之，传统诗歌有利于礼法和教化，而肃剧则腐蚀了礼法和教化。这是苏格拉底给雅典城邦民的一个"说法"。假如苏格拉底的每一篇对话就是一种对不同灵魂的教育的话,那么,《米诺斯》就是教育已经受到民主文化诱导而又智力平凡的普通城邦民。"法是什么"的问题看似严肃,实则反讽地表现了民主政制下,城邦民对重大问题的不实关心。

对话的最后一句话同样是苏格拉底的话,结合开头的发问,我们可以把对话看作某种意义上的自问自答,也就是说,苏格拉底这场教育的结果难料。因为在此之前,对话者的最后一句话是"我答不上来"。他答不上来的问题是什么?"好立法者和好分配者,分配什么给灵魂可使其变好呢?"这与其说是讲立法者进行灵魂教育颇具难度,倒不如说,立法者并没有必要使民众真正懂得灵魂的问题,他最重要的事情是制定能够维持城邦的正义礼法,因为民众并不能够懂得这些,或者并不真正关心这类问题,他们更关心"食物使身体成长,劳作则锻炼了身体,让身体变得结实"。当苏格拉底说出这句话时,对话者立刻说:"千真万确。"他们对灵魂所知不多,对肉体更为关切。这就意味着对民众的教化更不能够以取悦于他们的方式进行,否则,他们只能停留在肉体的层次,并将肉体腐蚀到灵魂之中。这就是败坏生活品质的根源,而这,正是肃剧的方式。①

与这样的肃剧相反,品达凯歌的着力点一直在于城邦中高贵灵魂的培育,基于贤良政制的高贵。亚里士多德尝言:"只有在单纯意义上最优秀的人符合德性的政体,才是贤良政制。"(《政治学》

---

① 从《米诺斯》对话的表面内容看,苏格拉底和品达类似,都相信古老的神的说法,不准诽谤神,而赞颂神和神的儿子英雄米诺斯,尤其是,对传统礼法的维护之心迫切昭然。但是,苏格拉底引用荷马赞颂米诺斯的话,来自奥德修斯之口,荷马却这样形容奥德修斯那些话:"他说了许多谎言。"(《奥德赛》,行204)很可能,苏格拉底也在说些谎言,他未必真的相信传统诗人们的说法,此番说法或有自己的政治哲学目的。此外,柏拉图采用的对话方式更像肃剧,而不是诗歌。这说明,即便城邦的精神品质已经急剧下降,但是,政治哲学还是能够从最低最表面的地方开始,最终到达最美的高处。可是,传统诗人如品达者不能低就,他难以接受下降的精神品质,他必须如一地秉持自己的高贵,那么,到肃剧盛行的民主时代,凯歌不复存在也就不难理解了。

1293b5）品达沿袭贤良政制的伦理看法，认为竞技比赛便是力求并展现这种"最优秀"的场合，而他的凯歌，表面上歌颂竞技，事实上，更将这种身体的卓越推向精神卓越的高贵追求。人的生存本质上短促匆遽，但正因为这个缘故，在世之人就要让这种短促的时间沐浴神光，辛劳不倦，力求卓越。所以，贤良政制（aristocracy）的第一个要点在于这个前缀：最优秀的（aristo-）政制。但这首先需要贵族自身的优秀，这既需要高贵的出身，更需要后天的辛劳。人的高贵卓越仰赖于神，发端于神，所以，在第八首皮托凯歌中，是安宁女神为城邦确立神义论的基础，在宙斯的神义秩序治下，城邦的政治生活才会安宁有序，也就是礼法优良，这是贤良政制对政治生活的要求。可是，人却从不能超越神，人神之间有着根本的界限，这就是凯歌结尾那句"人乃虚影之梦"的根由。所以，品达一再以凯歌告诫获胜者要保持人与神的界限。懂得这些，才是最为根本的政治智慧。可是智慧同样来自于神，而其中中介，便是诗人。凯歌中间部分的神话，便再现了神对诗人的启发和教育，只有在这个基础上，诗人才能够借助神予的智慧教诲城邦中的贤人君子，尤其要懂得统治者和民众之间的关系。这就表明，在传统的贤良政治秩序里，在贵族和民众之间，诗人占据一个非常特殊的位置。诗人不具备现实的政治权力，但是，只有在诗人的教诲之下，统治的贵族才能懂得神义秩序，才能懂得符合神义秩序的政治之道。在这个意义上，宙斯的"澄辉"（αἴγλα）与委照于民众的"扶光（φέγγος）"所以不同，除了神与人的区别，还在于，神的光芒必须凭借诗人教诲的政治之道，才能委照于民人。所以，就整体而言，诗人是城邦和神之间的中介，惟有诗人才能传达出城邦的神义论；而就城邦内部而言，诗人又处于统治者和民人之间，既教化贵族，又教化民人，这便是神、贵族、诗人、民人之间和谐的政治秩序，凯歌第 67–75 行极其清晰地彰显了这种秩序：

　　　　神啊，我祈祷，请以欣悦的心智

　　　　带着某种和谐，看顾我

　　　　踏出的每一步。

　　　　游行颂歌歌声甜美，正义女神一旁伫立，

　　　　克塞纳克斯啊，而我还请求诸神的看顾，

　　　　许你好运，不熄不灭。

　　　　谁若无需漫长的困苦，就已高贵卓然，

　　　　那么，在多数人看来，他便是愚人中的智慧者

　　　　他工于技艺，作出正确决议，以安排自己的生活。

　　"我"就是歌唱中的诗人，克塞纳克斯是阿里斯托墨涅斯之父，即埃吉纳统治的贵族，多数人便是城邦中的民众。神看顾诗人，诗人则教育贵族：民众的生活伦常何在。此间核心，尽在"和谐"一词。但是，品达所处的民主时代，他追慕传统贤良政制的背景是雅典民主。唯有对举两种不同的政制，我们才能更深刻地理解品达所言。

　　现在，我们从体现政制品性的诗歌样式转向这两种政制本身，因为柏拉图《王制》中城邦与人的灵魂的类比所以能够成立，并不是由于逻辑形式的原因，[①]而是由于城邦与灵魂的对比关联能够最为突出地呈现多数人和少数人的区分和各自的教育问题。

　　关于民主政制的兴起，前文曾提及希罗多德的记述，此处不妨重读一遍：

　　　　雅典的实力就这样强大起来。言辞的平等（ἰσονομίη），不是在一个例子，而是在许多例子上证明本身是一件重要的事情。如果雅典人是在僭主的统治之

---

① 参拙编《〈理想国〉的内与外》，前揭。

下，在战争中他们并不高于邻人，可是一旦他们摆脱了僭主的桎梏，他们就远远超越了邻人。因而这一点便表明，当他们受着压迫的时候，就好像是为主人做工的人们一样，他们是宁肯做个怯懦鬼的，但是，当他们获得自由的时候（ἐλευϑερωϑέντων），每个人就都竭心尽力为自己做事了（αὐτὸς ἕκαστος ἑωυτῷ προεϑυμέετο κατεργάζεσϑαι）。

（卷五，78）①

这里其实已经完整地刻画了后来民主政制的基石：平等和自由。"有些思想家认为，自由和平等在民主政制中特别受到重视。"（亚里士多德，《政治学》1291b35）希罗多德的言辞平等扩展到各种政治权利的平等，"自由"则意味着摆脱桎梏，获得政治自由的权利。这和柏拉图与亚里士多德师生二人对民主政制的描述几乎一致。

我们先看看平等的究竟。在《王制》中，苏格拉底说，民主政制下，城邦民"平等地参与城邦政治和管理，而且，在大多数情况下，职位通常由抽签决定"（557a）。亚里士多德在《政治学》中多次谈到民主政制的平等原则："正义就被认为平等"（1280a5）；"民主政制是最符合平等原则的政制"（1291b30）。作为民主制度的基本原则，平等要求的政治权利的平等，即在政制原则上，每个城邦民平等地享有政治地位和政治权力——虽则实际的情形是民众领袖类似于僭主的佞臣，握有更大的权力（《政治学》，1292a15－20）。在法律和政治规定下，民主制下的个人能够以"一人一票"的方式参与城邦治理，甚至通过抽签的方式直接进行统治，似乎是真正的主权在民。但是，票数或抽签选出的治理者，只能保证城邦的治理

---

① 参 Saxonhouse，《雅典民主：现代的神话制造者和古代理论家》，前揭，页 31－59，尤其参页 38－39。

能够符合多数人的意愿和要求，或者完全听命于偶然的机遇，①这不能保证其治理一定公正合理；其次，如此平等地对待城邦中一切人等，这就是真正的平等吗？阿里斯托芬在《公民大会妇女》中以其夸张的剧情已经表明，政治权力的平等依旧无法取消人的自然区别，也就是自然的不平等。至于人与人之间智性和德性之别，就更难以平等视之。柏拉图在《法义》中尖锐地提出这种表面的平等和"最真实的、最好的平等"的差异：

> 这是因为我们用同一个词语来指两个"平等"概念，而这两个概念在许多方面实际上是对立的。第一种是量度、重量和数量的平等，一个人可以简单地用抽签来分配平等的份额，每一个城邦和每一位立法者都能够按照这种平等来分配荣誉。但最真实的、最好的平等，却不是如此明显可见。它需要宙斯的智慧和判断力，而且只以极其微弱的方式有助于人；然而，无论城邦还是个人，这种平等都能确凿无疑地带来好东西：给伟大的人多些，给常人少些，依据每个人各自的天性（τὴν αὐτῶν φύσιν ἑκατέρῳ）而给予他们适合的东西，更高的荣誉给予德性更高的人，至于德性和教养与此相反的人，则按其比例给予相应的东西。（《法义》，757b—c）

雅典客人清楚地区分了两种不同类型的平等，第一种平等他称之为"量度、重量和数量的平等"，这当然就是选票或者抽签，任何一个城邦都可以施行如此的政治方式，因为简便而又易于操作，只要有更多的人同意就可以。但政治事务最大的特点是含混而难

---

① "民主制尤其受制于偶然……深受偶然之害"，参戴维斯，《哲学的政治——亚里士多德〈政治学〉疏证》，郭振华译，北京：华夏出版社，2012年，页116。

以决断，面对纷繁复杂的形势，想头脑清明地理出头绪并不容易，更不要说做出正确的决议（不妨对比本首凯歌开篇）。但民主政制将这些麻烦包裹在"平等"的外壳之内，问题是否解决是一回事，看起来得到解决是另一回事。所以，雅典客人对这种平等几乎是不屑一顾，与之相反，另一种平等是"最真实、最好的"平等。两个最高级很容易让我们想起品达在第八首皮托凯歌中连续出现的最高级及其修饰的内容，"最好"是贤良政制的原则，而后文的"美德"和"教养"作为标准更暗示了这一点。与希罗多德相比，柏拉图几乎用了一个雷同的句式："每个人竭尽心力为自己做事"和"每个人各自的天性"。城邦总是不同天性的人的聚合，分配政治权利和进行政治治理，都应该依循其天性的差异予多予少，这才是真正符合"自然"的平等，才是真正的"正义"。希罗多德对民主制的描述，是每个人都在追求自己的事情，至于这样的事情究竟是何等事情，正确与否，是高贵还是低俗，希罗多德略而不言。如此竭尽全力追求自己的事情，似乎就是最大最美好的自由。

这就是民主政制的第二个醒目之词：自由。苏格拉底在《王制》中如是描述民主制下的自由："这种城邦难道不充斥着自由和自由言论吗？难道在这种城邦中没有放任自流地做任何自己想做的事的自由？"（557b）这种自由会让人过得愉悦而自在，"它可能是各种政制中最美妙的一种……有如色彩缤纷的披风，饰以各种颜色，这种政制呢，饰以各种性情，看起来也是最为美妙，而且，许多人可能，我说，像男孩子和女人那样，见到色彩缤纷的东西，就认定它是最美妙的一种政制"。我们今天的"自由世界"为各种各样的"男孩子和女人"所向往，苏格拉底早就预见到了，尼采则辛辣地称这种美好的世界为"彩色的奶牛城"。① 但是，所谓自由，既可能是朝上的自由，也可能是朝下的自由："古典派反对民主制是因为

---

① 参尼采，《扎拉图斯特拉如是说》，前揭，页58，页137。

他们认为，人类生活乃至社会生活的目标不是自由而是德性。自由作为目标是含混的，因为它即是作恶的自由也是行善的自由。"①为了保证行善的自由，就必须同样保证作恶的自由，自由作为政治原则，竟然丧失了善与恶的区分。我们难以设想，当是是非非的善恶不再，人类的日常生活靠什么维系，难道是这些彩色的装饰（《王制》562d-563d）？

这只是问题的一端，这个混沌的自由之名，更容易和平等一样，遮蔽掉自由本真的含义，甚至遮蔽掉"最真实的、最美好的"自由。民主制度下的自由是个人自由，是"每个人都有一套过自己日子的方式，爱怎么过就怎么过"，或者"每个人都会把这种自由权利当成支撑自己私人生活的基础，按照他们各自的喜好"（《王制》，557b)，但是，"自由"的希腊文本意是一个人在独立城邦中的生活状态，只有当他的城邦处于独立自主的地位，其政治生活安宁有序之时，这个人才可以称之为生活于自由之中（ἐλεύθερον ἦμαρ）——这就是最早的荷马笔下的自由。② 在《伊利亚特》中，只有两处"自由"与人的生活有关，一次是赫克托尔上阵之前对妻子安德洛玛克的说辞："要是我像个胆怯的人逃避战争……你将留着泪被身披铜甲的阿开奥斯人带走，强行夺走你自由的生活。"（卷六，行443，行454-455)古典视野里的自由不是任意选择自己的生活方式，而是与"神圣的特洛伊城"同在，生活在独立而和谐的政治共同体中，一旦城邦沦亡，自由就不复存在；一次是在第十六卷第830-831行，赫克托尔杀死阿喀琉斯最好的朋友帕特罗克洛斯，他如此夸耀："帕特罗克洛斯，你原以为可以摧毁我们的城池，剥夺特洛伊妇女的自由。"两处用法如出一辙，自由总是与城邦的共同生活相关，一旦脱离城邦，自由便不复存在。所以，在《回忆苏格拉底》中，当阿

---

① 施特劳斯，《什么是政治哲学》，李世祥等译，北京：华夏出版社，2011年，页27。
② 赫西俄德在《神谱》和《劳作与时日》中都没有使用过"自由"一词。

里斯提普斯对苏格拉底说，自己想踏上一条"既不通往统治，也不通往奴役，而是通往自由"的道路时，苏格拉底说这种非政治的生活并不可能，并讲了著名的赫拉克勒斯在十字路口进行善恶抉择的故事（色诺芬，《回忆苏格拉底》，2.1），暗示更重要的问题是美德问题而不是自由问题。我们回头再思索一下品达在在第八首凯歌中的"自由的航行"，其意味就更容易理解。

再者，民主制度下种种色泽亮丽的自由，其实无碍于甚至有助于民主制度的统治，这种放任的自由通常不会触及民主制度本身，也就是说，这种自由仍然有其限度：民主政制作为其共同体生活的根本大法是不容怀疑的。苏格拉底之死清楚地透显了这种限度。民主制度虽在名义上以"自由"为圭臬，但事实上却和所有的政治制度一样，依旧不对"最真实、最美好的"哲学探究自由开放——这是苏格拉底为雅典处死的根本缘由。柏拉图在《苏格拉底的申辩》中只提到过一次自由："我[苏格拉底]不会因为危险而去做不自由的人（ἀνελεύθερον）所做的事情，现在，我也不后悔做了这样的申辩，我宁愿选择这样申辩而死，也不选择那样活着。"（《苏格拉底的申辩》，38e）柏拉图以添加否定前缀的方式谈到"自由"，即不自由。苏格拉底不愿意做不自由的人，当然就是要做一个"自由"的人，这一方面暗示了荷马意义上的自由在民主雅典没有得到呈现，或者说，苏格拉底的日常生活正是在践行这样的自由，[1]但雅典人却不明就里；另一方面，这表明哲人苏格拉底真正的自由所在，并不是某个人类城邦中的自由生活——至少不是民主雅典。[2] 所以，尼采这样描述一位受到哲学引诱的年轻人："你决心进入自由的高

---

[1]　"他制止了许多人的犯罪行为，引导他们热爱德行，给予他们希望，如果他们谨慎为人，就会成为光荣可敬的人"；他交往的青年"都是为了同胞的利益"，色诺芬，《回忆苏格拉底》第一卷，第二章，1—8，吴永泉译，北京：商务印书馆，1984年，页7。

[2]　参《经典与解释8：苏格拉底问题》，刘小枫、陈少明主编，北京：华夏出版社，2005年。

处,你的灵魂渴求星辰。"(《扎拉图斯特拉如是说》,前揭,第一卷,
《论山旁之树》)

所以,平等和自由作为民主制度的两块基石,平等既不是真正
的平等,自由也不是真正的自由,充其量只能称之为"影像"
(εἰκόνες),距离真理实则遥远(《王制》509d 以下)。如果说雅典人
完全不知晓所谓自由平等的劣处,恐怕是对他们的低估。更真实
的问题恐怕是,既然如此,雅典人为什么选择这样的政治制度? 色
诺芬《雅典政制》的开篇回答了这个政治思想史上极为关键的
问题:

> 关于雅典政制,一方面,他们选择了这样一种政体,
> 我不赞赏,因为他们选择了这样一种形式,就选择了坏人
> 而不是好人取得优势地位,因为这点,我不赞赏。但另一
> 方面,既然他们以为这样好,我将证明他们如何成功地维
> 持了政体,并导致另外那些对其他希腊人来说不对
> 的事情。
>
> (色诺芬,《雅典政制》,1.1)①

色诺芬这段话至少透露出三层意蕴:第一,在传统的贤良政制
看来,民主制将传统的"好"德性驱逐出政治领域,在雅典城邦的内

---

① 参沃格林,《城邦的世界》,陈周旺译,南京:译林出版社,2009 年,页 414 以下。关
于色诺芬的《雅典政制》,参 J. L. Marr 和 P. J. Rhodes 合作《〈雅典政制〉译笺》
(*The 'Old Oligarch': The Constitution of Athenians Attributed to Xenophon*),
Aris & Phillips,2008。希腊原文亦参考 G. W. Bowersock,《伪色诺芬》(Pseudo-
Xenophon),载 *Harvard Studies in Classical Philology*,Vol. 71(1967),页 33—55。
学界通常认为,这是色诺芬的伪篇,应该是一个"老寡头"所作。但色诺芬构造出一
个老寡头的人物又有何不可? 短文中的"我"未必要当作色诺芬本人来解读。在这
篇短文第三部分,色诺芬几乎原封不动地重复了这里的话:"关于雅典政制,我不赞
赏这种政制形式。但既然他们决定采用民主政制,我想,他们通过我描述的方式,
很好地维持了民主政制。"(3.1)

部统治中，居于优势地位，也就是说实际上处于统治地位的，不再是"好人"，而是"坏人"。这种道德性词汇的选择，既表明传统贵族的立场，也表明这种立场不再有效。第二，对其他希腊城邦来说，这种民主制度更不是好事，因为雅典人挑起其他城邦的混乱，并同样以"不好"的人进行统治。

第三点对于思想史来说更为关键。民主制度虽然不"好"，却是适合雅典的制度，恶劣的品性自有自其位置——政治事务从这个思想时刻开始脱离美德。如果说马基雅维利的现代思想与古典政治哲学的分野在于美德和哲学的分离，那么，在雅典民主时代，早就有了一种马基雅维利式的分离：政治与美德的分离。色诺芬笔下的老寡头虽然认为雅典民主是"不好"的政制，可是，这种政制不但存在，而且得到了"很好的维持"（3.1）。政治事务本身就是目的，寻求政治利益成为最后的目的，个人和城邦的美德不再是必要或首要之物："他们关心的不是公正，而是自己的利益。"（1.13）①《雅典政制》中类似的表达并不罕见："民众明白，对他们来说，这个人的愚昧、坏和好意，比贵族的美德、智慧和恶意可以带来更多的利益"（1.6）；"同样，他们在法庭上关心的也不公正，而是自己的利益"（1.13）。个体的利益和雅典城邦作为一个个体在希腊诸邦中利益的最大化。获取自己的利益是可以得到堂皇的辩护的，利益第一次获得了自己的思想地位。这当然不是由于这篇《雅典政制》，而是由于雅典的政治制度和当时的思想现实。

雅典城邦所以能够变得强盛，是因为城邦民众开始将自己的私利作为个人生活和政治生活的根本。追逐私利导致的欲望释放，带来了巨大的生产和商业动力。在希腊世界里，雅典人第一次

---

① 反讽的是，"正义"一词，在这篇短论中频频出现，参 Yoshio Nakategawa，《伪色诺芬〈雅典政制〉中的雅典民主和正义观念》（Athenian Democracy and the Concept of Justice in Pseudo-Xenophon's *Athenaion Politeia*），载 *Hermes*，123. Bd.，H. 1（1995），页 28—46。

将追逐自我利益作为政治信条。在现代的社会变迁中,人可以在一己私利的经济追逐中实现国家的共同富裕,其立论根基与雅典人几乎无异。① 可是,每个人所追求的利益难以一致,甚至会发生冲突,所以,民主政制自身无法克服的弊端就在于:城邦内部之间人与人的利益之争。无法解决的利益之争,就必然带来整个社会秩序的混乱(亚里士多德《政治学》,1291b30–1292a35)。这与贤良政制的"优良礼法"截然相反。

在柏拉图的《王制》中,与四种非正义的城邦政制相比,贤良政制似乎没有更深入的探究,其篇幅更远远小于另四种政制形式。但是,在第五卷开篇,苏格拉底说五种政制中,只有一种是好的,似乎将之前所说的王者政制和贤良政制当作同一种政制类型(445d)。② 之后的第五至七卷是著名的,或者臭名昭著的哲人王部分——也是《王制》最核心的部分。此后,到第八卷,苏格拉底开始详细谈论四种非正义政制形式,但在具体进入详谈之前,他说,"与贤良政制相称的人,我们可以恰当地说,这样的人既好又正义"(544e),这等于再次强调贤良政制是最优政制类型。从贤良政制到四种非正义政制形式,是因为,"德性的样式有一种,邪恶的样式却有无数,但其中有四种还值得注意"(445c)。显然,和正义女神因人间的不正义而出现一样,这场谈论"正义"的对话,所谈论的人间现象,恰恰是不正义。贤良政制着墨虽少,但却是衡量不正义的政制形式的尺度。

---

① 参 17 世纪末荷兰人曼德维尔的讽刺诗作品《蜜蜂的预言》:"无数的人们都在努力,满足彼此的虚荣与欲望,到处都充满邪恶,但整个社会却变成天堂",肖聿译,北京:中国社会科学出版社,2002 年,页 8。尼采则用"市场"命名现代生活场景,参《扎拉图斯特拉如是说》,第一卷,《论市场的苍蝇》,根据朗佩特的解释,"扎拉图斯特拉委婉地批评了洛克,以及其他现代商业国家的教导者,谴责他们释放了贪欲,或者释放了自身需求之外的欲望,故而这些教导者就奠定了新政治秩序的基础"(《尼采的教诲》,前揭,页 55)。其实,与雅典相比,新秩序只是旧秩序的新版而已。

② 另参 587d:"如果我们把贤良政制型的人和王者型的人算作一回事。"

亚里士多德则以其惯用的方式,等于对贤良政制下过定义：

> 凡政制以少数人,虽不止一人而又不是多数人,为统治者,则称贤良政制,所以名为贤良政制,或是由于这些统治者都是最贤良之士($τούς$ $ἀρίστους$),或由于这种政制根据什么对城邦及其民人最好($τό$ $ἄριστον$)来进行统治。
>
> (《政治学》,1279a35)①

　　他非常明晰地说明了贤良政制的两种基本特征。其一,少数人为统治之人;这正对应民主政制的平等原则,如柏拉图在《法义》中所言,人依其本性,真正的平等恰恰是这种不平等;根据"航船喻"这个古老的政制比喻,关乎统治的要义即是最懂得航船的人,这就是亚里士多德说的"最贤良之士"($τούς$ $ἀρίστους$)。其二,这里好的最高级出现两次,一次是指治邦者最为贤良,指人;另一次是指这个城邦的根本大法在于以最好的品质内容进行统治,指城邦德性的要求;这正对应民主政制中的"自由",一个共同体之为一个好的共同体,不是因为自由,而是因为它本身是"好"的,贤良政制之为最优政制,就是因为总是以"最好的美德"为其方向。
　　贤良政制与贤良政制的城邦之间,正如不同城邦竞技者在比赛中的情形,它们在对美德的追求中相互竞争,这导致一种卓越的美德观念在整个希腊世界中流传,能够超越各自城邦的视界,由此而形成一个泛希腊的社会(Panhellenic society)(Bowra,页112),所以,在这种政制视野里,希腊人具有作为一种文明整体的性质。这种文明的根本特征就是对美德和卓越的追求。品达的凯歌所歌

---

① 另参1293b3—10:"严格来说,只有一种政制可以称之为贤良政制,这种政制之下的人们,不仅以相对的标准衡量是好人,即便以绝对的标准衡量,他们也的确具备最好的美德。只有在这些人组成的政制,好人才能绝对地等同于好邦民;所有其他政制之中,所谓的好,不过是根据其政制各自的标准而称之为好罢了。"

颂的四种泛希腊竞技会,是唤醒和培育希腊人精神的重要手段。正如普鲁塔克对吕库古立法之后的斯巴达的描述:"斯巴达仅凭它的信使的节杖和使者的大氅,就能使整个希腊心悦诚服、欣然从命。"(《吕库古传》,30.2)斯巴达能够做到这一点,并不是由于其经济或军事的强力,而是因为:

> 吕库古的主要意图并不是让自己的城邦统治其他诸邦,相反,他认为整个城邦的幸福和单个人的幸福一样,均系于德行的广为流传与自己领土内的和谐。他所有措施与调整的目的在于使人们思想开阔、自给自足,在方方面面都平和节制,并使他们尽可能地保持这些品质。
>
> (《吕库古传》31.1)

普鲁塔克认为吕库古的贤良政制不仅仅塑造了斯巴达城邦内的美德与和谐,更为整个希腊世界带来有序的"国际秩序",但凭靠的只是斯巴达本身的德性。

可是,民主政制的雅典主导下的希腊色调却不大相同。根据修昔底德的记载,阿尔喀比亚德远征西西里,他鼓动希腊人的理由竟然是,追求个人利益有何不妥呢?作为一个共同体,民主制度的本性会使它追求作为一个城邦的最大利益,而不再追求美德。这样,城邦之间美德的竞争便无从谈起。雅典人从更低的利益出发,由此而建立强盛的雅典帝国,试图侵吞或统治周围所有城邦。埃吉纳便是它的牺牲品之一。第二次希波战争之后,雅典揽功自傲,强行将提洛同盟置于自己的管辖之下,由此,雅典开始成为整个希腊世界的瘟疫,强占了一座座原先"礼法优良"的城邦,建立起民主制度:"在那些处于内部斗争的城邦中,他们总选择下层民众。"(色诺芬,《雅典政制》,10)甚至,有的时候,这些城邦的内部斗争均是由雅典挑起,比如埃吉纳。伺机占领之后,雅典便将城邦原先的政制礼法和教化一并驱除，建立起和雅典一样的民主制度，倘若遭遇反对，便是整座城邦的毁灭：公元前430年，雅典人将埃吉纳人及其妻室儿女驱逐出世代生存的埃吉纳岛。

　　表面看来，雅典人是把自己的民主制度移植到其他城邦，建立起一个民主的同盟，但是在这个民主同盟里，并不是各个城邦民主相对，而是均纳入雅典人的治理。而且，雅典人的治理非常聪明，按今天的话说，叫依法治理。雅典在提洛同盟的名义下，以法律的名义对其他城邦进行控制："他们强迫盟国远航来雅典从事诉讼"（色诺芬，《雅典政制》，1.16），"强迫"一词首先说明了这个法律背后其实既不是民主，也不是法律，而是政治实力——这里体现为海军实力。一般人或许会认为雅典人此举难免不当。所以，《雅典政制》给出了两条根本的理由：

　　　　首先，从诉讼双方的保证金中，他们就获得了长年的工资报酬。其次，他们坐在家中，不必出航远行就可以管理同盟城邦，在法庭上保护民众，摧毁民众的反对派。（同上，1.16）

　　第一条理由就是庸俗的经济利益，《雅典政制》后文还提到了航船带来的税收利益（1.17）等等，与此雷同。凡此种种，表明法律在雅典民众手中也成为一种致富的方式。而第二条理由，通过法律保护民众的政治地位，将民主制度长久化。由于雅典城邦是民主城邦，雅典法庭就始终站在民众一边，不但是雅典的民众，还有其他城邦的民众，归纳一下就是："事实上，在雅典，民众就是法律。"（1.18）只是，在以"民众"为法律的雅典，这个法律归根到底还是为雅典民众服务的，这篇短论明言，"这样，同盟者简直就成了雅典民众的奴隶"（1.18）。这样看来，雅典人对其他城邦民主制度的热衷，根本不是一种政治制度的热情，甚至只是城邦的一己之私：

> ［雅典］民众以为，让雅典人拥有盟邦的财富是最好的，使同盟者自己只足以维持生活，忙于生计，从而没有能力计划反叛。(1.15)

这里非但不和其他城邦"利益均沾"，甚至还要让其他城邦处于生活的底层。到这里，我们可以清楚地看出，为什么雅典人一开始那么热情地推销自己的民主制度，因为民主制度固然令雅典富盛，但同时成为雅典人控制其他城邦的意识形态和政治手段。

政制所以是希腊思想的核心问题，因为政制决定了城邦整体的生活方式，不同的政制选择就决定了城邦的品质。品达的凯歌所张扬的贤良政制，就是要从根本上维护"美德"作为人类生活的根基。只有在最优秀的城邦政制中，才有更大的可能塑造出最优秀的个人，按照亚里士多德的说法："既然个别的人与城邦共同体追求同一个目标，那么，最优秀的个人与最优秀的政制必然也具有同一个目标。"(《政治学》1334a10－15)前文所引普鲁塔克对吕库古的盛赞，要害也在于此。我们回到荷马的"自由"概念，只有当个人和城邦分有共同的卓越美德，这样的个体的生活才能称之为"自由生活"。贤良政制的秩序，要求和谐的音乐，以让城邦中形成和谐的灵魂，和顺的政治生活。可是，在民主制度之下，他们听凭杂乱音乐的熏染，形成混乱的灵魂，最后：

> 如果这种民主局限于贵族阶层，并仅仅适用于音乐，那么危害还不大；然而这种情况表明：音乐不仅是每个幻想自己是万事万物之主宰的人的出发点，而且对礼法的普遍蔑视也会随之而来，彻底的放纵也就为期不远了。这种对事物的无所不知的幻想，使他们全无畏惧，结果定然会厚颜无耻。(《法义》701a)

　　民主政制造就了民主式的混乱灵魂。如果说，民主制度使得一种追逐利益的政制合法化，从而令政制思考偏离美德的话，那么，在品达以凯歌追慕古风之际这个西方思想的转折点上，另一种不同的人类灵魂类型也获得了其思想和政治地位：无需追寻美德的灵魂。这就是说，无需追求美德的人开始在西方的思想上发出自己的声音，甚至要吞没追求美德者的声音。从此，西方政治生活和思想的品质骤然下降。

图书在版编目（CIP）数据

必歌九德：品达第八首皮托凯歌释义 / 娄林著.
－－上海：华东师范大学出版社，2015.7
（政治哲学文库）
ISBN 978－7－5675－2439－2

I.①必… II.①娄… III.①诗歌研究－古希腊 IV.①I545.072

中国版本图书馆 CIP 数据核字(2014)第 179739 号

VI HORAE

华东师范大学出版社六点分社

企划人　倪为国

政治哲学文库

必歌九德：品达第八首皮托凯歌释义

著　者	娄　林
审读编辑	杨　凯
项目编辑	彭文曼
封面设计	卢晓红
出版发行	华东师范大学出版社
社　址	上海市中山北路 3663 号　邮编　200062
网　址	www.ecnupress.com.cn
电　话	021－60821666　行政传真　021－62572105
客服电话	021－62865537　门市（邮购）电话　021－62869887
地　址	上海市中山北路 3663 号华东师范大学校内先锋路口
网　址	http://hdsdcbs.tmall.com
印刷者	上海景条印刷有限公司
开　本	890×1240　1/32
插　页	6
印　张	7.50
字　数	165 千字
版　次	2015 年 7 月第 1 版
印　次	2015 年 7 月第 1 次
书　号	ISBN 978－7－5675－2439－2/B·877
定　价	48.00 元
出版人	王　焰

（如发现本版图书有印订质量问题，请寄回本社客服中心调换或电话 021－62865537 联系）

政治哲学文库书目

刘小枫　现代人及其敌人
魏朝勇　民国时期文学的政治想象
陈建洪　耶路撒冷抑或雅典：施特劳斯四论
程志敏　宫墙之门：柏拉图政治哲学发凡
秦　露　文学形式与历史救赎：论本雅明《德国哀悼剧起源》

陈壁生　经学、制度与生活
王光松　在"德"、"位"之间
罗晓颖　马克思与伊壁鸠鲁
谭立铸　柏拉图与政治宇宙论
魏朝勇　自然与神圣

张志扬　西学中的夜行
黄瑞成　盲目的洞见
刘　玮　马基雅维利与现代性
梁中和　灵魂·爱·上帝：斐奇诺"柏拉图神学"研究
张文涛　哲学之诗：柏拉图《王制》卷十义疏
史应勇　《尚书》郑王比义发微
刘贡南　道的传承：朱熹对孔子门人言行的诠释
程志敏　古典法律论：从赫西俄德到荷马史诗
程志敏　古典正义论：柏拉图《王制》讲疏
娄　林　必歌九德：品达第八首皮托凯歌释义
彭　磊　哲人与僭主：柏拉图书简研究